KB013040

늑대지만 해치지 않아요

늑대지만 해치지 않아요

02

우유양 로맨스판타지 소설

블라썸

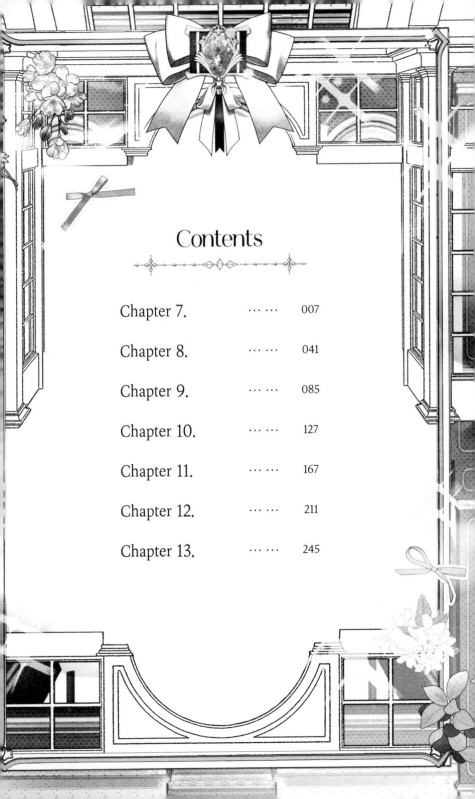

Contents

Chapter 7.

늑대지만 해치지 않아요

약 30분 후, 엠마가 우리 집 문을 탕탕 두드렸다. 나는 문을 열어 주었다. 이 와중에 무엇을 그렇게 챙겨 왔는지, 엠마의 두 손이 묵직했다.

"밥은 잘 챙겨 먹고 있어? 이거 엄마가 싸 줬는데, 빵하고 크랜베리 잼이랑……."

"들어와."

"루시, 크리스마스 마켓은……?"

내게 묻긴 했지만 자기 일로 머리가 터지려는 게 보였다. 나는 엠마의 손에서 바구니를 받아 들며 웃었다.

"잘 다녀왔지, 그런데 별거 없더라. 그래서 뭐가 어떻게 된 건데?"

내 말에 문 앞에 우두커니 선 엠마의 얼굴이 울 것처럼 변했다.

"춥다, 들어와."

나는 엠마의 손을 잡아당겼다. 겨울이 되니까 1층은 추워서 쓸 수가 없었다. 짐을 식탁에 놓아두고 우린 2층으로 올라갔다. 침대 옆 일인용 소파에 앉자마자 엠마가 허겁지겁 이야기를 시작했다.

"……."

이상한 일이지. 처음에 난 내 상황과 전혀 상관없는 이야기를 듣는다고 생각했다.

"갑자기 좀 걷자는 거야. 차를 먼 데다 대 놨으니까 거기까지 말이야. 그래서 내가 너 데려다주고 나면 나는 어떡하냐고 하니까……."

두서없는 엠마의 이야기를 듣는 동안…… 나는 어쩐지 로만 생각이 났다.

"다시 데려다주겠다고 그래서 내가 '그렇게 영양가 없는 일을 왜 해?' 하니까 나중엔 막 화를 내더라? 눈치 없다고?"

"응응."

"그러더니 갑자기, 정말 뜬금없이, 아무, 뭐 예고나 그런 것도 없이 고백을 하는 거야."

칼리드가 아까 전화로 말했었다. 전부터 엄청 눈치 줬다고.

'눈치는 줬다고 하던데.'

[눈치야 늘 줬지!]

답답해 미쳐 하는 칼리드의 한숨 소리가 여기까지 들려오는 듯했다.

"첫눈에 반했대. 그게 말이 돼? 그냥 아무 이유 없이 좋았대. 루시? 내가 누구인지, 어떤 사람인지도 모르면서 말이야."

엠마는 말을 하다가 흥분했다.

"그건 말 한마디 나누지 않고, 그저 나를 토대로 만들어 낸 자신의 환상과 사랑에 빠진 거 아냐?"

흥분한 엠마의 귀가 쫑긋쫑긋했다.

'저 귀가 칼리드의 마음을 끌었다고?'

나는 무심코 엠마의 하얗고 풍성한 귀를 바라보았다. 흔들리는 귀가 귀여웠다.

'귀나 뿔. 그리고 꼬리.'

모든 것은 상징이다. 예를 들면, 우리는 아주 사소한 것 하나만으로도 마치 낚싯바늘에 걸린 물고기처럼 사랑에 빠질 수 있었다.

칼리드에겐 그게 엠마의 귀였다. 이 세상에 토끼의 특성을 가진 사람은 아주 많지만, 칼리드에겐 오직 하나, 사랑에 빠진 순간 보였던 '엠마'의 '귀'여야만 했을 것이다.

"그래서……?"

나한텐 다른 그 누구의 꼬리가 아니라 오직 로만의 꼬리만이 특별했던 것처럼.

"그래서 너는?"

나는 엠마에게 물었다.

"어?"

"너는 칼리드를 어느 정도 알잖아. 말도 해 봤고, 같이 지내도 봤고, 겪어도 봤잖아. 그래서 네 마음은 어때?"

"……어?"

엠마는 꼴깍 숨을 삼켰다.

"엠마, 너는 싫으면 싫다고 말하는 애잖아. 칼리드와 사귀는 게 싫다면 왜 이렇게 당황하는 거야? 이 일로 친구 관계가 깨질까 봐 무서워?"

나는 칼리드를 떠올렸다. 치렁치렁하고 와일드한 머리가 어깨까지 오는 남자애. 좀 짜증 나는 말을 곧잘 하긴 하지만, 그것도 어찌 보면 매력이었다.

'얼굴도 그 정도면 귀엽잖아. 물론…….'

나는 잠시 로만을 떠올렸다가 머릿속에서 지웠다.

'정말 왜 이러니. 지금 로만 이야기를 하는 것도 아닌데.'

엠마는 우물거렸다.

"솔직히 말하면 싫다기보다는…… 아예 생각해 본 적이 없어."

엠마는 울상이 되었다.

"넌 생각해 본 적 있어? 칼리드를 상대로?"

"없지."

나는 듣자마자 고개를 절레절레 저었다.

"그래, 봐. 나도 없다고. 갑자기 왜 이러는 거야? 괴롭힘당하는 기분이야."

엠마의 두 귀가 축 처졌다.

"바보 된 기분이야. 칼리드가 좋긴 했거든. 걔 꽤 재미있잖아, 너만큼은 아니지만 똑똑하고 또…… 그래, 솔직히 귀엽긴 하지."

듣는데 점점 이상했다.

"하지만 어디까지나…… 친구잖아? 물론 지금 생각해 보니까, 나한테 그 애가 좀 특별하게 다정했던 순간이 있었어."

엠마는 마치…… 예전의 나 같았다.

"난 그게 우리가 친구이기 때문인 줄로만 알았지. 대가가 없는 줄 알았지."

사랑과 우정 사이에서 갈팡질팡하던 나. 질투하면서도 그게 질투인 줄도 모르고, 사랑하면서 그게 사랑인지도 모르던 나.

"그게 아니었다는 거잖아……. 그럼 내가 우정이라고 믿었던 건 뭔가 싶기도 하고…… 머리 아파 죽겠어."

나는 엠마의 말을 들으며 점점, 내 감정에 대해 생각하게 되었다.

"고백 들으면서 솔직히 머릿속이 새하얘지는데, 이럴 줄 알았으면 칼리드 초대 안 했을 거야. 뭐 대답을 맡겨 놓은 것도 아니고."

엠마는 혼란스러운지 한숨을 내쉬었다.

"이제 난 칼리드랑 어떻게 되는 거지? 칼리드랑 내 사이가 어색해지면 또 넌? 우린 어떡하고? 난 내년이 되어도 우리 셋이 친구하고 싶어."

"그럴 수 있을 거야."

"정말 그럴까?"

엠마가 슬픈 듯이 내게 물었다.

"나도 내가 무슨 말을 하는지 모르겠어, 루시…… 이런 기분 느껴 본 적 있어?"

나는 그 말에 눈을 커다랗게 떴다가 감았다.

"루시?"

그리고 간신히 고개를 저었다.

"아니."

목멘 소리가 나왔다. 다행히 엠마는 눈치채지 못했다.

"역시 거절해야 할까? 솔직히 지금 이때 사귀는 애들 얼마나 가겠어, 고작해야 일이 년일 텐데……."

엠마는 한숨을 내쉬었다.

"그냥 오늘 일을 무르고 싶어, 일어나지 않은 것처럼……. 그럴 수 있을까?"

칼리드는 머리가 좋았다. 벌써 엠마가 무엇을 불안해하고 있을지, 어떤 결론을 내릴지 미리 알고 있었을 것이다. 그러니까 나한테 전화했겠지.

'칼리드는 도망칠 구멍을 막은 거야.'

칼리드가 해 준 이런저런 이야기가 떠올랐다.

"이미 일어난 일이잖아. 시간을 되돌릴 순 없어. 네가 결론을 내리지 않으면 사이는 더 어색해지기만 할 거야."

"그럼 우리 둘만 다녀야 해? 칼리드 빼고?"

"그것도 난 괜찮아. 그런데 있잖아."

하지만 내가 하고 싶던 이야기는 그것과는 좀 다른 것이었다.

"엠마, 정말 네 마음은 어때? 칼리드랑 친구 할 수는 있어도, 연애하는 건 싫을 것 같아?"

"그게…… 솔직히 말하면, 비웃지 마?"

엠마가 갑자기 숨을 들이마시며 말했다.

"나 연애가 아직 뭔지 모르겠어. 그게 뭔데?"

사실 그건 나도 몰랐다.

"루시, 넌 알아?"

"……아니."

난 갑자기 불안감에 휩싸였다.

'우리끼리…… 이런 고민을 하고 있는 게 맞는 걸까?'

장님 둘이 코끼리 다리 더듬는 게 아닌가 했지만, 나는 진도를 나가기로 했다.

"이런 가정, 저런 가정 다 그만두고 생각해 봐. 엠마, 우선 눈을 감고 말이야."

엠마는 갸웃거리며 나를 바라보다 얌전히 눈을 감았다.

"칼리드와 손을 잡는다고 생각해 봐."

엠마의 이마가 잠깐 움찔거렸다.

"……응, 했어."

"어때? 싫어? 기분 나빠? 막 소름이 끼쳐?"

"넌 칼리드한테 무슨 말을 그렇게 해?"

엠마가 실눈을 뜨려고 했다. 나는 엠마의 눈에 내 손을 얹었다.

"그럼 이번엔 그것보다 더한 걸 한다고 상상해 봐. 친구 말고 연인끼리 하는…… 예를 들면 키스 같은 거 말이야."

엠마는 한참 동안 조용히 있더니 신음을 흘렸다.

"아니, 야, 나 그런 거 한 적 없어서 무슨 느낌인지 몰라. 넌 한 적 있어?"

"그러게. 나도 한 적 없다."

우리는 또다시 벽에 부딪혔다.

엠마가 '야, 역시 안 되겠다, 칼리드와 키스하는 게 도저히 상상이 안 돼.'라고 했을 때, 나는 오늘 겪었던 감정들이 떠올랐다.

"그러면 칼리드가 다른 여자와 키스하는 걸 상상하면?"

엠마의 두 귀가 순간 움찔했다.

"예를 들면 벨라나 블레이크."

나는 일부러 엠마가 탐탁지 않게 여기는 애들의 이름을 댔다.

"……"

"칼리드가 그 애들이랑 좋아서 사귀고, 손을 잡고 다닌다 상상하면? 솔직해져 봐, 뭐 어때. 여긴 우리 둘뿐인데."

엠마의 턱이 호두 턱이 되었다.

"좀, 아니 많이 싫은데……. 이게 걔들이 싫어서인지 칼리드가 다른 애랑 그런 걸 하는 게 싫어서인지 모르겠어."

"그럼 나는?"

"어?"

"내가 칼리드와 손잡고 다니고, 키스한다고 하면?"

말을 하고 나니 이상했다.

"……."

하지만 엠마는 아무 대답도 하지 못했다. 그 하얀 귀가 혼란스러운 듯이 움찔거렸다. 마치 주파수를 찾는 안테나 같았다.

"넌…… 좋지만, 그 모습은 싫을 거 같아."

그 말에 나는 웃었다.

"그럼 일단 한번 만나 봐. 조금만, 그냥 네가 어떤 마음인지 확신이 들 만큼이기만 하면 되잖아."

'뭐야, 아주 마음이 없는 건 아니네.' 싶었던 것이다.

"어차피 망가질 관계라면 도전해 봐. 네가 거절했다가 다른 사람과 다니는 걸 보면 슬플지도 몰라."

"……으응. 그럴까?"

"슬픈 걸 알았을 땐 이미 늦은 거잖아."

나는 내가 말하고 그 말에 슬퍼졌다.

'그 시절 누군가가 내게 이런 말을 해 주었다면 좋았을 텐데.'

당시엔 내게 닥친 모든 것이 혼란스러웠다. 나는 모든 게 처음이었고 누군가의 조언이 간절히 필요했지만, 조언이 필요한 줄조차 몰랐다.

'용기를 내서 함께 가자고 하거나, 그날 로만의 말을 막지 않고 가만히 들었

더라면……'

내가 손을 치우자 엠마가 감았던 눈을 떴다.

"나 그런 시도로 지금 이 관계를 망치고 싶진 않은데……."

지금부터는 칼리드가 나더러 하라고 한 말이었다.

"망치지 않을 거야. 걱정 마."

"이게 왜 밑져야 본전이야? 친구를 잃는 건데. 첫사랑은 이루어지지 않는다고 하잖아. 굳이……."

"왜 벌써 만남의 끝을 생각해? 그건 아무도 몰라, 아마 하느님도 모를걸? 뭐하면 연애를 연습한다고 생각해."

"연습? 칼리드를 상대로?"

"영영 누군가를 사귀지 않을 수는 없잖아. 앞으로 무슨 일이 일어나든 지금까지 한 번도 경험해 보지 않은 추억이 남을 거야. 너한테."

"……그럴까?"

엠마는 그 말에 우물우물했다.

"그래도 될까?"

"아마도?"

엠마는 이미 머릿속으로 칼리드와의 연애를 상상하고 있는 듯했다.

"연애를 한다고 뭐가 바뀔까?"

그 말에 답을 해 줄 순 없었다.

나도 잘 몰랐다. 해 보질 않았으니까.

"하고 나서 뭐가 달라지는지 알려 줘."

"으응."

그때, 조금은 눈치도 빠르고 내 상황도 이해해 줄 만한, 그런 친구가 곁에 있었다면 뭔가 달라졌을까?

하지만 모든 게 너무 늦은 일이었다.

"그래, 응, 그렇게. 내 이야기 들어 줘야 해?"

마치 사냥꾼에 쫓기는 겁먹은 짐승처럼 우리 집 문을 두드렸을 때와는 달리, 엠마는 후련한 얼굴로 다시 돌아갔다. 나는 엠마를 배웅하고 다시 방에 들어가 침대에 쓰러졌다.

엠마가 내 손에 두 눈이 가려진 채 눈을 꼭 감고 있었을 때, 칼리드를 상상하고 있을 때, 나도 상대만 다를 뿐 같은 상상을 하고 있었다. 나는 눈을 감았다.

"……."

로만과 키스하는 상상을 해 보았다.

'그런다고 뭔가 바뀌는 것도 아닌데.'

순간 감은 두 눈에서 눈물이 흘러내렸다.

다음 날 점심때쯤 전화가 걸려 왔다.

[루시, 내가 뭐 사 줄까? 갖고 싶은 거 없어?]

칼리드한테서였다.

"대체 뭐라고 한 거야, 엠마한테?"

원하던 크리스마스 선물을 받은 어린아이처럼 싱글벙글한 목소리였다. 그 목소리가 상황이 어떻게 되었는지 증명하고 있었다. 나는 칼리드한테 말했다.

"그거 네 여자친구한테 해야 하는 말 아니야?"

[그치? 아하하하하.]

칼리드가 기쁜 듯이 웃기 시작했다.

'소름 돋아.'

나는 처음으로 칼리드가 좀 음흉하다는 생각을 했다.

[아, 너무 웃었네. 미안해. 아무튼 너한테 가장 먼저 알려 주고 싶어서. 너한

테 곧 전화 걸 엠마보다 말이야.]

칼리드가 웃음을 꾹 억누르는 목소리로 말했다.

[그리고 내가 어제 한 말은 꼭 지킬게. 기억해 둬.]

"어제 한 말?"

기억나지 않았는데, 칼리드가 상기시켜 주었다.

[루시. 넌 내 친구기도 하고 내 여자친구인 엠마의 친구이기도 하고, 내 사랑의 큐피드이기도 하니까, 네가 원하는 때 나를 네 마음대로 부려.]

마치 램프의 요정 지니처럼, 자기가 들어주지 못할 소원은 없다는 듯이 하는 말에 나는 웃었다.

"지금은…… 원하는 거 없으니까 생각해 볼게. 축하해. 내가 엠마를 꼬신 거나 다름없으니까 엠마한테 잘해 줘야 해?"

[당연하지.]

"축하해."

나는 그렇게 말하고 전화를 끊었다. 잘됐다. 진심으로 그렇게 생각한 다음…….

"……"

나는 외로움에 사로잡혔다. 이전까지의 외로움과는 비교할 수도 없는 크기의 외로움이었다.

그래, 이전까지 나는 외로운 게 아니라 고독했다. 혼자라고 생각했다. 그리고 지금은 정말 외로웠다. 내 옆에 날 사랑하고 좋아해 주는 사람들이 있는데도 외로웠다.

외로움은 고독과 달리 막연하지 않고 형체가 있었다. 깊고 깊어서 그 안으로 무엇을 던져 넣어도 해소될 것 같지 않았다. 누군가가 필요했는데, 그 누군가는 다른 사람으로 대체될 수 없었다. 어제 찬바람을 많이 쐬어서일까?

'엠마가 어제 수프 가져다줘서 다행이다.'

온몸이 나른하고 열이 올랐다. 휴대전화가 한 번 더 울렸다. 메시지였다.

「정말 이게 옳은 선택일까?」

엠마에게서였다.

「그럼. 일단 해 봐.」

나는 꼭꼭 답장을 눌러 찍고 창에 두꺼운 커튼을 쳤다. 암막 커튼이어서 금세 어두컴컴해졌다. 마치 내 마음처럼.

'잘됐다. 나가지 말고 푹 쉬자. 방학이 끝날 때까지.'

지금 내겐 누군가가 정말로, 필요했지만……. 나는 엠마에게도 칼리드에게도, 지금 이 울렁거림을 상의하고 싶지 않았다.

'혼자서 겨울잠을 자는 거야.'

나는 휴대전화의 전원을 끄고 눈을 감았다. 나의 고통을 아무한테도 방해받고 싶지 않아서였다. 눈을 감자 열이 훅 올랐다.

'다람쥐처럼…….'

한참 어릴 때는 이 세상에 누구도 필요 없다고 생각했고, 조금 컸을 땐 마음을 나눌 수 있는 친구 한 명이면 될 것 같다고 생각했다. 그리고 지금에 와서는 누군가가 필요했다…….

'혼자서.'

그 누군가를 생각하면 속이 울렁거렸다. 나는 여기 무엇을 찾기 위해서 왔을까? 아니면, 무엇을 잃어버리기 위해서 여기 온 걸까?

톡, 토톡. 톡. 토독. 톡. 토톡.

잠을 자다 마치 모스 부호 같은, 혹은 장작불이 타는 것 같은 소리를 들었지만 착각이라고 생각했다.

'온몸이 다 아프다.'

한번 열이 오른다고 생각하자 나는 후욱 타올랐던 것 같다.

'추운 것도 같고, 뜨거운 것도 같고…….'

나는 이불을 머리끝까지 뒤집어쓰고 어둠 속에 있었다. 땀이 줄줄 흘렀다. 꿈인지 환상인지 분간되지 않는 환영 속에서 로만의 얼굴이 스쳐 지나갔다.

차라리 로만을 보지 않았다면 좋았을걸. '널 좋아했었어.' 하는 소리를 듣지 않았다면 좋았을걸.

굶어 죽은, 상자 속의 고양이. 그건 나를 위해 마련된 크리스마스 선물 같은 것이었을까? 그때 나는 이미 떠날 채비를 하고 있었고, 아마 로만의 마음에 제대로 응답할 수 없었을 것이다. 아니…… 사실 잘 모르겠다.

'나는 이미 답을 알고 있어.'

지나가 버린 가능성이 나를 괴롭혔다.

'인정하기 싫을 뿐.'

내 크리스마스는 선물 없이 지나갔다. 애초에 무엇인가를 바란 적도 없었지만…….

쨍그랑!

어디선가 깨지는 소리가 들려 나는 그게 내 마음속에서 난 소리인 줄로만 알았다. 그날 밤은 모든 게 그렇게 불분명했다.

감기에 걸리려고 그랬나 보다.

"에취!"

겨울 감기인가 보았다. 다음 날 나는 완전히 감기에 걸려 깨어났다. 목이 수도꼭지를 꽉 막은 듯이 잠긴 채 재채기를 하면서 일어나는데, 눈앞에 뭔가가 보였다. 깜짝 놀랐다.

"으악!"

소리를 지르고 나서야 깨달았다.

"아, 인형. 인형."

눈빛 나쁜 늑대 인형이 나를 쳐다보고 있었다. 나는 무심코 집어 들어 그것을 빤히 쳐다보았다.

"이런 것도 있었나?"

크리스마스 마켓에서 로만이 사격 가판대 아저씨의 눈치도 보지 않고 인형이란 인형은 다 땄었지. 그 때문에 방치해 둔 인형들이 침대뿐만 아니라 방바닥에도 굴러다니고 있었다.

'깜짝이야. 근데…… 몸이 더 안 좋아진 거 같네.'

나는 한참 동안 인형을 주워서 침대 위에 대충 던졌다. 몸이 으슬으슬해서 부르르 떠는데, 펄럭펄럭 움직이는 커튼이 눈에 들어왔다.

"어?"

내가 문을 열어 놨나 싶어 커튼을 들춰 보니 깨진 창문이 보였다. 바닥에는 깨진 유리 조각들이 튀어 있었다.

"이게…… 무슨 일이야?"

어젯밤 감기는 이것 때문인 것 같았다. 깨진 창문으로 칼바람이 들어오고 있었다.

'최악이다.'

나는 눈에 보이는 유리 조각을 대충 줍고, 책상 서랍에서 덕 테이프를 꺼내 창문의 틈을 대충 막았다. 그리고 뜨거운 물로 샤워를 했다.

잘못된 선택이었다. 따뜻함은 잠깐이었고 몸은 더 으슬으슬해졌다. 나는 코를 훌쩍거리며 물이 든 커피포트의 버튼을 눌렀다.

'최악이야. 집에 돌아갔어야 했는데.'

물을 끓이고 수프를 데우면서도 그런 생각이 머릿속에서 떠나질 않았다.

'돌아갈 걸 그랬어.'

애초에 방학 시작하자마자 집에 돌아갔다면 감기에 걸리지도 않았을 것이다. 2층으로 올라와 침대에 앉아 수프를 떠먹는데, 어젯밤 격렬했던 감정들이 떠오르면서 나는 부끄러워졌다.

'몸이 안 좋아서 이런저런 생각이 더 많이 드나 봐.'

로만과 키스라니 무슨. 태양 아래서 생각하니 모든 게 다 시시한 감정이었다.

'너무 시시해서 누구한테 말도 못 하겠다.'

휴대전화를 켜 보니, 엠마와 로만한테서 번갈아 가며 전화가 몇 통 와 있었다.

'아, 맞다, 맞다. 걱정했겠다.'

먼저 엠마한테 전화를 걸었다.

[목소리 왜 그래?]

엠마는 내 목소리를 듣자마자 깜짝 놀랐다.

"감기에 걸렸나 봐."

나는 대충 상황을 설명했다. 이야기는 꽤 길어졌다.

[일단 푹 쉬고, 혹시 나 필요하면 전화해?]

엠마와의 전화를 끊고, 나는 잠깐 망설였다.

'그래도…… 하긴 해야겠지.'

전화를 받자마자 로만이 말했다.

[왜 전화 안 받았어, 어제?]

답답해 죽겠다는 목소리였다.

'그게…….'

목이 쉬어서 목소리가 잘 나오지 않았다.

[어디 갔는데?]

"가긴 어딜 가, 집에 있었어."

[목소리가 왜 그래?]

로만의 목소리가 조금 날카로웠다.

"감기 걸려서 그래."

아무리 해도 목소리가 가다듬어지질 않았다. 나는 괜히 방 안을 이리저리 걸으면서 답했다.

[추운데 괜히 밖에 나가니까 그렇지.]

로만이 신경질적인 목소리로 말했다.

'얘 뭐라는 거야? 그저께 같이 나가자고 한 게 자기면서.'

나는 생각했다.

"네가 몰라서 그러는데, 나 추위에 강해."

얘는 이제 다정하지도 않네.

"그리고 어젠 내내 집에 있었다니까."

내 목소리에도 짜증이 배었다. 가뜩이나 별로 좋지도 않은 목소리였는데.

[……진짜?]

"그래. 어제부터 몸이 안 좋아서 휴대전화 꺼 놓고 잤는데, 누가 유리를 깼나 봐. 아니, 새인가?"

나는 휴대전화를 든 채 창가에 다가갔다.

"아무튼 그대로 찬바람을 맞아서 그런지, 감기— 어?"

발바닥에 뭐가 느껴지네, 하고 생각했을 때는 이미 늦었다.

잘그락!

"아야!"

무엇인가 내 발에 깊숙이 들어와 박혔다. 나는 아랫입술을 질끈 깨물었다. 주저앉아 확인해 보니 꽤 큼지막한 유리 조각이 보였다. 바닥 틈새에 끼어 미처 줍지 못한 모양이다.

'이걸…… 왜 못 봤지?'

조각을 따라 피가 흘러내렸다. 크기를 확인하고 나니 소름이 끼칠 만큼 아팠다.

[왜 그래?]

나는 휴대 전화를 바닥에 내려놓았다.

"아……."

어째서 주의 깊게 보질 못했을까.

천천히 조각을 뽑아내니, 갑자기 생각도 하지 못한 양의 피가 흘러나왔다.

"아, 어떡해."

나는 한 발로 뛰어 화장실에서 수건을 가져왔다. 대충 발을 감싸서 머리 고무줄로 묶었는데, 삽시간에 흰 수건이 빨갛게 젖었다.

'아으……!'

끔찍했다. 나는 두 손으로 얼굴을 감싸 쥐었다.

"……정말 아무 일도 안 되네."

마치 내 눈으로 보지 않으면, 그 일이 일어나지 않은 게 되는 것처럼.

"징그러워……."

하지만 그렇게 될 리가 없었다. 최악보다 더 최악인 하루의 서막이 오르는 듯했다. 피는 멈추지 않았고, 나는 점점 더 어지러워졌다.

"……죽고 싶다, 정말."

울 것 같았다. 휴대전화는 스피커폰도 아닌데 로만의 목소리로 시끄러웠다. 바닥은 점점이 피가 떨어져 있고, 기분은 점점 더 바닥을 쳤다.

'뭐부터 해야 하지?'

일단 다시 휴대전화를 집어 들었다.

[뭐야? 무슨 일인데?]

로만이 왕왕거렸다.

"응, 미안. 내가 방금 할 일이 생겼거든, 나중에 통화하자. 알았지?"

[왜? 무슨 일인데? 어? 방금 들었는데…….]

"미안해, 일 좀 처리하고 전화할게?"

나는 통화 종료 버튼을 눌렀다. 그다음 걸려 오는 전화는 무음으로 돌려놓고 무시했다.

'정신 차리자. 여기서 날 돌볼 사람은 나밖에 없어.'

나는 절뚝거리며 바닥에 흐른 피를 다른 수건을 꺼내 닦았다. 수건에 미처 치우지 못한 유리 조각이 묻어 반짝거렸다. 그걸 쓰레기통에 던져 놓고 슬리퍼를 신은 다음 나는 한참 동안 청소를 했다.

'내 잘못이지 뭐.'

그리고 일을 수습한 뒤 침대에 앉아…….

"……아."

……다시 한번 죽고 싶다고 생각했다.

지금쯤이면 피가 멎을 때도 되었는데, 도대체 어디를 찔린 건지 수건이 엉망 진창이었다. 깨진 유리 한번 밟았을 뿐인데 말이다.

'어…… 이러다가 죽겠는데?'

뭔가 큰 혈관이 다친 걸까? 압박 붕대가 필요했다. 거즈와 소독약과 기타 등 등도.

'그런 거 집에 없는데.'

지금 사는 집에는 아무것도 없고, 연휴라 약국과 병원 연 데도 없을 텐데. 응 급실을 간다고 해도 너무 멀었다.

그렇다고 전화를 걸어 몇백 킬로미터 떨어진 가족한테 징징거릴 수는 없었 다. 걱정만 시킬 것이다. 발이 이러니 자전거를 탈 수도 없었다.

'어쩌지.'

나는 멍하니 침대에 누워 있었다.

"……."

머리를 굴려도 답이 나오질 않았다.

'역시 도와 달라고 해야겠다.'

나는 휴대전화를 집어 들었다. 이럴 때 도움을 요청할 수 있는 사람이 한 명밖에 떠오르지 않았다.

"안 그래도 눈 쌓였는데 너 때문에 사고 날 뻔했어! 전속력으로 밟느라!"

20분 후, 가정용 구급상자를 옆구리에 낀 엠마가 집으로 쳐들어왔다.

"왜 이렇게 갑자기 사람을 걱정시키냐? 왜? 어? 얼마나 다친 건데?"

"막 그렇게 심하진 않아."

"까악!"

엠마가 내 발을 내려다보더니, 피로 물든 슬리퍼를 보고 비명을 질렀다.

"괜찮아. 지금은 피 멈췄어."

"야! 너 발에다 뭘 한 거야?"

나는 두 귀를 틀어막았다.

"나⋯⋯ 지금 살짝 피가 모자라서 그러는데, 볼륨 줄여서 말해 주면 안 될까?"

머리가 윙윙 울린다.

"내가 해결할 수 있는 게 아닌 거 같은데."

"일단 한 번만 봐 줄래? 응급 처치만 하면 돼."

나는 식탁 의자를 끌어다 앉았고, 엠마는 연신 헛구역질을 하면서도 자기 무릎에 내 발을 올려놓고 슬리퍼와 수건을 벗겼다.

"루시, 나 지금 약간 기절할 거 같아."

"안 돼, 엠마. 너마저 기절하면 난 어떡해?"

"알았어, 노력해 볼게. 어욱. 너 눈 가리고 있어 봐. 아파도 꾹 참고. 알았지?"

나는 눈을 가렸다. 갑자기 상처 부분이 화끈거렸다. 소독약을 부은 모양이었다.

"우웩……."

붕대로 감아 주면서 엠마는 한 번 더 헛구역질을 했다.

"아프지. 상처가 깊은데 이거로 될까? 지금이라도 구급차 불러야 하는 거 아냐?"

"피만 많이 나왔지 그렇게 크게 다친 건 아닌 거 같아. 구급차는 이런 일보다는 좀 더 심각한 일에 출동해야 하는 거 아닐까?"

"넌 네 일인데 왜 남 일처럼 말해? 발가락 움직여져?"

나는 고개를 끄덕끄덕하며 발가락을 움직여 보였다. 찌릿, 하고 통증이 머리 끝까지 타고 흘렀다.

"아무튼 연휴 끝나자마자 진료 예약 잡아."

"응."

"총상은 아닌 것 같은데, 도대체 집에서 뭘 한 거야?"

"유리창을 깼어."

"왜?"

"어쩌다 보니까……."

나도 모르게 깨진 창문 얘기까지 했다간 엠마가 호들갑을 떨 것 같아서 거짓말을 했다.

"뭐 화나는 일이라도 있었어?"

"아니."

"야, 뉴스 보면 꼭 너같이 얌전한 애가 진짜 사고 잘 치더라. 막 학교에 총기 가져와서 난사하고."

"여기서 그런 말이 왜 나와?"

"아니, 무슨 집에서 이렇게 다칠 수가 있어?"

나는 푸스스 웃었다.

"실수로 그런 거야. 아참, 엠마, 칼리드랑 사귀기로 했다며?"

내 말에 엠마가 눈을 깜박깜박 떴다.

"어떻게 된 건데? 온 김에 그 이야기나 해 봐, 듣고 싶었어."

나는 식탁 의자에 앉아 엠마를 바라보았다.

"어서…… 응?"

"그게…….

엠마는 그러고도 한참을 머뭇거렸다. 내 발바닥에 대해서는 까맣게 잊은 듯
했다.

"그래서 어제 아침에 만났거든."

"응응."

"아무리 봐도 잘 모르겠는 거야, 난 아직 칼리드를 친구로밖에 생각하지 않
았잖아. 남자로서는 어떤지 모르겠고…….

"응."

"그래서 우선…… 키스해 보자고 했어. 키스해 보고 괜찮으면 사귀…….

"……!"

나는 어제 전화 통화에서 칼리드가 왜 그렇게 음흉하게 웃었는지 깨달았다.

"역시 너도 내가 칼리드와 키스하는 건 좀 이상하다고 생각하지?"

"아니?"

나는 일단 고개를 저었지만 속으로 생각했다.

'오…… 되게 소름 끼치는데.'

그날 나와 전화 통화를 하던 칼리드는 아마 입이 귀밑까지 찢어졌을 것이
다. 나는 오싹해서 어깨를 굳히려던 것을 꾹 참고, 고개를 절레절레 저으며 말
했다.

"원래 주스도 사기 전에 시음을 하잖아. 이상한 게 아니라 합리적인 거지, 뭘."

나도 내가 무슨 말을 하는지 몰랐다.

"아무튼, 그러자고 하니까 칼리드가 알았다고 했거든. 그래서…… 했는데…….”

"그래서? 어땠어?”

표정이 뭔가 이상해진다 싶더니, 붉어진 얼굴로 엠마가 풀썩 침대에 엎드렸다.

"막 이상한데…… 응, 진짜 막 이상하긴 했어. 그래도…….”

"싫지는 않았구나.”

"……응. 아 진짜 이걸 어떻게 설명해야 하는지 모르겠는데.”

"싫지 않았으면 됐지.”

"그렇겠지?”

엠마는 자기도 모르게 입술을 쭉 내밀었다. 나는 그런 엠마를 바라보았다. 엠마도 나를 바라보았다. 무슨 생각을 했는지 엠마가 내 뺨을 툭툭 쳤다.

"으응?”

"너는 뭐 그렇게 쓸쓸한 표정을 짓고 있어.”

엠마가 말했다.

"야, 그래도 우린 친구야. 같이 다니는 거다. 알겠어?”

"그럼.”

나는 웃었다. 그때, 초인종 소리가 들렸다. 누군가 문을 두드리는 소리도. 급해 보였다. 그 소리가.

"올 사람 있어?”

엠마가 물었다.

"아니?”

나는 고개를 절레절레 저었다.

"그럼 누구지?”

내가 대신 보고 올게, 하며 엠마는 벌떡 일어났다.

"저기, 내가 누굴 데려왔게?”

엠마의 목소리에 멍하니 있던 나는 의자에서 일어났다.

"아야……."

그 바람에 발이 비틀렸는지 통증이 머리끝까지 전해져 다시 앉았다.

"……."

로만은 말없이 내 발을 바라보았다.

"참 나, 쟤가 어제 유리창을 깼대. 그걸 또 밟아 가지고."

로만에게 여긴 어떻게 왔느냐고 물으려는 찰나, 엠마가 먼저 선수를 쳤다.

"여긴 어떻게 왔어? 너 루시 집에 온 적 있어?"

"……."

로만은 얼이 빠진 얼굴로 나를 바라보며 아무 말도 하지 않았다. 엠마는 나와 로만을 번갈아 가며 바라보았다. 침묵 끝에 로만이 말했다.

"……미안해."

그 말에 난 깜짝 놀랐다.

"네가 미안할 게 뭐야."

로만은 내가 다친 게 자기 잘못이라도 되는 듯이 굴고 있었다.

"루시, 난 가 볼게."

"어? 왜?"

이 와중에 엠마가 간다고 말했다. 내가 왜 가냐고 묻자 나한테 눈을 찡긋했다.

'아냐! 그런 거 아니야, 엠마!'

얘는 왜 이렇게 눈치가 없는지……. 답답해하는 칼리드가 이해되는 순간이었다.

"왜, 가지 마. 나 심심해. 엠마, 제발 좀 더 있어."

나는 애원했다. 표정으로 온갖 신호를 다 주었지만, 엠마는 꿈쩍도 하지 않았다.

"생각해 보니 가스 불을 켜 놓고 온 것 같다."

"너 가족이랑 같이 살잖아."

"다들 나갔어."

"우리 집에 한 시간 전에 온 거 알지? 만약 안 껐으면 이미 폭파됐을 거야."

"아, 냄비에 뭘 올려놓은 거 같기도 하고 그래."

말도 안 되는 소리를 하며 엠마가 사라졌다. 일어나 손이라도 붙잡고 싶었지만, 발이 아파서 그럴 수도 없었다.

"넌…… 여기 왜 왔니?"

그래서 방에는 창백한 얼굴로 나를 바라보는 로만과 나만 남았다. 나는 다시 의자에 앉았다.

"내가 전화한다고 했는데, 응?"

괜히, 갑자기 어색했다. 두 발만 괜찮았으면 뭐라도 할 텐데…….

"……."

생각해 보니 입장만 바뀌었지, 언젠가 경험해 본 상황이었다. 그러게, 그때는 내가 로만 집에 갔었는데.

"저기…… 엠마가 준 케이크 있는데 먹을래? 쿠키도 있어. 네가 직접 꺼내야 하긴 하는데. 가깝거든."

냉장고에 또 뭐가 있더라 생각하면서 내가 말했다.

"좀 봐도 돼?"

로만이 조금 어지러운 듯이 물었다.

"그럼, 가서 열어 봐."

"그거 말고."

"뭘?"

"상처. 뭘 얼마나 다친 건데……. 지금 피 냄새가 너무 많이 나."

거기에 고개를 끄덕였던 게 실수였던 것 같다.

"잠깐만, 잠깐만, 잠깐만!"

그다음엔 내가 상황을 깨닫기도 전에 로만이 두 팔로 나를 안고 있었고, 나는 그의 등과 가슴을 퍽퍽 치고 있었다. 로만은 말을 듣지 않았다.

"내일모레 내가 알아서 갈 거라니까!"

로만은 고개를 절레절레 저었다.

"너…… 정말 말도 안 되는 소리 하지 마."

조수석에 나를 태운 로만이 안전벨트를 매 주며 으르렁거렸다. 로만도 곧 운전석에 올라탔다. 옆얼굴이 딱딱하게 굳어 있었다.

"휴……."

나는 한숨을 내쉬었다. 엠마가 아니라 내가 문을 열어 줄 수 있었다면, 그냥 집에 없는 척했을 것이다.

"쿠키……."

문득 쿠키 생각이 났다. 로만의 병문안을 갔을 때는 해롤드 씨가 쿠키를 대접해 줬었는데. 난 아무것도 대접을 하지 못했단 생각이 들었다.

처음으로 집에 온 건데…….

"쿠키라도 먹고 가지."

내 말에 로만이 기가 차다는 듯 말했다.

"넌 이 와중에 쿠키가 생각이 나?"

차가 얼음길 위를 달렸다.

"하아……."

내가 내쉰 한숨이 차창에 닿아 김이 서렸다.

'그럼 그거 말고 뭘 생각해?'

차 안이 순식간에 훈훈해졌다. 차는 잘 몰랐지만 아마 좋은 차일 것이다.

'현실 같지가 않네.'

생각해 보니 한쪽 발은 붕대로 칭칭 감고 있었고, 한쪽 발은 실내용 슬리퍼를 신고 있었다. 나는 중얼거렸다.

"로만, 너 오버하는 거야."

그러자 로만이 입을 열었다.

"유리창 내가 깼어."

"뭐?"

그리고 고백했다.

"왜? 어떻게?"

로만은 한 손으로 머리칼을 헝클어뜨렸다.

"내가 깬 거 맞아. 넌 연락도 안 되고…… 어제 열이 있는 것 같았고, 여긴 네 가족도 없잖아. 혹시 자나 싶어서 전처럼 깨워 보려고 돌멩이를 던졌는데……."

창문 옆에 떨어져 있던 깨진 유리 조각들이 떠올랐다.

"힘 조절이 안 돼서……. 의도한 건 아냐. 게다가 아무 반응도 없어서 너 없는 줄 알았어. 그게 이렇게 될 줄 알았으면……."

로만이 눈을 질끈 감으며 신음했다.

"안 그래도 뭔가 깨지는 소리가 나서 이실직고하려고 전화했었는데."

"야, 눈 떠. 너 운전 중이야."

로만이 내 말에 눈을 뜨고 전방을 바라보았다. 나는 차 시트에 몸을 푹 파묻었다.

"그럼 어제 우리 집 온 거네, 나 걱정돼서."

그런 걸 왜 묻느냐는 얼굴로 로만이 나를 힐끔 쳐다보고는 다시 전방으로 시선을 주었다.

'누군가와 시간을 보낸 게 아니라…….'

어젯밤 내가 잠들어 있을 때, 내 방 창문에 돌멩이를 던지고 있었을 로만이 상상되었다. 나는 그 시각, 질투라는 괴물에게 할퀴어지고 있었는데.

'음…….'

어이가 없었는데…… 이상하게도 내 안에서 무엇인가 사르르 녹아내렸다.

"그럼…… 네가 나한테 창문 값 줘야겠다. 병원비도."

"당연하지."

"……."

"네 부모님께 말해도 돼."

"됐어. 무슨, 내가 어린애도 아니고."

나는 고개를 흔들었다.

"우리가 뭐 싸운 것도 아닌데. 아니지?"

침묵이 흘렀다.

"이건 사고잖아."

차는 점점 따뜻해져서 이젠 졸릴 지경이었다. 내가 잠잠히 있자 로만이 물었다.

"화 안 내?"

"응."

"왜?"

"화가 나야 내지. 안 나는데 화를 어떻게 내?"

"……음악 틀까?"

"그래."

로만이 음악을 틀었다. 음악 소리가 들리니 좀 나은 것 같기도 했다.

"그게 찔려서 집에 온 거야?"

"걱정돼서 온 거야. 갑자기 전화하던 중에 넌 비명 지르고, 이상한 소리 나고 그러니까."

로만이 창백한 얼굴로 말했다.

"진짜 무슨 일 일어난 줄 알았잖아. 피 냄새가 너무 나서 너 보기 전까지 사람 죽은 줄 알았어."

다시 침묵이 이어지다 로만이 웅얼거렸다.

"이제 다치면 나 말고 엠마를 부르네."

나는 속으로 생각했다.

'넌 나한테 쌀쌀맞잖아.'

친구랑 논다고 거절당하면, 그 충격을 어떻게 감당하라고?

"신발 안 신고 왔다."

나는 고개를 수그리고 딴청을 피웠다.

"내가 너 업고 들어갈게."

"화장도 안 했는데."

"그래도 예뻐."

로만이 숨 쉬듯이 말했다. 나는 로만을 바라보았다.

"다른 애들한테도 그런 식으로 말해?"

"……."

로만은 기분 나쁜 듯이 인상을 찌푸리고 입을 다물었다. 엉망이었다. 나는 지금 이 상황이 기쁜지 우울한지 알 수 없었다.

로만은 병원에 도착하자마자 주차를 마치고 조수석 문을 열더니, 내게 두 팔을 벌렸다.

"안겨."

어이가 없었다.

'이게 무슨 소리야?'

나는 고개를 절레절레 저었다.

"왜? 싫어. 나도 발 있어."

"그 발이 다쳐서 온 거잖아. 지금."

"내가 생각해 봤는데, 그럼 휠체어를……."

내가 뭐라 하기도 전에 로만이 내 허리를 끌어안았다.

"잠깐만."

"루시, 넌 이제 생각 좀 하지 마. 내가 할게."

그러더니 정말 나를 공주님 안기로 안았다. 그 순간만큼은 이곳이 집과 몇백 킬로미터 떨어진 곳이어서 다행이란 생각이 들었다.

"내려 줘."

"싫어. 왜 이렇게 떼를 써? 너 이럴수록 사람 시선 끌어. 알아?"

로만이 으르렁거렸다. 하지만 내 우려대로 응급실에 들어오자마자 온 사람들의 이목이 집중되었다.

'죽겠다……'

나는 로만의 너른 가슴에 얼굴을 푹 파묻었다.

응급실에서 엑스레이를 찍으니 미처 빼내지 못한 유리 조각이 하나 더 보였다. 부분 마취를 하고 유리 조각을 뽑아낸 뒤, 발바닥을 다섯 바늘 정도 꿰맸다.

"흉터가 남을까요?"

그동안 로만은 이게 상처가 남느냐고 한 500번은 물어보았다.

'……그만해 줘.'

의사 선생님은 경과를 지켜봐야 알 수 있다고 500번을 성실하게 답했다. 하지만 내심 진저리를 치는 것이 느껴졌다.

"……그만해."

엠마가 내 보호자라면 이러지 않을 텐데. 나는 죽을 지경이었다.

"발이잖아. 어차피 티도 안 나. 양말 신으면 아무도 못 보는 데인데, 진짜 네가 왜 그래?"

"못 보는 데인지 네가 어떻게 알아? 여자 몸에 흉터 남으면 안 되는 거야."

로만은 한술 더 떠 '지금이라도 성형외과 갈까? 비행기 타고?' 하며 이상한 소리를 했다.

"아니, 그게 무슨 소리야? 그럼 남자 몸에는 흉터 남아도 괜찮고? 넌 내가 괜찮다는데……."

"나중에 안 괜찮은 일이 생기면 어떻게 해?"

"어떻게 하면 발바닥의 상처 때문에 안 괜찮은 일이 생기는데? 나 모르겠어. 네가 설명해 봐."

의사 선생님은 우리가 말싸움을 하는 틈에 사라졌다.

"못 살아, 정말."

나는 빈 베드에 주저앉았다.

"……."

로만이 팔짱을 끼고 나를 내려다보았다. 어쩜 다친 나보다 더 얼굴이 좋지를 못했다.

"괜한 죄책감 느끼지 마. 원래 살다 보면 상처는 나고 또 아물어. 이 일 진짜 아무도 몰라. 너랑 나랑 엄마밖에 모를 거라고."

"죄책감이 아니라─."

"로만. 쉬."

내가 입술에 검지를 대자 로만은 입을 꾹 다물었다. 치료를 하고 나니 이제 다리 전체가 욱신거렸다.

'집에 가고 싶어.'

이 와중에 눈앞의 보호자 때문에 아픈 티도 낼 수 없어서 나는 진이 빠졌다. 아픈 티를 내면 점점 더 죄책감을 느낄 테니까. 내가 멍하니 앉아 있자 로만이 말했다.

"나 오버한 거 아니잖아."

"알았어. 미안해."

"네가 왜 미안해. 미안해야 할 건 난데."

"밟은 건 나잖아. 내가 제대로 대처했으면 넌 지금 여기 안 있어도 돼."

"그런 식으로 말하면 안 돼."

"그래."

나는 빈 베드에 앉아 눈을 비볐다.

'그런 식이 뭔데?'

뜨고 있으려고 했는데 스르르 눈꺼풀이 저절로 감겼다.

"……졸리다."

"약 타 올 테니까 자고 있어."

"어."

로만이 바닥의 선을 따라 약 조제실로 갔다. 나는 등을 벽에 기댄 채, 베드에 앉아 한 번 더 눈을 떴다가 감았다.

'피곤하게 만들었네.'

그러고 보니, 당혹스러운 표정과 달리 로만의 꼬리는 꿈쩍도 안 했다.

'아야…….'

나는 가슴을 문질렀다. 피가 새어 나오는 것처럼 아프고 당황스러운데, 배어 나오는 것이 없어서 닦을 수 없었다. 엑스레이는 발이 아니라 가슴을 찍었어야 했는지도 모른다.

그래, 오늘 꺼냈어야 했던 건 발바닥이 아니라 가슴에 박힌 유리 조각일지도 몰랐다. 그러나 그건 보이지 않아서 꺼낼 방법이 없었다.

"루시, 좀 잤어?"

"어?"

로만이 약을 타 가지고 돌아왔다. 곧장 베드로 오더니 자연스럽게 등을 돌리고 내 앞에 무릎을 꿇었다.

"내 발로 걸을게."

"싫어."

"오버하지 마."

"아까처럼 안아 줬으면 좋겠어?"

나는 한숨을 내쉬고 로만의 등에 내 몸을 실었다.

'이렇게 업히니까 전혀 다른 사람 같다.'

왜 이렇게 한숨이 나오는지 몰랐다. 로만이 어떻게 생각할지 알면서도.

'마음도 없으면서.'

그 옛날 나는 로만의 호의에 얼마나 무지했던가.

로만이 집 앞에서 물었다.

"혼자서도 괜찮겠어?"

"그럼."

나는 약봉지를 만지작거렸다.

"혼자 쉬는 게 더 나아. 아프면 엠마 부를게."

부를 생각도 없었지만 괜히 걱정할까 봐 한 말이었다. 로만의 표정이 일그러
졌다.

"……유리창은?"

"오늘은 1층 소파에서 자려고. 그렇지 않아도 왔다 갔다 하는 거 힘들 것 같
아서."

로만은 내가 못 미더운지 움직이려 하지 않았다.

"생존 신고 할게. 연휴 끝나면 사람 불러서 유리 갈고 비용도 청구할 거고.
됐지?"

"……그래."

"오늘 고마웠어."

"내가 낸 사고잖아."

누구라도 그렇게 할 거야. 로만이 고개를 돌리고 중얼거렸다.

"응, 그렇겠지. 알아."

나는 웃었다.

"……."

그다음에 또 잠깐 침묵이 흘렀다. 로만은 할 말이라도 있는지 한참을 서 있었지만, 결국 그의 입에서는 아무 말도 흘러나오지 않았다.

내가 다시 인사를 해야 했다.

"잘 가. 로만, 그래도 고마웠어."

나는 손을 흔들고 문을 닫았다.

'쟤가 자기 잘못이라고 생각하지 말아야 할 텐데.'

나는 절룩거리며 소파로 걸어가 누웠다. 약을 먹을 정신도 없이 그대로 수마에 삼켜졌다. 정말이지 너무 졸렸다.

크리스마스 마켓 구경도 최악이었고, 집 유리창은 깨졌고, 발은 다쳐서 옴짝달싹을 못 하게 되었다. 그 와중 엠마는 칼리드와 사귀게 되었고.

아냐, 이것만 유일하게 좋은 일이었다. 하지만 로만과는…… 로만과는…….

아, 가슴이 따끔거렸다.

'뭐가 뭔지……. 최악의 방학이야.'

Chapter 8.

늑대지만 해치지 않아요

병원에 간 건 정말 탁월한 선택이었다.

괜찮을 줄 알았는데, 그날 밤부터 상처는 불을 붙인 듯 점점 아프고 열이 났다. 복용 시간을 지켜 약을 먹고 책을 뒤적거리다가, 2층에 올라가지도 못하고 잠을 자는 일이 반복되었다. 움직일 수도 없으니, 냉장고의 음식들을 야금야금 까먹으며 보냈다.

[상처는 어때? 괜찮아?]

그리고 매일 점심시간, 로만한테 전화가 걸려 왔다. 실수로 내 방 유리창을 깬 일이 불러일으킨 나비효과에 충격을 많이 받은 듯했다. 상처에 대해 물을 때마다 난 다 나은 것 같다고 말했다. 멀쩡하다고.

[거짓말하지 마. 어떻게 그게 그렇게 빨리 나아?]

화가 난 듯이 다그치면 할 말이 없어서 가만히 있었다.

'앤 이제 다정한 척할 생각도 없나 봐.'

침묵이 길어지면 로만의 목소리가 라디오의 볼륨을 줄이는 것처럼 작아졌다.

[혼자 있기 불편하지? 내가 거기로 갈까? 식사도 도와주고.]

"아니. 지금이 더 쉬기 좋아. 혼자 쉬어야 빨리 낫지. 그리고 엠마가 준 음식 있어서 괜찮아. 장도 미리 다 봐 놨고."

통화가 끝나면 약을 먹었다. 난 마치 파블로프의 개가 된 것 같았다. 통화가 끝나면 약을 먹고, 소파에서 조금 뒹굴거리다 잠드는 일이 매일 반복되었다.

[잘 지내니? 친구들은 많이 사귀었고? 뭘 하면서 지내니?]

부모님께 전화가 한 번 걸려 왔다. 동생한테도. 나는 유리창이 깨진 일도, 로만이 여기로 전학 왔다는 것도 말하지 않았다.

"저는 괜찮아요. 겨울 방학은 짧잖아요. 그래서 안 간 거예요. 다음 방학 때는 꼭 갈게요. 보고 싶어요."

내 말대로 겨울 방학은 짧았다. 일주일이 지나자, 상처는 붉은 초승달 모양의 딱지가 되었다. 살짝 눌러 보면 안은 아직 낫지 않은 듯 물렁물렁했다.

'뭐…… 괜찮네.'

지금이야 좀 절지만, 한 달만 더 지나면 양말 속에 파묻힌 상처를 의식조차 하지 못할 거였다.

"새해 잘 보내."

[그래.]

"……."

[발은 좀 어때?]

로만이 내 상처의 안부를 물었다.

"괜찮대도."

[내가…… 뭐 할 일이 없을까?]

로만의 절절매는 목소리를 들으면, 나는 그러고 싶지 않은데 퉁명스러워졌다.

"네가 할 일이 뭐가 있어? 괜찮아. 이제 하나도 안 아파."

시간의 흐름은 내게 늘 그냥 그랬다. 새해도 내게 특별한 의미가 아니었다. 로만의 전화를 제외하고는. 그런 식으로 2주간의 겨울 방학이 지나갔다.

개학 날.

나는 자전거 체인을 풀려다 집 앞에 서 있는 낯익은 자동차를 발견했다. 로만의 지프였다.

"어?"

차에서 내린 로만이 다가와, 내가 뭐라고 하기도 전에 자전거 체인을 다시 묶고 자물쇠까지 채웠다.

"그 발로 자전거를 타려고 했어?"

"언제부터 여기 있었어?"

"별로 안 됐어."

"뭘 이렇게까지 해. 다 나았어."

그렇게 말했지만 로만은 내가 다리 골절 환자라도 되는 듯이 팔을 붙잡았다. 그 순간, 나는 패딩을 단단히 껴입었음에도 불구하고, 내 팔뚝을 쥐는 로만의 손을 민감하게 의식했다.

"내가 너라도 이렇게 할 거야."

그 말에 끌려가 조수석에 앉았다. 로만의 말대로, 내가 로만의 입장이라면, 내가 로만을 다치게 했다면 쥐구멍에라도 숨고 싶을 거였다.

로만이 차 밖에서 안전벨트까지 매 주었다.

"그럼 자전거라도 트렁크에 태워 줘."

반대편 운전석에 탄 로만이 말했다.

"저녁에도 데려다줄게, 약속 있으면 기다릴 거고. 너 마치면 전화해. 아니, 열쇠 하나 더 줄 테니까, 내 차에 타고 있어도 돼."

"로만."

"약속 장소가 멀면 거기에도 데려가 줄게."

시동 거는 소리와 로만의 목소리가 섞였다.

"네가 다 나을 때까지. 너라도 그렇게 할 거지?"

그럴 필요 없다고 내가 조그맣게 중얼거렸지만, 로만은 들은 체도 하지 않았다.

'상처가 다 나으면.'

나는 조수석 의자에 파묻듯 몸을 기댔다. 어차피 얼마 걸리지도 않을 터였다. 한 2주, 3주?

"……."

아니 솔직히…… 지금도 괜찮다. 로만이 오버하는 거였다. 하지만 나는 아무 말도 하지 않았다.

"……."

할 말이 별로 없었다. 별것도 아닌 이야기들을 신나서 조잘조잘 늘어놓았던 일들이 멀디먼 어린 시절의 일로 여겨졌다.

'어색하네.'

말을 하지 않으니 이상하게 숨이 막혔다. 차창을 열까 하다가, 창에 김이 서릴 것 같아 그만두었다.

"좋아하는 노래 있으면 틀어 줄까?"

로만이 스피커로 손을 뻗었을 때였다.

"아…… 저기."

할 말이 드디어 떠올랐다. 나나 로만에 관한 화제도 아니어서 그냥 말하고 듣기만 해도 편한, 그렇다고 남 흉을 보는 것도 아닌 이야기가 말이다.

"응?"

"얼마 전부터 엠마와 칼리드……."

"어."

"사귄대."

"어?"

로만이 운전하다 말고 고개를 돌렸다.

"정말이야?"

"앞 봐야지."

로만은 다시 고개를 정면에 고정시켰다.

"아, 응, 그래서?"

"방학 때 그렇게 되었나 봐. 잘됐지?"

"너와 지금 같이 다니는 그 둘…… 말이지?"

대화가 끊기지 않아서 안도했다.

"어. 사실은 내가 이어 준 거나 마찬가지야. 입학했을 때부터 칼리드가 엠마 좋아했나 봐. 엠마 귀엽잖아."

"그래…….."

로만이 핸들에서 오른손을 떼어 입을 문지르다 꾹 눌렀다. 그러더니 이번엔 고개를 내 반대편으로 돌렸다.

"……잘됐다."

"그렇지?"

남의 연애 얘기는 즐거운 법이다. 자전거로도 가까운 길을 차로 오니 학교엔 금방 도착했다. 주차장에서까지 나를 조심조심 내려 주는 로만을 학생들 몇이 유심히 바라보았다.

'……모르겠다. 오해하라지.'

신경이 쓰이지 않는다면 거짓말이었다. 하지만 이런 걸 일일이 의식하며 살기에 난 어릴 때부터 시선을 너무 많이 받고 자랐다.

'아, 혹시 비밀 연애하는 거 아닐까? 내가 괜히 로만한테 말했나?'

하지만 교실에 갔더니, 먼저 도착한 엠마와 칼리드가 이보다 더 가까이 붙어 있을 수 없을 정도로 찰싹 달라붙어 있었다.

'괜한 생각을 했구나.'

교실 문가에 앉은 칼리드의 옆얼굴이 싱글벙글했다. 한 번도 저런 표정을 본 적이 없었다.

'좋아 보이네.'

얼마나 딱 달라붙어 있는지, 처음에 엠마는 칼리드의 몸에 가려져 보이질 않을 정도였다.

"야, 칼리드……."

가까이 다가가자 엠마가 이를 악문 듯이 조용히 웅얼거리는 목소리가 들렸다.

"너 그만 좀 쳐다봐, 얼굴 뚫어지겠어."

"왜에—"

칼리드가 달콤한 목소리로 말했다.

"사람 얼굴 그렇게 쉽게 뚫리는 거 아니야. 그리고 뭐 어때? 우리는 사귀는 사이인데. 창피해하지 마. 다들 이해할 거야."

마지막 말을 끝내고 숨 돌릴 시간도 없이 칼리드가 얼른 덧붙였다.

"아니, 이해 못 하면 어쩔 거야? 우리는 사귀는 사이인데."

"미친……."

"우리 엠마 욕하는 것도 귀엽다."

"그러다 진짜…… 맞을 수 있으니까 그만해라."

앗, 가까이서 보니 그렇게 좋은 상황이 아니었다.

'칼리드 쟤가 저런 애였나?'

태세 전환도 이런 태세 전환이 없다.

'닭살 돋는다.'

만약에 칼리드가 도와 달라고 말하던 순간으로 돌아간다면…… 뭐, 그래도 도와주었을 테지만. 그래도 싫은 건 싫었다.

"안녕."

옆에 앉자 엠마와 둘만의 세상을 만들어 가던 칼리드가 나한테 고개를 돌렸다. 엠마가 나를 발견하고 구명줄이라도 잡았다는 듯이 손을 흔들었다. 칼리드가 코끝을 찡그리며 물었다.

"바스커빌이랑 같이 왔어?"

"어? 봤어?"

"아니…… 안 봐도 알겠는데."

엠마가 얼른 책상에 올려놓은 물건을 가방에 쓸어 넣더니, 내 옆자리로 옮겨 앉았다.

"아, 왜에."

칼리드가 앓는 목소리를 냈다. 엠마가 내 귀에 속삭였다.

"쟤 미친 거 같아. 왜 저러는 거야?"

내가 알 턱이 있나?

"저러다 말겠지."

나는 웃고 말았다. 엠마가 물었다.

"발은 이제 좀 괜찮아?"

"어…… 아직도 좀 아프긴 한데, 괜찮아지겠지."

왜 그런 거짓말을 했는지 모르겠다. 나중에 로만과 함께 차에서 내리는 게 눈에 띄기라도 하면 변명하기 위해서였을까?

"왜? 어디 다쳤어?"

이번엔 칼리드가 일어나 엠마의 옆에 가 다시 찰싹 들러붙으며 의아해했다. 나는 엠마를 바라보았고, 엠마는 작게 어깨를 으쓱했다. 그날 있었던 일을 아무한테도 말하지 않았다는 뜻이었다.

"집에서 유리를 좀 밟았어."

"저런, 병원은 가 봤고?"

"응, 조금 꿰맸어."

선생님이 들어왔다. 책을 펴는데 엠마가 속삭였다.

"그럼 윈터포멀엔 어떻게 할 거야?"

나는 그 말에 엠마를 돌아보았다.

"그때쯤엔 다 낫겠지?"

엠마는 방긋 웃었다. 정말 바스커빌이 왕자이고 내가 신데렐라라는 걸 굳게 믿는 듯한 얼굴이었다.

'윈터포멀?'

그러고 보니까 그런 게 있었지.

겨울 방학의 끝과 밸런타인데이 사이에 학기를 마무리 짓는 기념 파티가 하나 있었다.

홈커밍이나 프롬과 달리, 여자가 남자한테 '같이 춤추러 가지 않을래?' 하고 먼저 제안하는 겨울 파티 말이다. 다과도 있고, 이야기도 나누며 춤도 추는……

중학교 때도 물론 있었는데, 원래 난 그런 파티엔 아예 참석을 안 해서 생각조차 하지 못했다.

'전의 학교는 사교계의 연장이었는걸.'

게다가 춤이라면……. 전학 오기 전에 참석해야 했던 파티에서 난 한 번도 춤을 춰 본 적이 없었다. 심지어 로만과도 말이다.

"……."

나는 책상 아래 얌전히 놓여 있는 내 다리를 내려다보았다. 그럴싸한 핑계가 있어서 정말 다행이었다.

'나는 이런 핑계라도 있지만 로만은 어떨까?'

하지만 곧 머릿속이 복잡해졌다.

'로만은…… 누군가와 춤을 추고 싶지 않을까?'

전에 학교에서나…… 다른 곳에서 춤을 출 기회가 있었을까? 누군가와? 나는 한 번도 이런 것을 생각해 본 적이 없었다.

'……어?'

파티라고 해도 학교에서 하는 행사인데, 뭐 별거겠어. 강당 같은 곳에서 삼삼오오 모여 쿠키나 음료수를 먹으며 학교 이야기를 하고, 파트너를 바꿔 가며 춤을 추는 게 다겠지.

그러다 조금 더 분위기가 무르익으면, 파티가 끝나고 시내로 나가 늦게까지 하는 카페에서 밤을 새울 수도 있을 것이다.

'…….'

갑자기 정신이 멍해졌다. 로만과 이렇게 어색해지지 않았다면, 그런 기회를 내가 잡을 수도 있었다. 방학 때 로만과 함께 먹었던 완벽한 팬케이크의 맛이 떠올랐다.

그다음부터 수업 내용은 내 귀에 하나도 들어오지 않았다. 나도 모르게 얼굴이 붉어졌다.

'그럼 분명 재미있었겠지.'

로만과 춤을 출 수 있다면 얼마나 좋을까. 이전에 우리가 함께 춤을 출 기회가 얼마나 많았나. 하지만 우리는 레오파르디와 바스커빌이었다.

그때 나는 사람들의 관심이 싫었고, 그래서 자연스럽게 모두를 따돌리며 살았다. 로만이 내 유일한 친구였을 때도, 나는 로만을 데리고 사람들 앞에 당당히 나서기보다는 우리 둘만이 있는 곳으로 숨기를 원했다.

로만은 그런 나를 따라 왔었다. 왜냐하면 그때 로만은 나를 사랑했으니까. 그때 아주 많은 기회가 있었다. 예를 들면 밖으로 나가 서로 손을 맞잡고 춤을 출 기회가. 우리가 춤을 춘다면, 만약 그때 춤을 췄다면…….

'다시 그때 그 시간으로 돌아간다고 해도, 나에게 로만과 춤출 용기가 있을까?'

나는 나도 모르게 고개를 절레절레 젓다가 놀랐다. 혼자 생각해서는 해결되지 않는 의문들이 늘어 갔다.

예전엔 친구를 만들면, 혹은 내가 더 이상 내 뿔에 신경 쓰지 않게 된다면 모든 게 마법처럼 해결될 것 같았다. 그러기 위해서 이곳에 왔다. 그러나 지금 내 안의 그 복잡한 의문들이 말끔히 해결되었냐고 하면, 아니었다. 새로운 의문들이 내 안에서 깨어났다.

'갑자기 왜 이러지?'

내 안에서 아주 깊이 잠들어 존재하는 줄도 몰랐던 이 생각들은, 마치 밤에 꽃을 피우는 나팔꽃 같았다.

'모두가 사랑을 해. 아직 사랑을 시작하지 않은 사람들도 곧 하겠지. 가문에 상관없이…… 그냥 서로가 좋으니까…….'

나는 고개를 돌렸다. 내 옆에 앉은 엠마와 칼리드가 갑자기 달리 보였다. 둘은 이제 연인이었고, 원한다면 윈터포멀 파티에서 춤을 출 수도 있었다.

조금 무리한다면 밤늦게까지 24시간 운영하는 카페에 앉아 시답잖은 이야기를 떠들 수 있을지도 몰랐다.

"루시?"

갑자기 나를 쳐다본 엠마가 의아하다는 듯 물었다. 엠마의 시선을 따라가 보니, 나도 모르게 책을 찢어 뭔가를 접고 있었다. 내가 하고도 깜짝 놀랐다.

"어, 내가 왜……."

"야, 장난을 치고 싶으면 공책으로 하지, 왜 책으로 하고 그래?"

엠마가 속살거렸다.

"공부하기 싫어? 하기야 나도 지금 이 수업에서 도망치고 싶다. 왜 필수 과목일까, 이거."

내가 접고 있던 건 나팔꽃이었다. 종이접기는 여기 와서 한 번도 하지 않았다. 내가 늘 현실에서 도망치고 싶을 때마다 하는 행동이었기 때문이다.

나는 어느새 내 손끝에서 피어난 종이 나팔꽃을 빤히 바라보았다.

"……."

아무도 모르게 새벽에 피는 꽃이었다.

칼리드가 그런 나를 바라보았다. 시선이 마주치자 칼리드는 눈을 가늘게 뜨며 싱긋 웃었다. 그러곤 고개를 돌렸다. 하지만 나는 그 순간 봤다. 책상 밑에서 칼리드의 손이 엠마의 손을 부드럽게 감싸 쥐는 것을 말이다.

순간 엠마가 움찔하더니, 수업에 집중하는 듯이 정면을 보았다. 하지만 얼굴이……. 엠마의 옆얼굴이 새빨갰다. 나는 못 볼 것이라도 본 것처럼 얼굴이 붉어져서 시선을 피했다.

'도대체 왜 이럴까?'

머릿속이 복잡해진 나는, 나팔꽃을 접었던 종이를 다시 반듯하게 펴서 책 사이에 끼워 넣었다. 한숨이 나왔다. 나는 어쩐지 울고 싶었다.

왜 혼자는 살 수 없을까? 혼자 있으면 왜 외로움이 닥쳐올까? 도대체 외로움이라는 감정은 무엇 때문에 존재하는 것일까?

나는 창밖을 바라보았다. 겨울 하늘이 눈이 시릴 만큼 청명했다.

그날 체육 수업은 테니스여서 칼리드와 함께 들었다. 그 수업에서 우리는 자연스럽게 페어가 되었다. 잘됐다 싶어 나는 칼리드한테 물었다.

"내가 눈치 없는 거 알지? 너희 둘 데이트 방해하는 거면 알아서 살짝 말해야 해."

"데이트 시간 따로 있어, 괜찮아."

칼리드가 빙그레 웃었다.

"왜 갑자기 우리랑 떨어지려 그래? 우리 둘도 친구잖아, 그렇지?"

칼리드의 테니스는 자유분방했지만, 스트로크의 기본기가 제대로 잡혀 있었다. 내가 유일하게 제대로 배운 운동이었는데, 키에서 오는 리치가 달라서인지 꽤 고전했다.

"조금만 쉬자."

"그럴까?"

세 게임을 연달아 마친 나는 땀을 뚝뚝 흘리며 고개를 끄덕였다. 우리는 콘크리트 계단에 앉았다. 칼리드가 말했다.

"너 발 멀쩡하네."

그 말에 탄식이 흘러나왔다.

"아……. 그렇구나."

"뭐가 '그렇구나'야?"

정말 이렇게 거짓말에 재능 없을 줄은 몰랐다.

"엠마한테는 말하지 마. 엄살 부리려는 게 아니라…… 이래야 윈터포멀 가는 거 거절할 때 편할 것 같았어."

"윈터포멀은 왜 안 가려고?"

"방해되잖아."

"누구한테?"

나는 말없이 턱 끝을 치켜들며 웃었다.

"뭐가 방해야, 너 정도면 아무나 골라잡을 수 있을 텐데."

칼리드가 물병을 건네며 물었다. 난 그냥 웃었다.

"칭찬 고마워."

"왜? 바스커빌과 같이 갈 생각은 없어? 레오파르디?"

"없지, 우리 그런 사이 아니라니까."

"정말 아무 사이 아니야?"

나는 물을 마시려다 이 대화의 이상함을 깨닫고 바닥에 물을 뱉었다. 그런 후 칼리드를 바라보았다.

"……어?"

입을 벌렸지만 쉽게 말이 나오지 않았다. 칼리드가 내 대신 내가 할 말을 말해 주었다.

"어떻게 알았냐고 묻고 싶은 거지, 루시 레오파르디?"

아차.

'와…….'

역시 잘못 들은 게 아니었다. 나는 그 말에 고개를 끄덕일 수밖에 없었다.

"내가…… 뭐, 나도 모르게 너한테 뭘 말했어? 아니면…….'"

장난이 아니다.

'뱀인 것부터 수상했어.'

나도 나지만, 얘는 뭐 하는 애일까?

"저기, 우리 집이 미디어 쪽이긴 해."

그런 내 마음을 또 어떻게 읽었는지 칼리드가 말했다.

"근데 그것 때문에 안 건 아니고. 논리적인 추론의 결과물이지."

"추론?"

"바스커빌이 전학을 왔을 때부터 너한테 알은척을 했잖아. 너도 친구라고 했고. 보통 성인 전에 만나는 친구들은 비슷한 성장 환경을 공유하지."

칼리드가 손가락을 하나하나 꼽았다.

"예를 들어 같은 학교 혹은 모임, 비슷한 사회적 지위를 가진 부모님들."

"……."

"이건 추리라고 하기도 솔직히 민망해. 너희가 무슨 아르바이트를 하다가 만났겠어? 아니면, 길 가다가 우연히 만나 번호를 교환했겠어?"

"……."

"넌 그런 거로 다른 사람과 친해지는 성격은 아니잖아."

나는 마른침을 삼켰다.

"게다가 넌 마치 초식 특성인 사람은 한 명도 만나 본 적 없다는 듯이 굴고. 그 특성이면 다 알 만한 실수를 저지르지 않나."

"큐티클 크림."

"그래, 그거."

나는 한숨을 내쉬었다.

"그런데 바스커빌이 알 만한 영애 중에 태어나면서부터 유명해진 사람이 있지. 딱 우리 또래, 너 같은 양 말이야."

"맞아."

나는 곱게 자백했다.

"그거 어떤 언론사가 기사 터뜨렸다가 파산할 뻔했던 거 알지?"

"응."

여기까지 오면 시치미 떼며 발을 뺄 수가 없다.

"그래, 이름까지 같더라. 성은 가명이지?"

"가명은 아니야. 선대조 할머니 성이었어. 한 8대조 정도."

"거기까지 올라가?"

나는 작게 고개를 끄덕였다. 칼리드는 눈을 반짝반짝 빛냈다. 마치 특종이라도 잡은 기자처럼.

"그럼 이 학교에는 왜 온 거래?"

난 이제 있는 그대로 다 말할 수밖에 없었다.

"네가 생각하는 그런 거 아니야. 대학 가기 전까지 좀 평범하게 살아 보고 싶었어. 가끔 유명인의 아들딸들이 가명을 쓰고 살기도 하잖아."

"아니, 그게 아니라."

칼리드의 표정이 이상해졌다.

"너는 왜 그랬는지 이해해. 얼마나 시달렸겠어. 내 말은, 그러니까 바스커빌 말이야."

그 말에 내 두 입술이 딱 달라붙었다.

"로만 바스커빌은 왜 여기 온 거야?"

칼리드의 물음에 어떤 대답도 할 수 없어서였다.

"널 따라온 거지? 솔직히 말해 봐. 너희 둘 사이에 무슨 일이 있기는 있었지?"

"……"

무슨 일이 있었느냐니. 아무 일도 없었다. ……표면적으로는 말이다.

잠시 로만과 연이 뚝 끊긴 계기였던 날 밤의 풍경이 머릿속에 떠올랐지만, 그날의 일을 나는 누구에게도 이해시킬 수 없을 것 같았다.

"내가 여기로 전학 오기 전에 사소한 일로 크게 싸웠어. 로만은 나랑 화해하고 싶어서 왔고, 난 로만이 여기 올 줄 몰랐어."

"바스커빌이 그렇게 말하디?"

"그래."

"루시, 설마 그 말을 진심으로 믿는 건 아니지?"

칼리드는 콧김을 내뿜으며 말했다.

"뭐?"

"무슨 변명을 이렇게 성의 없이 해? 지금이 뭐 중세 시대야? 전화도 있고, SNS가 범람하고 있는데."

나는 눈을 깜박였다.

"그러니까 솔직히 말하라니까."

이 오해를 어떻게 풀어야 할지 모르겠다.

"……진짜야."

나는 진심으로 답했다.

"좀 크게 싸워서 그래. 얼굴 보고 말하고 싶었나 봐."

칼리드는 답답한 듯 미간을 찌푸렸다.

"오해하지 마. 이상하게 들릴 거 아는데……. 사귀었다가 헤어진 게 아니면, 로만 바스커빌이 너한테 그러면 안 돼서 그래."

"뭘?"

"너무 찝쩍대잖아. 사귀지도 않는 애한테, 동의도 받지 않고."

"무슨 소리 하는 거야?"

나는 그 말을 정정해야 할 필요성을 느꼈다. 칼리드는 뭔가를 완전히 잘못 생각하고 있었다.

"내 말은—."

쌔앵—! 퍽!

칼리드가 뭐라 더 말하려던 그 순간, 그의 고개가 완전히 뒤로 넘어갔다.

'어?'

칼리드의 얼굴에 어떤 갈색 물체가 달려들었나 싶더니 바닥으로 통통 굴러 갔다. 농구공이었다.

"——!"

칼리드가 뒤늦게 비명을 질렀다.

"어떤 새끼야!"

다행히 얼굴에 맞기 전에 손으로 어떻게든 막았는지, 칼리드가 눈을 휘둥그 레 뜨고 있었다.

"괜찮아?"

"괜찮을 것 같아? 골 울려. 뭐 하는 놈이 농구공을 여기로⋯⋯!"

우리 사이로 그림자가 졌다.

"괜찮아?"

로만이 농구공을 주우며 칼리드에게 물었다.

"⋯⋯."

"어떡해? 다쳤어? 보건실 가야 하는 거 아닐까?"

내가 물었지만, 칼리드는 떠들던 입을 다물었다. 그리고 빤히 로만을 바라보았다. 둘이 그러고 아무 말도 하지 않아서 나는 놀랐다.

"로만, 사과해야지. 칼리드가 네가 던진 공을 맞았잖아."

얼른 로만한테 말을 건넸다.

"미안해."

로만이 사과했다.

"—아니야. 뭐 그럴 수도 있지. 별로 안 다쳤어."

칼리드가 답했다.

"……."

사과를 하고 받아 주는데, 둘 중 그 누구도 진심이 아닌 것 같았다.

"미안."

로만은 농구공을 주운 후, 한 번 더 미안하다고 말하고 사라졌다.

'봤을까?'

나는 생각했다.

"뭐야?"

칼리드가 중얼거렸다.

"이제 진짜 너희 무슨 사이인지 모르겠다."

그리고 내 귓가에 속삭였다.

"무섭다고, 그냥 친구 사이면 쟤 좀 어떻게 해 봐. 어?"

하지만 나는 그때 다른 생각을 하고 있었다.

내가 아까 전까지 칼리드와 테니스를 치는 걸 로만이 봤을까? 방금 전 칼리
드한테 왜 그랬을까? 로만은 나한테 화가 난 것일까?

'혹시 나한테 맞히려고 하던 게 칼리드한테 맞은 거 아냐?'

식은땀이 났다. 로만은 가끔 나한테 화가 난 듯한 행동을 할 때가 있었다. 상
처 입히려는 듯이 웃을 때가 있었다. 그럴 때마다 난 어리둥절하기만 했다.

하지만 내게 화가 났나 싶어 멀어지려고 하면 다시 다가왔다. 로만의 모든

행동이 의문투성이였다.

'어쩌지.'

나는 피곤하고 슬펐다.

'난 이제 로만을 모르겠어.'

어찌해야 좋을지 알 수가 없었다.

'혹시 아까 나한테 화났니?'

고작 낸 결론이 이거다.

'내 발이 멀쩡한 걸 알아서?'

하지만 아닌 것 같았다. 괜찮다고 말했지만, 그날 돌아가는 길에 로만은 몇 번이나 차를 태워 주겠다고 의견을 굽히지 않았다.

"내일부터는 혼자 갈게. 자전거 정도는 탈 수 있어."

"한 번만 더 그 말 하면 화낼 거야."

"……."

"한번 아물 때 무리하면 제대로 안 나아."

나는 한숨을 쉬며 창밖을 바라보았다.

'아무것도 모를 땐 우리 진짜 즐거웠는데.'

학교에서 집으로 가는 길, 자전거로도 충분히 통학 가능한 그 시간이 얼마나 길게 느껴지던지.

"루시, 있잖아?"

"응."

"예전에 네가 그랬지, 우린 영원히 친구일 거라고."

"그래."

그럴 수 있다고 믿었다.

"칼리드와 엠마한테도 그 말을 했어?"

나는 로만을 바라보았다. 지금의 표정으로는 로만의 생각을 읽을 수 없었다.

"……."

무시한 게 아니라, 나는 무슨 대답을 해야 할지 알 수 없어서 아무 말을 하지 않았다. 차라리 '너 테니스 하는 거 보니 네 발 너무 멀쩡하던데?'라고 묻는 게 나을 지경이었다.

침묵이 길어졌다.

"외로워."

로만이 툭 내뱉듯이 말했다.

"나도 여기 온 지 꽤 됐으니 너처럼 새로운 친구를 사귀어야 할까 봐. 어떻게 생각해?"

그 말에 나는 또다시 심장에 구멍이 뚫리는 듯했다.

"친구가 많아지면 좋은 일이지."

그런데 그 말밖에 할 수 없었다. 간신히 한 말이 그것이었는데, 쥐구멍에라도 들어가고 싶었다. 차가 멈췄다.

"내일 또 올게."

로만이 말했다.

이제 심장은 구멍이 숭숭 뚫린 스펀지가 된 것 같다.

'쟤 또 저래.'

집에 돌아온 나는 약간…… 죽고 싶어졌다. 이유는 몰랐고, 솔직히 알고 싶지도 않았다.

'날 외롭게 만든 건 오히려 너잖아. 너도…… 여기 오자마자 많은 사람을 사귀었으면서.'

쏟아지는 의문을 회피하고 싶었다. 답이 없어 보였기 때문이었다.

'난 이제 쟤가 날 괴롭히려고 여기 온 것 같아.'

칼리드의 말대로 무슨 꿍꿍이속이 있는지도 몰랐다.

'하…….'

물론 친구한테도 질투할 수 있다, 당연히. 친구가 다른 친구를 사귀는 일이 외로울 수도 있다.

'우린 이러다 친구도 못 될 거 같아.'

하지만 우리 관계는 분명, 이제 중심을 잃고 삐걱거리고 있었다. 나는 슬펐다. 로만이 날 일부러 상처 입힌다고 오해할 것만 같았다.

윈터포멀 파티는 3주 후였다. 졸업식 파티와 달리, 파트너가 없어도 참가할 수 있었다. 그러나 학생들은 누구와 파트너를 할지 혈안이 된 듯이 보였다.

사물함 근처에서 도란도란 이야기를 나누는 한 쌍의 남녀들이 보일 때마다, 나는 못 볼 거라도 본 듯 피했다.

가끔 모르는 애들이 내게 윈터포멀에 누구와 함께 갈 거냐고 물었다. 대부분 여자애들이었으니 '상대 없으면 나와 함께 춤출래?'라는 의미가 아닌 건 당연했다. 나는 붕대로 꽁꽁 싸인 다리를 내려다보며 쓴웃음을 지었다.

"사정이 이렇게 되어서…… 파티는 못갈 것 같아."

얼마 전 갈아 끼운 유리창도, 붕대 속 발도 이제 감쪽같았다. 하지만 아이들은 내 거짓말을 눈치채지 못하고 만족스러운 얼굴로 돌아갔다.

"너 정말 윈터포멀 안 갈 거야?"

수업을 듣던 중 엠마가 속살거렸다.

"응."

"그럼 바스커빌은 어떡해?"

"뭘…… 어떡해?"

엠마가 미간을 찌푸렸다.

"바스커빌은 너와 함께 춤추고 싶을 텐데, 어떡하느냐고."

"......"

"은근히 너 윈터포멀 파트너 안 정해졌느냐 묻는 애들한테마다 파티 안 가겠다고 동네방네 소문내고 있잖아."

엠마가 책상 아래서 내 다리를 툭, 하고 건드렸다.

"솔직히 말해. 무슨 상처가 이렇게 오래 가는데?"

나는 시선을 피했다.

"다 나았지?"

"아니야, 진짜 아파. 의사 선생님이 힘줄을 건드렸다고 그랬어."

그런데 그 말을 하다가 묘한 표정으로 나를 보는 칼리드와 눈이 마주쳤다.

"이번 주 가기 전에 바스커빌이 너한테 분명 파티 같이 가자고 할걸? 분명해."

엠마는 단언했다. 하지만 칼리드의 얼굴이 공에 뭉개질 뻔하고, 나한테 로만이 '외롭다'라고 말했던 날 이후로 우리의 대화는 단절되어 있었다.

다친 발을 핑계로 나를 아침저녁으로 학교와 집으로 옮겨 주고 있긴 했지만, 그게 끝이었다.

로만은 내가 입을 열기 전까지 단 한 마디도 하지 않았고, 연다 해도 이야기가 흐르질 않았다. 그러니 덩달아 내 말수도 줄어들 수밖에 없었다. 집에서 학교까지의 거리가 짧아서 망정이지.

"......"

차에서 흘러나오는 음악을 들으며 나는 언제나 마음을 졸였다. 그런데 무엇에 마음을 졸이는지 알 수 없었다. 과일에 설탕을 넣고 졸이는 것처럼 내 마음은 점차 진득해지기만 했다. 그 마음이 무엇인지도 알 수 없는데.

나는 답답했다. 무엇이 답답한지 알 수 없다. 차라리 싸워서 이렇게 된 거라면 좋겠다. 그러면 화해라도 할 수 있을 텐데. 대체 윈터포멀 파티는 어떻게 되는 것일까?

며칠 뒤 학교에 와 보니 난리가 나 있었다. 로만과 윈터포멀에 같이 갈 파트너가 정해졌다는 것이다. 내가 교실에 들어오자, 그 화제에 대해 말하던 학생들이 입을 꾹 다물었다.

"……."

나는 그런 시선들이 익숙해서 쓴웃음만 나왔다. 오히려 나보다 더 얼이 빠져 있는 엠마한테 위로하듯 말했다.

"봐, 그냥 친구라고 했잖아."

내 말에 정신을 차린 엠마가 말했다.

"그럼 있잖아! 우리 다 같이 가자. 이게 졸업식 파티도 아니고, 우리 셋이서도 갈 수 있잖아. 나랑 칼리드와 번갈아 가며 춤추자."

나는 고개를 저었다. 누군가의 인생에 들러리가 되고 싶지 않았다. 아니, 사실 그렇게 거창한 게 아니라, 로만이 누군가와 춤추고 있는 것을 보고 싶지 않았다.

"발이 다 안 나았다니까."

발을 다쳐서 얼마나 다행인지.

'그래, 춤출 기회를 놓친 건 나야.'

로만은 나한테 윈터포멀에 같이 가자고 말할 수많은 기회가 있었는데, 말하지 않았다. 물론 나도 그랬고. 왜냐면 로만의 마음속 고양이는 이미 죽어 있을 테니까.

'받아들이자.'

이제 로만을 종이접기 따위로 유혹할 수 없다. 여기까지 왔는데 나와 함께 있는 것이 외롭고 실망스럽고, 그러니 새로운 친구를 만들겠다고 선언한 애와 내가 무엇을 하겠는가?

"그냥 집에 있을래."

내가 말했다.

"나 춤출 줄 몰라. 거기 사람들도 많을 텐데 누가 발을 밟기라도 하면 어떡해."

"루시."

"원래 혼자 보내려고 그랬어. 정말이야. 알잖아. 칼리드?"

나는 칼리드한테 도움을 요청하듯 바라보았다.

"……."

칼리드는 인상을 찌푸린 채로 나를 바라보다 시선을 돌렸다.

그날 점심 식사는 식당이 아니라 학교 벤치에서 했다. 식욕이 없다며 교실에 먼저 들어가 자는 게 낫겠다 말하고 점심을 우유 하나로 때우며, 나는 가슴이 뻥 뚫린 것처럼 외롭다고 생각했다.

정말 너무 외롭다. 외로워서 눈물이 날 것 같다.

'이만 돌아갈까.'

그런 생각이 들 정도로 외로웠다.

'이제…… 여기 왜 온 건지도 모르겠어.'

애초에 아무것도 기대하지 않는 편이 나았는지도 모른다.

그날 저녁이었다.

"나한테 할 말 없어?"

차를 타고 가는데 로만이 물었다.

"……음."

나는 할 말을 쥐어짜 보려 노력했는데…… 잘 생각이 나질 않았다. 로만의 차 안은 금방 불온한 공기로 가득 찼다.

'머리 아파.'

그 공기에 두통이 올 정도였다. 하지만 차창을 열 엄두조차 나지 않았다.

"계속 이렇게 차 태워 주는 거 힘들지 않아?"

로만은 그 말에 얼굴을 굳혔다.

"……."

화가 난 듯한 표정이었다. 로만이 나타난 뒤로 평화가 깨졌다. 마치 유리창처럼. 유리창이야 새것으로 갈아 끼울 수 있다지만, 내 마음은 그렇지 못했다.

'엉망진창인데.'

집으로 돌아와 코트도 벗지 않고 그대로 소파에 쓰러졌다.

'차라리 영영 사이가 틀어진 줄 알고 괴로워했던 때가 더 나았던 것 같아.'

내 감정에 두 발이 달려 있다면, 이미 다쳤던 발보다 더 피투성이일 터였다. 눈을 감았다.

'그럼 뭐라고 말해?'

아까의 상황을 곱씹었지만, 뭐가 정답인지 알 수 없었다.

'이제 와서, 누군지도 모르는 여자애와 한 약속을 취소하고 내 윈터포멀 파티 파트너가 되어 달라고 해?'

과거의 우정에 기대어 억지를 부리기엔 제정신이었다. 나는 배를 문질렀다. 매운 것을 잔뜩 먹은 것처럼 속이 아렸다.

'빨리, 발이 멀쩡하게 다 나았다고 이실직고해야 하는데…….'

입이 제대로 떨어지지 않았다. 칼리드의 말이 이때 귓가에 울리는 것은 왜일까?

"솔직히 너희 무슨 사이인지 모르겠다."

그대로 며칠이 지났다. 학교로 가는 길, 집에 가는 길 내내 알 수 없는 노래가

차 안을 채웠다.

"막상 가 보면 재미있을 거야. 날 믿으라니까. 잠깐은 어색하겠지만 분명 좋은 추억이 될 거야."

윈터포멀 파티 전날까지 엠마는 나를 설득했다.

"어떤 순간은 한번 가면 절대로 돌아오지 않아. 응? 가자, 루시. 네가 친구가 없는 것도 아닌데."

난 웃으면서 고개를 저었다.

"드레스가 없어서 그래? 빌려줄까?"

엠마의 그 말엔 웃음이 터질 뻔했다.

"아냐, 드레스 때문이 아니야."

그래, 어떤 순간은 한번 가면 다시는 돌아오지 않는다. 드레스를 입고 로만과 춤출 수 있었던 수많은 가능성이 머릿속에 떠올랐다.

신데렐라처럼 구두 한 켤레, 드레스 한 벌이 없어서 그 기회를 잃어버린 것이 아니다.

"엠마, 나 이런 파티가…… 사실 정말 어색해."

"……."

엠마는 정말로 많이 실망한 표정이었다. 나는 엠마를 껴안아 주었다.

"너무 마음 쓰지 마. 난 정말 괜찮아. 칼리드와 재미있게 보내. 난 정말 발이 아파서 그래."

파티는 저녁 9시에 학교 대강당에서 열린다고 했다. 로만은 파티 당일에도 나를 집에 데려다주었다.

"바쁘지 않아? 꾸미고 여자친구 픽업하려면?"

"여자친구 아니야."

"그래, 윈터포멀 파트너. 내가 잘못 말했다."

"넌?"

멍하니 차창 밖으로 흘러가는 풍경을 바라보는데 로만이 물었다.

"넌 오늘 뭐 해?"

나는 차창에 비치는 내 얼굴을 보았다.

"음, 피자 시켜서 그거 먹으면서 영화 볼 거야."

"영화 뭐?"

"그냥 인터넷이 추천해 주는 아무거나."

"아무거나 뭐?"

"오랜만에 고전 영화도 좋을 것 같고."

대화는 산발적이었다. 아무 의미도 없었다.

"정말 안 갈 거야?"

로만이 물었다.

"그럼. 날 알잖아."

내가 말했다.

"내가 파티를 얼마나 싫어했는지. 나 다른 사람과 한 번도 춤춰 본 적 없어."

사실 아니었다. 로만을 만난 순간부터 난 파티가 좋아졌다. 태어나서 처음으로 파티가 열리길 기다렸었다.

"그냥, 난 이런 거 아무리 참석해도 익숙해지지 않나 봐. 본가에 있을 때도 그랬고. 알잖아."

거짓말이 입에서 술술 나왔다.

"늘 시간 때우기에 급급했어. 구석에 박혀서 종이나 만지고 있었지."

"……."

"이건 의무도 아닌데, 참석해도 다른 사람 흥이나 깨는 것보단 혼자 있는 게 나아."

차가 집 앞에 도착했다.

나는 안도했다. 너무 안도해서 나도 모르게 한숨이 다 나왔다. 나는 가방을 들고 얼른 차에서 내렸다. 그리고 문을 닫으며 말했다.

"좋은 하루 보내."

진심이었고, 로만한테 진심으로 들리길 바랐다.

"춤 잘 추고."

나는 그날 정말 피자를 시켜 영화를 보면서 먹었다. 되는 대로 틀어 놓은 영화 채널에선 지금까지 한 번도 본 적 없는 장르의 영화가 흘러나왔다. 노출도와 스킨십 빈도가 높은 순서대로 사람들이 살해당하는 B급 공포영화였다.

'이런 것도 재미있네.'

그렇게 겨울이 지나갔다. 조용히, 아무 일 없이. 아, 채식 피자를 시켜 먹으면서 한 일이 또 하나 있다.

'거짓말은 그만두자.'

정직해지는 일이었다.

'머리 아프니까.'

나는 그날 밤 붕대를 풀어 쓰레기통에 던졌다. 로만과 조금이라도 더 함께 있기 위해 거짓말을 하고, 숨 막히는 시간을 견디는 일을 이제 그만두기로 했다.

머리도 아플뿐더러 진짜 바보 같으니까. 놓친 기차의 뒤꽁무니만 바라보고 있는 건 정말로 바보짓이었으니까.

붕대를 풀었을 뿐인데, 알몸이 된 것처럼 굉장히 부끄러운 기분이 들었다. 어른은 이런 상황에 술을 마실는지도 모른다 생각했다.

'정말 다 잃어버렸어. 사랑도 우정도. 인정하자. 이젠 로만은 내 친구가 아니야.'

다음 날 아침에도 로만의 차가 날 기다리고 있었다.

나는 로만이 윈터포멀 파티에서 있었던 일에 대해 미주알고주알 털어놓기를 바라지 않았다. 더 이상 로만에 대해 궁금하지 않았고, 알고 싶지 않았다. 로만은 깨진 유리 같아서 만지면 다치기나 했다.

나는 자전거 체인을 풀고 그걸 끌며 차 곁으로 다가갔다.

"왜?"

차에서 내린 로만이 자전거를 바라보며 물었다.

"있잖아, 사실 발은 예전에 나았어. 말할 타이밍을 기다리고 있었는데, 이젠 정말 아무렇지도 않아."

로만은 내 다리를 내려다보며 미간을 찌푸렸다.

"뭐?"

어이없어하는 로만의 태도에도 난 아무렇지도 않았다. 어젯밤이 되어서야 인정했다. 나는 실연했다. 그걸 인정하고 싶지 않아서 시간만 질질 끌었다.

'질투하는 건 그만두자.'

바보 같은 일이었다.

"미안해. 내가 좀 더 일찍 말했어야 했는데. 네가 이제 그만 오겠다고 말하기 힘들었겠지."

사실 어젯밤에 내일 오지 않아도 된다고 메시지를 보내고 싶었지만, 그럼 분위기가 더 이상해질 것 같았다. 괜히 파티에서 잘 놀고 있는 애를 싱숭생숭하게 만들고 싶지 않았다.

"오늘은 왔으니까…… 태워 줄게."

로만이 말했다.

"아냐, 말한 김에 시작해야지."

나는 두 손으로 자전거 핸들을 꽉 쥔 채 웃었다. 로만은 내 얼굴에서 무언가를 읽은 것 같았다.

"……그래."

"먼저 갈래? 나 어디 들를 데가 있어서. 학교에서 보자."

거짓말이었다. 이 시간에 문 연 데가 어디 있겠는가?

로만은 내 자전거로 시선을 옮겼다. 그리고 한참 멈춰 있었다. 로만이 다시 한번 물었다.

"태워 주면 안 돼? 오늘만."

나는 그 말에도 고개를 저었다.

"학교에서 보자."

그날 그렇게 우리의 길은 갈라졌다.

'난 로만을 좋아해.'

오랜만에 자전거를 타는데 바람이 차가웠다. 하지만 금방 봄이 오겠지. 날이 가고 곧 계절이 바뀔 것이라는 걸 머리로는 알고 있었지만, 막상 바람을 맞아 보니 봄은 요원해 보였다.

'우린 타이밍이 맞지 않았던 거야.'

이제 가질 수도, 친해질 수도, 만질 수도 없는 걸 원하는 일은 괴로웠다. 로만은 물건이 아니라 살 수도, 훔칠 수도 없었다.

그렇다면 방법이 하나. 눈에서 멀어지는 수밖에. 그래서 언젠간 마음에서도 멀어지기를 바라는 수밖에.

'아.'

나는 이제야 나와 몇 개월간 연락을 끊었던 로만의 마음을 이해했다. 이런 메커니즘이었을 것이다.

그날부터 나는 로만과 혹시라도 만날 수 있는 자리를 피했다. 예를 들면, 학교 식당 말이다.

"네가 무슨 다이어트야."

"사실, 위염이 생겨서. 나 진짜 배가 아파서 그래."

"……정말이지?"

"내가 이런 거로 왜 거짓말을 하겠어?"

엠마가 의심스러운 눈을 했다.

또한 등하굣길도 일부러 남들보다 일찍 왔다가 늦게 갔다. 로만과 겹치는 수업이 없어서 정말 다행이었다.

책에서 읽었다. 사람에 대한 질투는 누군가를 잃을지도 모른다는 두려움에서 곧잘 유발된다고. 그렇다면 질투하지 않는 방법은 간단하다. 아예 잃어버리면 되는 것이다. 잃어버리면 잃어버릴까 봐 걱정하지 않아도 된다.

'곧 괜찮아지겠지.'

전전긍긍하지 않아도 된다. 나는 이 감정을 송두리째 잃어버리고 나면 다시 로만과 친구 할 수도 있게 되지 않을까, 싶었다.

하지만 그만둬야지 하고 그만둘 수 있는 게 사람 마음이면 얼마나 좋을까? 접는다고 종이처럼 접어져 새로운 모양으로 변하는 게 마음이라면 인생이 얼마나 편할까.

로만을 잃어버리기로 마음먹은 바로 그 순간부터 나는 완전히 로만한테 사로잡혔다.

'이상하네.'

깨달아 보면, 나는 로만 생각만 하고 있었다. 이상한 일이지. 멍하니 수업을 듣고 있다가도 로만의 얼굴이 생각날 때가 있었다.

그 웃음, 바보 같은 말들. 로만이 나에게 해 주었지만 내가 모르고 받아넘긴 그 모든 일이 생각날 때면, 마음이 아렸다.

"후……."

나는 자주 한숨을 쉬었다. 이상하게 감정이 북받쳐 꾸욱 치밀어 오르는 것을 삼키느라, 고개를 숙이며 앓아 버릴 때도 있었다.

툭.

"헉!"

"괜찮아?"

갑자기 누군가가 등을 두들겨서 놀랐다. 고개를 들어 보니 엠마가 날 걱정스러운 눈으로 보고 있었다.

"어."

"정말로 괜찮은 것 맞지? 너 얼굴 봐, 너무 창백해."

"그럼."

말하고 웃었다. 속으로 괜찮지 않으면 어쩌겠나, 하고 생각했다.

'로만도 나만큼 아팠을까?'

나는 자주 그런 생각을 했다.

'내 생각으로 잠 못 이루는 밤이 로만한테도 있었을까?'

후회되었지만, 후회만으로 지나간 감정을 붙잡을 수는 없는 일이었다. 어떤 순간은, 영영 돌아오지 않는다. 아니, 사실 매 순간이 그렇다.

'사랑이란 뭘까?'

잠도 잘 오지 않고, 시간도 잘 흐르지 않고, 아무튼 머리가 아팠다. 배도 아주 많이 아팠다. 나는 이 고통에 항복하고 싶었다. 그런데 누구한테 항복해야 할지 몰랐다.

한때, 나는 나를 오로지 '레오파르디'로 보는 시선이 싫어 이곳으로 도망쳤다. 그럼 이젠 어디로 도망쳐야 할까? 부모님께 백기를 들고 본가로 돌아가면 이 고통이 조금이라도 해결될까?

아닐 것 같았다. 나는 그 어디로도 도망칠 수 없는 막다른 길에 다다랐다. 정말로, 불타는 원에 갇힌 듯했다.

"요즘 바스커빌을 피해 다니는 거지? 우리가 아니라?"

수업을 듣다 그 말에 퍼뜩 정신을 차렸다. 고개를 돌리니 칼리드가 나를 빤히 바라보고 있었다.

"그걸 어떻게 알아?"

"그냥 느낌으로?"

칼리드는 어깨를 으쓱했다. 나는 변명하듯 중얼거렸다.

"원래 뭐, 잘 안 만났어. 친구 사이에 멀어졌다 가까워졌다 그런 일 자주 있잖아. 내가 사실 재미있는 타입도 아니고……."

'친구는 너희만으로 충분하다'고 말하려던 때였다. 칼리드가 책에 엎드려 얼굴을 반쯤 팔에 묻고 다 안다는 듯이 웃었다.

"사랑싸움이 끝났어?"

"……."

"잘했어. 그대로 계속해. 아주 바스커빌 마음이 문드러지게."

"어?"

나는 칼리드가 무슨 말을 하는지 몰랐다.

"네 친구라고 해서 별말 안 했는데, 난 그 새끼 쓰레기라고 생각해. 그런 윈터포멀을 보냈는데, 손절이 당연한 거지. 축하해."

"어?"

"그런 새끼 두고 마음 아파할 거 없어. 그냥 쓰레기통에 버리면 돼."

나는 입을 뻐끔거렸다. 무슨 말을 해야 할지 알 수 없었다.

"그게 무슨 소리야?"

어디서부터 오해를 풀어야 할지 엄두도 나지 않는다.

"무슨 소리기는? 그만 인정해."

칼리드가 소곤거렸다.

"눈치 없는 엠마까지 요즘 네 걱정을 하잖아. 훌훌 털어 버리라니까? 네 마음이 진정되면 내가 소개팅 잔뜩 시켜 줄게."

"……칼리드."

"네가 눈치가 없어서 그렇지, 너 좋다는 사람 많아."

선생님이 잡담을 하는 우리에게 시선을 던졌다. 그러자 칼리드가 칠판을 바라보며 책 귀퉁이에 필기를 하듯 끄적거렸다.

「물론 나도 네가 걱정돼, 우린 친구니까. 무슨 뜻인지 알지?」

그 문장을 본 나는 온몸이 부끄러움으로 달아오르는 것을 느꼈다. 칼리드는 오해를 해도 단단히 오해하고 있었다. 나는 말을 하려다 말고 종이에 끄적끄적 적었다.

「정말 아니야. 무슨 오해를 하는지 모르겠지만, 우리 안 사귀어. 사귄 적도 없고, 또 헤어진 적도 없어.」

칼리드는 몹시 어려운 외국어 문장을 해석하는 것처럼 그걸 한참 바라보더니, 애매한 미소를 지었다. 그러곤 연필을 꺼내 들었다.

「그게 진짜라면, 그럼 너희는 무슨 관계야?」

그 뒤로 필담이 시작되었다.

「아니, 너무 궁금해서 그래. 뭐 서로 좋아하는 건 맞는데, 로미오와 줄리엣 그런 거야? 그런 거면 바스커빌의 태도를 이해라도 해 볼게.」

나는 가만히 그 문장을 바라보다가, 내 책 귀퉁이에 무언가를 적었다. 그리고 칼리드한테 보여 주었다.

「그런 게 아니고. 차인 건 아닌데, 결과적으론 차였어. 내가.」

나는 지금 이 상황을 짧게 설명했다. 칼리드가 뭐 씹은 표정을 하더니 볼펜으로 종이에 대고 썼다.

「네가????」

나는 반대편으로 고개를 돌렸다. 칼리드가 내 어깨를 툭툭 치더니 그 아래에 대고 썼다.

「이게 무슨 소리야? 자세히 좀 써 봐, 모르겠잖아.」

내가 그 밑에 썼다.

「뭘 더 말해, 차였다니까.」

거기까지 쓰는데 종이가 젖어 들었다.

「난 걔 좋아하는데, 이젠 걔가 날 안 좋아해. 그래서 그냥 뭘 시작해 보기도 전에 차였어.」

의연해지려고 했는데.

「그런 경우 있잖아. 차이지 않아도 상대 마음을 아는 그런 경우. 그래서 파티도 같이 안 간 거야. 로만한테 쓰레기라고 말하지 마. 내가」

뚝뚝뚝뚝뚝.

종이가 울었다. 내가 흘린 눈물로 말이다.

「지금 혼자 좋아하고 있는 거니까.」

거기까지 쓰고 나서 나는 그대로 엎드렸다. 내 인생에서 그렇게 창피한 순간이 없었다.

"울어? 왜? 갑자기 왜 우는데?"

칼리드가 나를 흔들었지만 나는 꿈쩍도 하지 않았다. 쥐구멍이 있다면 정말로 숨고 싶었다.

"루시."

벤치 옆에 앉은 칼리드가 말했다.

"진짜…… 그러지 마. 이러면 내가 울린 것 같잖아."

나는 코를 훌쩍였다.

"미안해."

"아니, 내가 미안하지. 울 줄도 모르고 그런 질문이나 하고."

"엠마한테는 말하지 마."

칼리드가 피식 웃었다.

"내가 엠마인 줄 알아? 이거 마셔. 그러다 탈수 오겠다."

그날 나는 처음으로 수업을 빠졌다. 그런 일을 하면 하늘이 무너지는 줄 알았지만, 수업 한 번 빠졌다고 무슨 일이 일어나지는 않았다. 하기야 당연하다. 그런 일로 하늘이 무너지면 이 세계는 내가 태어나기도 전에 멸망했을 것이다.

'이 와중에 하늘 진짜 맑다.'

나는 벤치에 앉아 코를 훌쩍이며 하늘을 바라보았다. 칼리드가 자판기에서 뽑은 음료수를 다시 내밀었다.

"너희 둘이 하도 죽 쑤기에 나는 뭐 긴 사랑싸움을 하는 줄로만 알았지. 있잖아."

칼리드가 중얼거렸다.

"너희 둘이 서로 사랑하는데, 이미 집안에서 정해 준 정략혼 상대가 있다거나……."

하늘이 맑았다.

"그도 아니면 서로 정략혼 상대인데, 바스커빌 그 새끼가 지는 이 여자 저 여자 만나면서 너한텐 정결을 강요하고 있다거나."

나는 코끝이 빨개져서 피식 웃었다.

"너 이상한 소설 너무 많이 읽은 거 같아. 로만 그렇게 이상한 애 아니야."

"알았어, 미안해. 그런데 무슨 일인지 알려 주면 안 돼? 우리 친구 아냐? 사람 궁금해 죽게 하려고 작정했어?"

나는 그 말에 또 웃었다.

"로만과 나는 진짜 친구였어. 그게 다야."

"야, 걔랑 네가 친구면 난 친구 없어."

칼리드가 말했다.

"뭐?"

"아무튼 그렇다고. 인정 좀 해 봐, 바스커빌이 너랑 내 사이 같지는 않을 거 아냐."

나는 칼리드를 바라보다 음료수를 마셨다. 달콤했다.

"음…… 그게 있잖아."

나는 언제나 내 생각을 안으로 삼키는 편이었다. 그러니 내 감정들은 나도 모르는 곳에 저장되거나 아니면 그냥 사라지거나 했다.

"걔가 옛날엔 날 좋아했는데 이젠 아니래."

나는 툭 내뱉었다.

"옛날엔?"

칼리드가 얼빠진 얼굴로 물었다.

"그래, 이제 나한테 관심 없대. 나는 이제야 걔를 좋아하게 되어 버려서…… 잘못 안 기차 시간표처럼 그냥 우린 타이밍이 엇갈린 거야."

나는 이 상황을 툭 털어놓고 한숨을 내쉬었다.

"그러니까 너 로만 좀 욕하지 마. 잘못한 것도 없는데 왜 그렇게 싫어하는 거야? 농구공 던져서 그래?"

"……어? 기차? 시간표?"

칼리드는 머리 위에 수없이 물음표를 띄웠다.

"루시, 내가 배경 지식이 없으니까 제발 비유와 요약 좀 하지 말아 줄래?"

"이거 정말 재미없고 긴 이야기인데……. 들으면 이해 안 될지도 몰라."

"아니, 말을 하다가 그만두면 어떡해? 일단 말을 해 봐, 그래야 재미가 있는지 없는지 알지."

칼리드가 답답해했다.

"걔랑 처음 만났을 때부터? 응? 네가 말을 하면 판단은 내가 할게."

수업도 빠졌고, 칼리드도 이렇게 말하니 더 이상 다른 말을 할 수가 없었다.

"진짜 별거 아닌데……."

나는 천천히 이야기를 시작했다.

"로만과 만난 건 재작년 여름이었어."

정말 별거 아니었다.

"취지가 무엇이었는지도 생각나지 않는 사교 모임이었는데, 그때 난 다른 사람들과 어울리는 게 싫어서 발코니에 나가 있었지."

그냥 만나고 헤어진 이야기, 친구와 가까워졌다 멀어진 이야기.

"아무도 날 보지 않기를 바랐어. 그런데 로만도 바람을 쐬고 싶었는지 발코니로 나왔고, 우리는 인사를 하게 되었어."

모두가 한 번쯤 이런 일을 겪잖아.

수업이 끝나는 종소리가 들렸다.

"그렇게 된 거야."

"……."

"이제 좀 이해가 됐어?"

"……음?"

이야기를 다 들은 칼리드의 표정이 이상했다.

"그러니까 내가 재미없는 이야기라고 했잖아."

칼리드는 고개를 저었다.

"지금 이 상황은 그게 문제가 아니야. 넌 고민 상담을 하는데, 아까부터 왜 재미에 집착하는 거야?"

그러더니 칼리드는 손끝으로 관자놀이를 눌렀다.

"진짜 이거 무슨 삽질을 하는 거지?"

정말로 복잡한 얼굴이었다.

"넌 그렇다 치고, 그 새끼는…… 아니, 이게 무슨……."

"너 로만한테 계속 새끼라고 할 거야?"

"알았어, 바스커빌, 바스커빌."

"그냥 로만이라고 해. 왜 다 로만을 성으로만 부르지?"

"아니, 이 와중에 그게 중요하단 말이야?"

칼리드는 어이가 없다는 듯 푸욱 한숨을 내쉬었다. 그러더니 내 어깨에 두 손을 얹었다.

"그래서, 지금 넌 로만 바스커빌을 짝사랑해서 가슴이 아픈 거지, 루시?"

칼리드가 물었다.

"로만 바스커빌은 이제 널 안 좋아하는데, 넌 바스커빌을 좋아하게 되어 버려서."

"어? ……어, 어."

"그래서 가슴이 아프고 슬프고, 네 마음이 지옥 같은 거지?"

"아니, 뭐 지옥까지는……."

"맞잖아. 아니야?"

아니야, 난 고개를 저었다. 칼리드는 인상을 찌푸렸다.

"아무튼 루시, 들어 봐. 내가 마음속에 새기고 있는 명언이 하나 있어."

"그게 뭔데?"

"누군가가 너한테 X같이 굴거든 그럴 만한 이유를 만들어 줘라."

"그거 진짜 있는 말이니?"

"일단 들어."

나는 얼떨결에 고개를 끄덕였다.

"어쨌든 넌 로만 바스커빌한테 더 이상 이상한 짓 하기 전에 마음을 정리하고 싶다는 거지?"

그 말에도 고개를 끄덕였다. 칼리드의 눈이 반짝 빛났다.

"그럼, 내가 이 일을 한 번에 끝낼 수 있는 방법을 알려 줄게."

"그게 뭔데?"

내가 물었다.

"네가 나한테 했던 대로, 로만 바스커빌에게 네 마음을 솔직하게 털어놓는 거야."

칼리드의 말에 나는 바짝 굳었다.

"그럼 넌 자유가 될 거야. 지금 비밀이 널 썩게 만들고 있는 거니까."

"……."

"짝사랑을 끝내는 가장 빠른 방법은 차이는 거라고 하잖아. 이건 너 혼자 처리할 수 있는 마음이 아니야."

칼리드가 하는 말은 지극히 정론이었다. 하지만 어느 사람이 정론대로, 곧이곧대로 사는가.

"싫어."

내가 말했다.

"이미 다 부서진 친구 관계라도 되돌리고 싶나 본데, 그래 가지곤 모든 게 더 나빠질 뿐이야."

"칼리드, 하지만……."

"루시, 로만 바스커빌과 다시 잘 지내고 싶다면 지금까지의 관계는 모두 무너뜨려야 해. 그리고 그 잔해 위에서 새로 시작해야 해."

칼리드가 내 어깨를 움켜잡고 속삭였다.

"루시 레오파르디, 네가 지옥에서 벗어나려거든 용기가 필요해. 현 상황에서 벗어날 용기, 새로 시작할 용기."

그 말은 즉, 이러했다.

"그러니까…… 차이고 속 편해지라는 거지, 나한테?"

칼리드는 웃었다.

"비슷한 거긴 한데, 전혀 달라. 예전에 네가 내 연애 문제를 한 번 도와줬잖아. 이번엔 내가 널 도와줄게."

이상하게도 그 모습이 그렇게 음흉하게 느껴질 수가 없었다.

"지금까지 네가 아무 잘못 없이 아프고 앓았던 게 있는데, 차인 뒤 힘들 걱정까지 하는 건 불공평하잖아."

나는 칼리드가 도대체 무슨 생각을 하는지 이해할 수가 없었다.

칼리드가 하는 말은 이상하고, 왜인지 알 수 없었다. 하지만 나는 칼리드가 하는 말을 반박할 수가 없었다.

우리의 관계는 기둥이 다 썩은 폐가처럼 무너져 내려가고 있었다. 나는 이제 정말 벼랑에 다다른 것 같았다. 로만한테서 벗어나고 싶었다. 이 마음을 고백해도 좋으니, 편해지고 싶었다.

"네 마음을 설령 끝까지 숨길 수 있다 해도 그것뿐이야. 어른이 되고 나면 지금과는 달리 이런저런 사정에 휩쓸리게 되겠지."

칼리드는 그렇게 말했다.

"그럼 넌 결국 바스커빌과는 더 멀어질 거야. 망가진 관계를 지금이라도 다시 쌓아 올려 나가려면, 네 마음에 솔직해지는 수밖에 없어."

마치 물에 빠진 사람이 지푸라기라도 움켜쥐는 것처럼, 나는 칼리드의 조언을 들었다. 다른 방법을 찾고 싶었지만, 그 조언보다 더 나은 방법을 알지 못했다. 내가 칼리드의 조언을 들은 건 그런 이유에서였다.

「할 이야기가 있어. 나올래?」

그날 밤, 로만을 집 앞으로 불러낸 것은 이 때문이었다.

우리는 이미 어색해질 대로 어색해진 관계였다. 나는 로만이 이 메시지를 읽지 않은 척 흘려 넘길지도 모른다고 생각했다. 그런데 답 메시지는 금방 도착했다.

「어디로?」

「우리 집 앞으로. 지금 시간 없으면 내일이라도 괜찮아.」

「갈게.」

그 메시지를 받고 나니, 스스로 퇴로를 끊었다는 생각이 강하게 들었다.

부모님이 말씀하셨지. 네 겉모습이 어떻든 너는 우리의 딸이고, 네 안에는 사자의 심장이 있다고. 그러니까 늘 당당하게 가슴을 펴고 행동하라고. 네가 원하지 않는다면 그 누구도 너를 상처 입힐 수 없을 테니까.

그러나 실은 그렇지 않았다. 나는 아주 작은 심장을 가지고 있었고, 이제 로만은 나를 겁나게 했다. 그런데도 나는 도망칠 수 없었다. 내 심장이 앞으로 일어날 상황을 견딜 수 있기만을 바랄 뿐이었다.

「도착했어.」

그 메시지를 받고 나는 밖으로 나갔다. 겨울바람이 놀랄 정도로 차가웠다.

집 앞에 서 있던 지프차에서 로만이 내렸다. 그리고 내게로 다가왔다. 로만의 표정은 차가웠는데, 날씨 때문인지 아니면 그 안에 든 마음 때문인지 알 수 없었다.

"날 왜 부른 거야?"

그 표정 앞에서 나는 작아졌다.

"너한테 할 말이 있어서……."

온몸이 덜덜 떨렸다. 내 가슴 속에 있는 것은 사자의 심장이라는데, 로만의 앞에서 그건 아무 소용이 없었다. 나는 지금 두려움과 흥분으로 죽을 것 같았다. 겉도 속도, 사자의 것은 아무것도 이어받지 못했는지 모른다.

"할 말? 무슨 할 말?"

로만이 물었다.

"내가……."

내가 말했다.

"널……."

나는 나도 모르게 로만의 소매 끝을 붙잡았다. 예전의 나처럼 로만이 어떤 식으로든 말을 돌리거나, 전처럼 지금 이 순간 도망치지 않기를 원해서였다.

지진이 난 것 같았다. 나의 마음에.

"나도 널……."

더듬거렸다.

"좋아했었어."

나를 내려다보는 로만의 눈동자가 커졌다.

Chapter 9.

늑대지만 해치지 않아요

"좋아했었어."

칼리드의 말대로 했다.

"아니…… 사랑했던 거 같아. 사랑했어. 네가 내 첫사랑이자 짝사랑이었어."

"눈에는 눈. 이에는 이. 함무라비 법전이 왜 아직도 복수의 대명사처럼 쓰이겠어? 바스커빌이 네게 한 대로, 그대로 해. 똑같이 갚아 줘."

그게 칼리드의 조언이었다.

"그게…… 응?"

칼리드의 말을 솔직히 하나도 이해 못 했다.

"그러니까…… 과거형으로 말하라고?"

"그래. 로만 바스커빌도 그런 식으로 너한테 고백했다며."

"그건 로만이 정말 마음 접어서지, 하지만 난……."

"알아, 네가 바스커빌, 아니 로만을 지금도 좋아하는 거. 하지만 그 마음은 너무 뜨겁잖아. 진짜 고백하고 차인다고 생각해봐."

칼리드가 말했다.

"차인 다음에 넌 로만을 제대로 바라보지도 못할걸? 마음이 너무 아파서. 심장이 깨지는 것 같을 거야."

그러게. 상상만으로도 끔찍했다. 고개를 숙인 내 시선을 따라오며 칼리드가 조언했다.

"그러니까 이젠 아니라고 해. 마음 접었다고, 그래도 이런 내 마음을 알아주었으면 했다고 해."

나는 미간을 찌푸렸다. 상상만 해도 힘들어서.

"왜? 로만도 한 건데 왜 넌 못 해? 그냥 테니스라고 생각해. 마음 한 번씩 주고받았다고. 응?"

그런 내게 칼리드가 용기를 불어넣어 주었다.

"그럼 로만은 널 찰 수 없을 거야. 그런 말엔 할 수 있는 말이, '네 마음 고맙다', '지금은 괜찮으냐' 그런 것밖에 더 있어?"

"칼리드."

"비겁하지만 뭐 어때? 네가 비겁하다고 해서 상처 입는 사람은 아무도 없는데."

처음엔 말도 안 되는 말 같았는데, 계속 듣다 보니 그런 것도 같았다.

"털어놓고 후련해져 버려, 로만도 그렇게 했는걸. 차인 다음에 나한테 전화해. 얼마든지 내가 위로해 줄게."

'그러게.'

칼리드 말대로, 모든 걸 과거형으로 말하니 훨씬 수월했다.

―그랬었어, 지금은 아니지만.

그건 마법의 주문이었다. 모든 게 이미 다 흘러간 것이라는 방패를 두니, 그나마 이 감정에서 도망치지 않고 견딜 수 있었다.

"널 정말로 좋아했어."

'이다음에 어떻게 하지?' 같은 건 전혀 생각이 없었다. 차일 게 확실했으니까. 그래서인지 오히려 점점 나는 홀가분해졌다.

"언제부터였는지는 모르겠어. 사실 처음부터였을 수도 있어. 네가 좋았나 봐. 네가 처음이라서 몰랐어."

끝이라고 생각하니 동시에 솔직해졌다.

"이 감정을 어떻게 해야 좋을지 모를 정도로 좋았어. 넌 내 첫 친구였고, 한때는 유일한 친구였고, 정말로…… 날 그대로, 있는 그대로 봐 주었던 애였으니까. 네가 소중했어."

영원히 말 못 할 줄 알았었는데…….

"그걸 우정이라고 생각했지만 아니었어. 너한테 품었던 감정이, 실은 사랑이었다는 걸 너무 늦게 알았어."

"……"

"네가 소중했어. 근데 넌 연락이 되지 않고, 매일이 정말…….."

칼리드가 한 말이 떠올랐다. 그래, 맞다.

"……지옥 같았어."

칼리드 말이 맞아.

"너한테 차갑게 군 것도 그 때문인지 몰라. 너는 아무 잘못 없는데. 너를, 네 옆에 있는 사람들을 질투했어. 미안해. 나 정말 시시하지."

어쩌면 로만도 나에게 고백하고 나서 같은 감정을 느꼈을지도 몰랐다. 나에게서 풀려나는 듯한 느낌을 받았을지도 몰랐다.

"미안해."

나도 그랬다.

"이제 그러고 싶지 않아. 너한테 미안하다고밖에 할 말이 없어."

동시에 로만한테 정말로 미안해졌다. 이 일에 로만의 잘못은 하나도 없잖아. 차가워지고 달라진 건 로만이 아니라 오히려 나였던 거잖아.

"그럼 우리 이제 다시 친구로 돌아갈 수—."

그때였다. 로만이 두 손으로 내 어깨를 움켜쥐었다.

"로만……?"

"루시."

나는 그제야 로만을 바라보았다. 표정은 완전히 무너져 있었고, 꼬리가 다리 사이에 감겨 있었다. 로만이 물었다.

"왜?"

'그 마음 정말로 고마워.' 혹은 '그랬구나.' 하고 말할 줄 알았는데, 로만의 입에서 나온 말은 예상과 전혀 달랐다.

"왜?"

로만은…… 오히려 되물었다. 겁에 질린 표정이었다.

"어?"

"왜 그만뒀는데? 언제 그만둔 건데?"

왜냐니. 내가 무어라고 말하기도 전에 로만의 말이 쏟아졌다.

"파티 때문이야? 파티 때문이지? 그거 때문에 내가 싫어진 거지?"

"……."

"역시 그것 때문이지? 그렇지? 아니면, 그것도 아니면, 내가 너희 집 유리창을 깨서? 그래? 그것도 아니면 뭔데?"

로만이 마구마구 말했다.

"내가 나쁜 말 해서?"

"……어?"

"그게 그렇게 쉽게 되는 거야? 다른 좋아하는 사람이 생긴 거지? 도대체 언제 마음 접은 건데?"

이제 로만은 덜덜 떨고 있었다.

"도대체 얼마 전인데?"

거의 울 것 같은 얼굴로.

"미안해. 내가 잘할게. 전처럼, 그러니까 제발…… 다시 돌려 주면 안 돼?"

조금만 건드려도 쓰러져 울 것 같은 얼굴로 로만이 말했다.

"말 좀 해 봐."

"……."

"뭐라고 말 좀 해 봐, 루시."

나는 거기에 대고 아무 말도 할 수 없었다.

"루시."

로만이 어깨를 쥐어 나를 흔들었지만, 나는 그저 로만을 바라볼 수밖에 없었다.

"이젠 날 좋아하지 않는 거야?"

지금 이 상황이 믿기지가 않아서였다. 내가 가만히 있자, 로만이 고개를 숙였다.

"으어어어엉……."

그러곤 내 어깨에 머리를 얹고 어린아이처럼 울음을 터뜨렸다.

"이게 뭐야아아아…… 이게 뭐냐고……."

로만이 알 수 없는 말을 하며 엉엉 울기 시작했다.

"왜 울어?"

'그만 울어, 응?' 하며 로만을 달래다가 나는 다시 눈물이 터졌다.

"왜 우는 건데……. 응?"

왜 눈물이 나는지 도저히 알 수 없었다.

그날 늦은 저녁, 알렉산더와 해롤드가 마지막 티타임을 즐기고 있을 무렵이었다. 알렉산더의 휴대전화로 전화가 걸려 왔다. 그의 직통 전화 번호를 알고 있는 데다 티타임을 방해할 만한 사람은 많지 않았다.

알렉산더는 전화를 걸어 온 상대를 확인하곤 미소를 지으며 통화 버튼을 눌렀다.

"누군데?"

"로만."

통화는 한참이나 이어졌다.

"뭔데, 무슨 소리를 하는데? 스피커폰으로 해 봐."

막냇동생의 연애에 지대한 관심을 기울이고 있던 해롤드가 알렉산더를 재촉했다.

"응. 으응. 그렇구나. 응."

알렉산더는 고개를 젓고는 이내 전화를 끊었다.

"왜? 욕을 너까지 들을 필요는 없잖아."

"욕을 해? 알렉산더, 형한테?"

"응, 엄청 화내던데?"

알렉산더가 말했다.

"왜?"

"자기가 졌대."

"그런데?"

해롤드가 물었다.

"왜 저도 괜찮은 게임을 이기려고 애를 쓰게 했냐고."

그 말에 해롤드의 표정이 오묘해졌다. 그러거나 말거나 알렉산더는 빙그레 웃었다.

"어쨌든 사귀기로 하기는 했나 봐, 우리로선 잘된 일이지."

루시가 아니라 로만의 시점으로 바라보자. 그리고 우리, 5월의 봄밤으로 시간을 돌려 보자. 로만이 루시를 그녀의 집 근처 공원으로 불러냈을 때. 그는 루시한테 고백하려 생각하고 있었다.

하늘에 휘영청 뜬 달.

루시가 좋았고 사랑스러웠다. 자신의 몸에 흐르는 바스커빌의 피를 루시와 함께라면 극복할 수 있을 것 같았다. 평생 풀만 먹고 산다고 해도 좋을 것 같았다.

그날 점심 루시는 '바스커빌가의 저주'에 대해 물어봤다. 루시의 귀에 누군가 또 이상한 말을 흘려 넣기 전에 루시의 남자친구가 될 수만 있다면……. 그런데 루시가 말했다.

"나 여길 떠나."

로만은 그 말에 숨을 멈췄다.

"공립학교에 입학하게 됐어. 멀어. 앞으론 우리 못 볼 거야."

"……."

"방학 때는 돌아오겠지만. 좀 더 일찍 말했어야 했는데, 미안해."

무슨 말을 하는지 처음엔 이해할 수가 없었다.

"그래도 우리는 친구지?"

곧 6월이 되는 5월이었다.

—아까 너한테 솔직하지 못했어. 바스커빌에 저주가 있는 건 사실이야.

사실 그렇게 말하고 싶었지만 로만은 솔직하지 못했다. 솔직할 수는 없었지만, 나를 겁낼 필요는 없다고, 난 널 좋아한다고, 네 마음은 어떠냐고 물으려던 봄밤이었다. 루시는 걱정스러운 얼굴로 계속 말했다.

"너한테 늦게 말해서 미안해. 그런데 지금이 아니면 나 자신으로 살 수 없을 것 같았어."

로만은 그 말을 도저히 따라잡을 수가 없는데.

"'레오파르디'로 살다가 부모님이 정해 주는 삶을 따라야 할 것 같았어. 실은 너와 정말 헤어지기 싫어……."

루시는 조금 젖은 눈으로 한숨을 내쉬었다.

"헤어지기 싫은데 여기서는 안 될 것 같았어. 이곳에 있는 모두가 내가 누구인지 알고 있으니까."

그럼 우리는? 로만은 생각했다.

"전화할게, 편지도 많이 하고. 거리가 멀어지는 것뿐이야. 날 봐, 난 여전히 네 친구야."

하지만 로만은 알았다. 그렇지 않으리란 것을. 거리가 멀어지는 것뿐이 아니라는 것을. 루시는 저 멀리서 저 없이 잘 살 것이다. 자신은 그렇지 않을 텐데. 로만은 마치 유기견이 된 듯한 심정에 사로잡혔다.

"그게…… 뭐야?"

로만은 신음했다.

그날, 로만은 루시에게 자신은 아주 작은 섬에 불과하다는 사실을 알았다. 제게 루시는 전 세계였는데 루시는 그렇지 않았다. 루시의 인생 계획에 자신은 빠져 있었다.

"우리의 관계는 영원할 거야."

루시는 자신이 한 말을 철석같이 믿고 있었지만, 사실 그렇지 않다는 걸 로만은 알았다. 살면서 얼마나 많은 사람과 친해졌다가 멀어지는가. 또 얻었다가 잃어버리는가.

"……."

이성적으로 생각해 보면, 루시한테 자신은 그 정도밖에 안 되는 사람이었다. 자신은 루시가 아니면 안 되는데, 루시한테 자신은 사교 모임에서 잠깐 만났다 친해진 친구였다. 인생의 갈림길이 나타나면 조금 아쉬워하며 '안녕' 하고 헤어지면 되는 사이였다.

로만은 그 갈림길에 루시가 서 있음을 이 공원에서 느꼈다. 루시는 '안녕' 하고 말하고 있었다. 슬프고 다정하게.

'널 좋아해, 그러니까 그 계획 그만둬 주면 안 돼?'

로만은 떼를 쓰고 싶었다.

'여기 나와 함께 있어 주면 안 돼?'

하지만 그렇게 말할 수 없었다. 왜냐하면 말한다 한들…… 들어주지 않을 테니까.

그날 밤 루시한테 뭐라고 말하고 그녀에게서 도망쳤는지, 로만은 생각조차 나지 않았다. 기억나는 건 지금까지 비웃어 왔던 둘째 형보다 그날 자신이 더 비겁했다는 사실뿐이었다. 말도 안 되는 억지를 마구 부리고 도망쳤다.

"로만! 어딜 가는 거야! 로만! 잠깐만―!"

등 뒤에서 들리는 루시의 상처받은 목소리와 쫓아오는 발걸음을 무시하며 말이다.

진짜 끔찍했다. 이대로 영영 멀어지다가 나중에 멀리서 루시의 약혼 소식이나 들어야 하는 사이가 되면 어쩌지? 택시에 탄 로만은 행선지를 말하기도 전에 울음을 터뜨렸다. 숨이 잘 쉬어지지 않았다.

예전에, 실연당한 것조차 아니고, 그저 제 감정을 깨달았을 뿐인 해롤드가 엉망이 된 채 엎어져 인생이 망했다고 울부짖은 적이 있었다. 로만은 그때 그 고통을 한심하다고 생각하며 웃어넘겼다.

'그렇게 로하네스를 좋아했다면 처음부터 잘해 주었어야 할 거 아냐.'

그때 알렉산더가 자신더러 무엇이라고 했던가.

"사랑해서 더 인정하고 싶지 않았던 거야. 해롤드에겐 로하네스가 전 세계인데, 로하네스에게 해롤드는 조그마한 섬 같은 거니까."

이제 그 뜻을 알겠다.

"지금은 잘 모르겠어도 언젠간 알게 될 거야."

로만은 과거의 기억에 얻어맞는 것 같았다.

'차라리 널 사랑하는 이 마음을 부정하고 싶어.'

지금 마치 맨발로 얼음산의 꼭대기 위에 선 것 같았다. 사랑은 잔혹하리만치 희박한 고도의 산소 같은 것이었다. 로만이 원하는 것을 얻는 일은 사자 가문에 양이 태어나는 확률만큼이나 희박해 보였다.

새벽에 그 누구에게도 이 일을 알리지 않고 집을 뛰쳐나갔던 로만은, 눈물범벅이 된 얼굴로 집에 들어왔다.

"뭘 이렇게 일찍 왔어? 그냥 밤새우고 오지."

로만이 계단과 연결된 응접실로 들어오자, 어떻게 알았는지 불도 켜지 않고 소파에 앉아 있던 해롤드가 빈정거렸다.

"로만?"

하지만 해롤드는 로만이 계단이나 엘리베이터가 아닌 벽걸이 장식장 쪽으로 걸어가자, 빈정대던 입을 다물었다. 수상한 낌새에 그가 자리에서 일어났다.

"야, 잠깐만."

찰칵. 로만은 벽에 걸린 사냥용 엽총을 꺼내 안전장치를 풀었다.

"너 무섭게 왜 그러니?"

이어 해롤드는 곧 상황을 깨달았다.

"야! 이 새끼야! 그거 안 내려놔!"

늦게 닥친 홍역이 무섭다고.

"이제 내 삶엔 아무런 의미가 없어."

로만은 총구를 턱에 들이대며 눈을 감았다.

"정신 차려! 이 새끼야!"

해롤드가 로만을 덮쳐 쓰러뜨렸다.

탕!

야밤, 바스커빌가에 때 아닌 총성이 울렸다.

"이게 무슨 일이니, 어?"

알렉산더가 응접실에 당도했을 땐, 해롤드가 로만을 깔고 앉아 정신 차리라며 그를 묵사발로 만들고 있었다.

"로만, 해롤드."

깜짝 놀라 달려온 고용인들은 둘의 싸움에 끼어들지 못한 채, 그 상황을 발을 동동 구르며 바라보고 있었다. 바닥엔 내팽개쳐진 총이 보였다.

"해롤드, 너 지금 내 동생을 총으로 쏜 거야?"

알렉산더는 우선 총을 주워 안전장치를 잠그고 저 멀리 던져 버렸다. 어이없어하는 형의 물음에 해롤드가 왕왕 울부짖었다.

"야! 나도 네 동생이거든! 아니, 이 새끼가 갑자기 집에 들어와서 죽으려고 하잖아!"

알렉산더가 손짓으로 고용인들을 물렸다. 그리고 로만한테 다가갔다.

"이거 다…… 네가 한 거지? 로만 지금 총 맞은 거 아니고?"

"제발 나도 걱정해 줘…… 방금 트라우마 생긴 것 같아. 애가 지금 내 앞에서 죽으려고 했다고!"

해롤드가 중얼거리며 피 묻은 손으로 마른세수를 했다. 그의 몸 밑에 깔린 로만이 아랫입술을 깨물고 훌쩍거리다 입 안에 고인 피를 뱉어 냈다. 알렉산더는 로만의 머리맡에 한쪽 무릎을 꿇고 말했다.

"실연당했어?"

그 말에 로만의 두 눈에서 눈물이 터졌다. 해롤드가 억울하다는 듯 말했다.

"지가 뭘 잘했다고 울어? 울고 싶은 건 난데……."

사실 그 순간에도 로만의 코트 안에서 루시한테서 온 전화가 계속 울리고 있었다. 로만의 헝클어진 머리칼을 매만져 쓸어 넘기며 알렉산더가 다정하게 말했다.

"실연 한 번 당했다고 자살 시도를 할 정도면 루시가 부담스러울 만도 하지."

"흑, 흐엉……."

"그런데 네가 여기서 죽는다고 루시가 네 마음을 알아줄 것 같니?"

"알렉? 불 난 집에 기름 부어?"

'듣지 마, 듣지 마.' 하고 해롤드가 피 묻은 손으로 로만의 두 귀를 감싸 쥐었다.

하지만 알렉산더는 해롤드의 두 손을 로만에게서 떼어 냈다. 그리고 계속해서 속삭였다.

"물론 지금 죽으면 기사도 날 테고 루시도 잠깐은 슬퍼하겠지. 하지만 그건 잠깐일 거야. 로만, 인생은 끝까지 가 봐야 한단다."

목소리는 다정한데 내용은 그렇지 못했다.

"결국 끝까지 끈질기게 살아남는 자가 승자가 되기 마련이거든. 그런 자들이 펜대를 들어 만들어진 게 바로 역사지."

"이게 무슨 헛소리야?"

해롤드가 뭔 봉창 두드리는 소리냐며 중얼거렸지만, 그다음 말에 로만의 두 눈이 번쩍 뜨였다.

"죽기 전에 상상해 보렴. 죽은 널 추억으로 묻어 두고 다른 남자 품에 안겨 행복해하는 루시를 말이야."

"알렉산더, 화났어?"

알렉산더는 해롤드의 태클을 무시했다.

"루시가 너 없이 행복해하거나 불행해 눈물짓는 일을 상상해 봐. 그 세상에 너는 없다고. 아무것도 도울 수 없고 또 방해할 수 없다고."

그는 끔찍한 말을 로만의 귀에 흘려 넣었다.

"만약 사후세계가 있다면, 그 일을 두 눈 뜨고 바라만 보는 게 지금 이 고통보다 더 끔찍하지 않겠니?"

로만은 고개를 돌려 알렉산더를 바라보았다. 알렉산더는 로만의 세모꼴 귀를 매만졌다.

"당장 힘들고 아프니까 다 포기해 버리고 싶은 마음이야 이해하지. 나도 바스커빌이니까. 그러나 사랑은 전투가 아닌 전쟁이야."

"그만해."

"당장 한 번의 전투에서 패퇴했다고 앞으로 싸울 기회가 사라지는 건 아니란다. 일단 네가 살아만 있다면 말이야."

두 팔과 다리는 해롤드한테 짓눌려 있으니, 로만은 알렉산더가 제 귀에 조곤조곤 흘려 넣는 말을 그대로 들을 수밖에 없었다.

"그런데 네가 지금 첫 번째 실연으로 죽는다면, 네 고통은 당장 편해지겠지만 루시는 어떻게 될까? 내가 보니 루시는 그래도 널 참 신뢰하고 좋아하던데."

"그만하라니까."

"유일하게 믿고 의지했던 친구를 잃고 실의에 빠지겠지? 어쩌면 네가 입힌 상처로 평생 아파하며 살지 몰라."

로만은 으르렁거렸지만 소용이 없었다.

"그 인생에 너보다 루시를 사랑하지 않는, 사랑할 리 없는 남자가 나타나겠지. 로만? 고개 돌리지 말고 날 봐야지."

알렉산더는 행커치프로 피 흘리는 로만의 얼굴을 닦아 주며 주문을 걸듯 속삭였다.

"난 루시를 귀여워하고, 루시는 정말 아름답고 착해 보이는 아이지만, 사실 그다지…… 조건이 그리 좋지 않잖니?"

"……."

"레오파르디 부부야 루시를 아낀다고 소문이 나 있지만, 그건 그거고 이건 이거지. 루시한테 달려들 가문들은 다 그 애를 뜯어먹을 하이에나 같을 거야."

알렉산더의 말은 설득력이 넘쳐서 로만은 그 말에 도저히 반박할 수가 없었다.

"네가 아니라면 루시는 어중이떠중이 같은 놈과 맺어지게 되겠지. 설령 만에 하나 루시가 그놈과 사랑에 빠진다 해도, 그 결혼 생활이 끝까지 행복할 수 있을까?"

그 추측이 하나같이 최악의 악몽 같은데 말이다.

"알잖아, 바스커빌만큼 충성심 강한 남자는 이 세상에 없어."

알렉산더는 악마 같았다.

"그 멍청이가 루시의 남편이 되어 그 애를 집 안에 들어앉히고, 자기처럼 멍청한 애들을 줄줄이 낳게 하는 동안에, 밖에서는 바람을 피울지도 몰라. 원래 멍청이들이 그런 짓을 잘 하잖니. 아마 혼외 자식도 낳아 올걸?"

"그만하라니까! 어?"

"그런 결혼 생활을 몇 년 동안 반복하다 보면, 루시는 머리끝부터 발끝까지 텅 비어 버리겠지."

"알렉!"

"혹은 창녀와 사랑에 빠져 루시한테 이혼을 요구할지도 몰라. 그러니까 지금 네가 죽는다면 최악의 경우 루시는……."

"흐흐흐흑! 그만해! 내가 잘못했어! 그만하라고!"

결국 멘탈이 부서진 로만이 왕왕 울부짖었다.

"해리 형, 나 귀 좀 막아 줘!"

그렇다. 로만은 완전히 전의를 상실했다.

"그래, 차라리 나처럼 손으로 때려. 말로 패는 게 너무 심하잖아."

로만을 짓누른 채 이 이야기를 고스란히 듣고 있던 해롤드가 질린 듯 동생의 귀를 감싸며 말했다.

"또 그럼 어떡해? 본때를 단단히 보여 줘야 다시는 이런 짓 안 하지."

"그래, 그건 그런데……. 로만, 이제 뭘 잘못했는지 알겠지? 형 말이 틀린 것도 없어. 넌 실연당했다고 죽기에는 너무 젊고…… 이제 그러지 마?"

해롤드가 로만의 귀를 문질문질 쓰다듬으며 어색하게 달랬다.

"그나저나 해롤드, 너무 심하게 때린 거 아냐? 정말로 사심 없었어?"

"아니…… 나 아니었으면 지금 애 뇌수 치우고 있었어, 알아? 나 내일 병가 내고 상담 받을 거야. 트라우마 생긴 것 같아."

둘이 이야기하는 소리에 훌쩍이는 막내의 울음소리가 점점 섞이더니 이내 응접실에 울음이 가득 찼다.

"계속 이렇게, 흑, 살아도, 사랑받지, 흑, 못하면, 흑, 흐어엉, 으엉, 내, 인생은, 으어엉……."

띄엄띄엄 로만이 뭐라 뭐라 했으나 헐떡임과 섞여 도저히 알아들을 수가 없었다.

"내 인생은 이제 어떻게 되는 거야아……?"

"얘 진짜 뭐라는 거야?"

가만히 듣고 앉아 있던 해롤드가 고개를 절레절레 저으며 자리에서 일어섰다.

"이건 뭐 고백했다 레오파르디한테 욕이라도 처먹고 온 건지. 넌 당분간 가택 연금이야."

해롤드가 으르렁거렸다.

"학교 다시 들어갈 때까지 집 밖으로 못 나갈 줄 알아, 휴대전화도 압수고. 알았어?"

"동의할게. 우선 정신 좀 차려야겠다. 집 안에서. 저 엽총은 버리자."

"그래."

"오늘 밤 잠은 다 잤다."

"일단 애 좀 묶을까?"

"좋은 생각이야."

가택 연금을 당할 만도 했다. 밖에 내보냈다가 막냇동생이 시신으로 돌아오면 뭘 어떡하겠는가? 바스커빌의 첫 총기 난사범이라도 되면? 로만은 저항도 못 하고 사냥용 로프에 꽁꽁 묶였다.

해롤드가 말했다.

"그나저나 어떡해? 진짜 애 미치기 전에 뭐라도 해 봐야 하는 거 아니야?"

"이상하다, 루시도 로만을 꽤 좋아하는 것 같았는데."

알렉산더의 말에 해롤드가 고개를 절레절레 저었다.

"그러니까 애도 그렇게 알아먹고 고백하러 갔겠지."

"고백하러 갔어?"

로만의 팔을 뒤로 돌려 묶어 매듭을 지으며 알렉산더가 물었다.

"그래, 밤에 고양이처럼 살금살금 나가더라니까? 너 입이 있으면 말을 해 봐, 나 없으면 너 지금 저세상이야, 알아?"

그러거나 말거나, 로만이 실연의 상처로 슬퍼하는 동안 그의 코트 안에서 휴대전화는 계속 울리고 있었다.

그날 밤, 오랜만에 로만은 첫째 형과 같은 방에서 잤다. 얼굴은 피투성이에, 팔

이고 다리고 꽁꽁 묶인 채 말이다.

로만이 베개에 얼굴을 박고 무언 시위를 하는 동안, 알렉산더는 로만의 코트에서 꺼낸 휴대전화의 메시지를 확인하고 있었다. 잠금장치는 금방 풀었다.

"루시한테 전화 많이 오네, 메시지도. 뭐 어떻게 싸운 거니?"

로만은 흠칫했다.

"전화 내놔."

알렉산더가 빙그레 웃었다.

"싫어. 지금 이런 상태로 휴대전화 쥐어 줬다 네가 사고 치면 수습은 어떻게 하게? 레오파르디 아가씨한테 무슨 말을 하려는 거야?"

"그럼 읽지 마, 내 거란 말이야."

루시는 아마 화가 났을 것이다.

"도대체 무슨 일이 있었던 거야?"

알렉산더가 재차 물었지만 로만은 입을 꾹 다물었다. 고백도 하기 전에 차였다는 말을 할 수는 없었다.

"……."

그 순간 스쳐 지나간 그 미묘한 감정들을 그 누구한테도 이해받을 수 없을 것 같았다. 이해시키고 싶지도 않았고. 알렉산더가 침대에서 일어났다.

"알았어. 말 안 하고 싶다, 이거지?"

그리고 따뜻한 물을 적신 수건을 가져와 로만의 얼굴을 꼼꼼히 닦아 주었다.

"아……."

"쓰리지? 해롤드가 얼마나 놀랐으면 널 이렇게 때렸겠어. 나중에 해롤드한테 사과해."

맞은 곳이 다 터져 있었다. 알렉산더가 취침등을 켜고 불빛을 등진 채로 말했다.

"네 마음 이해해. 루시가 너보고 친구일 뿐이라고 하던?"

그런 셈이었다. 알렉산더는 아까부터 독심술을 하는 듯하다.

물수건을 얼굴에서 뗀 뒤, 알렉산더는 다시 로만의 머리칼을 다정하게 쓰다듬었다. 로만은 베개에 얼굴을 묻은 채 드러난 한쪽 눈으로 알렉산더를 노려보았다.

'형이 날 어떻게 이해해? 형은 다 가졌으면서.'

자신을 제일 이해하지 못하리라고 생각한 상대가 제 속마음을 들여다보는 듯해 로만은 화가 났다.

"왜? 난 처음부터 순탄했을 것 같아?"

알렉산더가 웃었다.

"아무 노력도 하지 않고 원하는 걸 다 얻었을 것 같아? 나도 바스커빌인데?"

그랬을 것 같았다. 왜냐하면 형은 완벽하니까. 로만은 대답 대신 질끈 눈을 감았다. 눈이 닫히자 귀가 열렸다.

벌의 날갯짓처럼 진동하는 휴대전화 소리, 루시다. 루시일 것이다.

'루시가 나한테 전화를 거는 거야.'

로만은 결국 참지 못하고 눈을 떴다.

"전화기 좀 줘."

절망이 지나가고 나니 후회로 온 마음이 가득 찼다. 그 밤에 불러 내 놓고, 제 마음조차 알리지 못한 채 화를 내고 도망쳤다. 비겁했다. 지금까지 쌓은 관계라도 지키려면, 루시의 전화를 받아 방금 전 상황을 변명해야 했다.

"전화 좀 달라고. 루시한테 연락해야 해. 전화 한 통만 하게 해 줘."

"안 돼."

알렉산더가 말했다.

"정말로 루시를 원한다면, 루시를 포함해서 그 누구한테도 네가 그 애를 좋아한다는 사실을 들키면 안 돼."

"왜?"

"간절히 원하고 절박하게 매달리는 거, 사람들은 싫어하고 경멸하니까."

이해하기 어려운 말이었다.

"네 감정을 숨겨, 로만. 무언가를 원하고 가지기까지의 과정은 네가 가진 패를 남들한테 숨겨야 하는 카드놀이 같은 거야."

"카드놀이?"

"그래, 상대방이 네가 원하는 패를 건네주길 원한다면, 그걸 얼굴에 드러내면 안 돼. 그럼 그걸 너한테 절대 내어 주지 않을 테니까."

알렉산더가 이런 말을 로만한테 하는 건 처음이었다.

"오늘 일만 해도 봐, 넌 정말 루시가 네 마음을 받아 줄 거라고 생각했니? 네 멋대로 시작하고 키워 온 그 마음을 아무것도 모르는 애한테?"

로만이 아랫입술을 피가 나도록 씹었지만, 알렉산더는 가르침을 멈추지 않았다.

"네가 루시를 사랑한다는 이유 하나만으로, 그 애한테 자기가 가진 패를 내어 달라 떼를 쓴 건 아니고?"

"……."

"무슨 일이 일어난 건지 알겠다. 이미 마음을 맡겨 놓은 양 네 뜨거운 감정을 받아 달라 요구해서 루시가 놀라 달아난 거야?"

로만은 눈을 깜박깜박 떴다.

"저런, 이미 그렇게 된 거니?"

로만은 차라리 알렉산더가 자신을 물리적으로 폭행하길 바랐다.

"잘…… 모르겠어."

결국 로만은 눈을 내리깔고 중얼거렸다.

"내가 다…… 망친 것 같아."

모르겠다. 알렉산더의 말을 들으면 들을수록 이미 모든 걸 망쳤다는 생각밖에 들지 않았다.

"그럼 나더러 어떡하라는 거야……?"

로만은 알렉산더한테 물었다.

"이제 뭘 어떡해? 루시는 날 떠나서 자기 멋대로 살길 원해. 내가…… 내가 자기 성(姓)처럼 떼어내 버리고 싶은 건가 봐."

말을 하다 보니 더 서러웠다.

"여길 떠나기 직전까지 나한테 아무 말도 하지 않고…… 내가 따라갈 시간도 주지 않고, 마치 따라오지 말라는 것처럼. 나, 난 미움받기는 더 싫어."

깨진 마음의 틈새로 진심이 마구 흘러나왔다.

"루시가 여길 떠난대, 어떡하지? 난 루시와 헤어지기 싫어……."

로만이 알렉산더에게 매달렸다.

"휴대전화 좀 줘, 루시한테 사과해야 해. 내가 미쳤었나 봐, 어떻게 거기서 루시를 버리고 올 수가 있었지? 제발 휴대전화 좀 줘."

"안 된다니까. 내 말 뭐로 들은 거야?"

알렉산더가 상냥하게 말했다.

"원하는 걸 얻으려면 인내할 줄 알아야 해."

"진짜 무슨 소리를 하는 거야! 휴대전화 내놓으라니까!"

로만은 버럭 소리를 질렀다. 그러자 알렉산더가 자리에서 일어섰다.

로만도 침대에서 상체를 일으켰다.

"야!"

로만은 알렉산더의 행동에 비명을 질렀다. 알렉산더가 방 한편에 있던 수조에 제 휴대전화를 빠뜨린 것이다.

"이게 무슨 짓이야!"

휴대전화는 수조 속으로 천천히 가라앉았다.

"알렉산더!"

"로만, 지금 너무 흥분했어. 우선은 좀 자 두는 게 좋겠다."

알렉산더는 미니바에서 위스키를 따라 침대로 다가왔다.

로만은 그의 손에 꾹 내리깔렸다. 힘 차이가 엄청났다. 경험이나 나이 차만큼이나…….

"입 좀 벌려 봐. 응?"

알렉산더는 시트가 더러워지는 것을 아랑곳하지 않고, 안 먹겠다는 로만의 입으로 술을 흘려 넣었다. 침대 옆 협탁을 열더니 알약도 꺼내 먹였다.

"고소할 거야……."

"우리 가문 변호사가 네 편을 들겠니, 내 편을 들겠니?"

"개새끼……."

"말 심하다, 진짜. 우리 동생, 책임질 수 있는 말만 해야지."

안 그래도 해롤드한테 있는 힘껏 얻어맞은 데다 꺼이꺼이 온 힘을 다해 울기까지 했으니, 힘이 빠진 게 당연지사였다. 술이 독해서 로만은 켈록거렸다. 곧 온몸이 뜨거워졌다.

'어떡하지……? 루시가 화가 많이 났을 텐데…….'

머리가 핑글핑글 돌았다. 하지만 술의 힘을 이기지 못하고 로만은 이내 기절하듯 잠 속으로 빠져들었다.

잠 속에서도 온몸이 아프고 뜨겁다는 것이 느껴졌다. 마치 상사병에 걸렸던 그때 같았다.

어렴풋한 현실과 환상 사이에서, 로만은 알렉산더가 해롤드한테 했던 이야기를 떠올렸다.

"내가 세상에 체면을 차리지 않을 수 있다면 마르셀을…… 나의 새장 속에 가두고 싶어."

당시 그 말은, 늘 상냥한 표정으로 웃기만 하는 큰형이 유일하게 드러낸 진심처럼 생각되었다.

"마르셀을 만나기 전엔 저주 같은 건 다 헛소리인 줄 알았어. 이 강렬한 감정을 언제까지 숨길 수 있을까?"

저주에 사로잡힌 늑대.

"나는 마르셀을 이해시키고 싶지조차 않아. 이 마음을 안다면 내게서 도망치겠지? 나는 내 반려가 날 무서워하길 바라지 않아."

'내 마음도 너무 뜨겁게 느껴져서 루시가 나한테서 도망치려는 것일까?'
로만은 멍한 머리로 생각했다.
그는 유일무이한 것을 원했다. 가슴속에 사자의 심장을 가진 양을. 하지만 루시는 자신을 원하지 않았다. 그만큼…….
'어떻게 우리 마음이 이렇게 다를 수가 있지?'
너무 슬펐다.
'네가 날 소중하게 여겨 줬으면 좋겠어.'

다음 날 아침, 로만은 알렉산더가 출근 준비를 하는 중에 어제오늘 있었던 일을 모두 털어놓아야 했다.
"루시가 날 두고 떠나겠대, 멀리……."
휴대전화는 여전히 수조 속에 있었다.

"어디로?"

그의 방에 딸린 드레스 룸에서 넥타이를 매며 알렉산더가 물었다.

"무슨, 잘 모르겠어. 공립학교? 흑!"

어제 일을 생각하니 다시 눈물이 차올랐다. 퉁퉁 부은 눈으로 로만이 말했다.

"뭐라고 듣긴 했는데, 왜 가는지도 모르겠어. 진정한 자신을 발견하고 싶대. 진정한 자신이 도대체 뭐야?"

루시의 마음을 정말로 이해할 수가 없었다.

"자아 찾기 그거 여기서 하면 안 되는 거야? 됐지? 그러니까 이것 좀 풀어줘. 화장실도 가야 하고, 루시도 만나야 한다고."

그러니까 만나서 들어야 했다.

"그 꼴로 루시를 만나게? 얼굴 엉망이야."

알렉산더의 말에 로만이 으르렁거렸다.

"형이 무슨 상관이야, 난 이미 엉망진창이야!"

이러다 지금까지 조심조심 쌓아 올린 친구 관계까지 서먹해질까 봐 겁이 났다.

'가진 거라도 지켜야 하는 거잖아.'

루시와 친해지기 위해 무슨 짓을 했는데……. 이렇게 연락을 끊을 수는 없었다.

"그냥 사과만 하고 돌아올게! 나한테 왜 이러는 거야."

"로만, 시간이 필요하다니까."

로만은 발칵 화를 냈지만, 다가온 알렉산더는 그의 머리를 침대에 대고 꾹 짓누를 뿐이었다.

"루시랑 이렇게 헤어질 수는 없어! 루시랑 멀어지면 형이 책임질 거야?"

"책임질게. 지면 되잖아."

애원하고 눈물도 흘려 보았지만, 그날 턱에 총을 들이댄 여파가 얼마나 컸는지 소용이 없었다. 나중에 로만을 묶은 끈은 느슨하게 해 주었지만, 알렉산더는 정말 동생을 고등학교 생활이 시작될 때까지 제 방에 가둬 두었다.

"로만, 넌 성급한 게 정말 문제야."

그러는 동안 로만은 어쩔 수 없이 알렉산더의 말에 노출될 수밖에 없었다.

"네가 지금 당장 힘들다고 루시한테 원하는 걸 주면 안 돼. 사람들은 이미 자기 손에 쥔 것에 대가를 치르는 법이 없으니까."

알렉산더는 강의를 하듯이 로만을 가르쳤다. 그건 바스커빌이 사랑을 하는 법에 대해서였다.

"내가 알아, 루시는 널 좋아해. 누가 좋아하지도 않는 애한테 이렇게 애걸복걸하는 메시지를 보냈겠어."

로만은 베개를 뒤집어쓰듯 뒤통수에 대고 눌렀지만, 알렉산더는 끈기 있는 선생님처럼 계속해서 말했다.

"루시가 공립학교에 간다고? 뭐가 문제야? 보내 줄게, 따라가면 되지."

"……."

"그러니까 지금은 좀 참아."

"그만 좀 해."

로만은 으르렁거렸다.

"냉정하게 생각해 봐, 넌 그 애를 안 지 1년밖에 되지 않았어. 루시도 마찬가지고."

알렉산더가 로만을 달랬다.

"그런 애한테 널 위해 자기 인생의 계획을 움직이는 핸들을 돌려 달라 애원해선 아무것도 이뤄지지 않아."

로만은 그 이야기가 끔찍하게 여겨졌기 때문에 베개에 얼굴을 파묻었다.

"지금 사과해서 뭐가 달라지겠어. 내가 도와줄게. 좀 더 참아 봐."

"뭘?"

로만이 물었다.

"형이 뭘 어떻게 도와줄 건데? 어떻게 해 줄 수 있는데?"

시간이 흘렀다. 그동안 루시에게는 연락을 하지 못했을 뿐 아니라, 연락을 하지 못한다고 알릴 수도 없었다. 그래서 결과적으로 로만은 '다시 친해지자', '이 관계를 되돌리자' 하는 루시의 애원을 무시하고 거절한 것이나 마찬가지가 되었다.

'망했어…….'

이미 모든 걸 다 망쳤다. 이젠 절대로 전과 같은 관계를 되돌릴 수 없을 것 같다는 생각이 들었다.

"형이 루시가 날 사랑하게 만들 수 있어?"

"그럼."

약해진 로만의 마음속을 알렉산더가 어루만졌다.

"네가 원하기만 한다면, 넌 루시를 지금 너와 똑같이 만들 수도 있어. 루시는 널 좋아해, 그 사실을 모르고 있을 뿐이지."

실로 달콤한 말이 로만의 귓속으로 파고들었다.

"지금은 루시가 널 잃어버린 아픔을 충분히 느끼게 해. 사람은 잃어야만 그 가치를 알게 되니까."

"뭐?"

"지금은 참았다 때가 되면 루시를 쫓아가. 그 애의 눈을 뜨게 만들어 주면 되는 거야."

로만은 그 말에 베개 밑에서 눈을 떴다.

"이건 그냥…… 사냥 같은 거야."

알렉산더가 말했다.

"피를 흘리며 설산 속으로 도망치는 순록을 쫓아간다고 상상해 봐. 모든 힘을 잃고 스스로 쓰러질 때까지 네가 그 순록을 추격한다고."

그 말에 로만은 가장 최근에 했던 사냥을 떠올렸다.

"너는 루시의 가장 친한 친구였어. 그런 네가 화를 내고 연락을 끊었으니, 지금 그 애가 얼마나 상심이 크겠어?"

피 흘리던 사슴의 눈동자.

"마치 사로잡힌 것처럼 밤이나 낮이나 네 생각뿐일 거야, 전과 다르게 말이야. 그러니까 지금은 루시가 아프게 돼. 그 애의 힘이 빠지게."

하지만 로만은 루시가 그 사슴처럼 아프기를 바라지 않았다.

"루시가 모든 힘을 잃고 스스로 너에게 사로잡히게 두자. 잠시 시간을 둔 뒤에 다시 눈앞에 나타나서 루시의 심장을 태워 버리는 거야."

그러나 알렉산더의 말은 로만의 마음과 달랐고.

"널 사랑하도록, 너에게 속하도록, 다시는 널 떠날 엄두를 내지 못하도록 말이야."

로만의 입은 결국 제 마음과는 다르게 말했다.

"어떻게? 어떻게 그렇게 할 수 있는데? 루시가 날 정말 그 정도로 좋아할까? 날 잃어버려서 밤이나 낮이나 생각할 정도로?"

알렉산더는 미소 지으며 품 안에서 무언가를 꺼냈다. 편지 봉투였다. 로만은 그걸 보자마자 무엇인지 알아차렸다.

"줘."

"읽을 필요 없어."

"루시가 나한테 보낸 것 맞지? 뭐라고 썼는데?"

"네가 그걸 알면 어쩌게?"

알렉산더가 고개를 갸웃했다.

"알면 안 된다고 했잖아. 네가 이걸 읽기만 하면 넌 그대로 무너지고 말 거야. 읽자마자 루시의 집에 가서 그 애 발밑에 엎드리게 되겠지."

그 말이 맞다.

"그러면 모든 게 원점이야. 네가 원하는 게 루시의 가장 친한 친구가 되는 거니? 루시가 원하는 것은 무엇이든 퍼 주는?"

사실이었다. 사실 읽지 않아도 그럴 것 같았다. 루시가 자신에게 편지를 썼다는 사실만으로도 로만은 그녀의 앞에 무릎 꿇고 싶었다. 편지에 만약 루시가 자신에게 와 달라 썼다면, 로만은 무슨 일이 있어도 그녀의 발치에 엎드릴 것 같았다.

"루시를 가지고 싶거든 앞으로 그 애한텐 적당히 다정하되, 정말로 원하는 걸 달라고 할 땐 무심하고 무정하게 외면해야 해."

알렉산더는 쓴웃음을 지었다.

"예를 들어 그게 사랑이든 우정이든, 줄 듯 말 듯 굴며 결국 주지 말아야 해. 본인이 그걸 알든 모르든 루시는 너한테 그래 왔어. 알잖아? 그래서 힘들고 목말랐던 거잖아."

알렉산더가 편지를 팔랑이며 물었다.

"루시를 원하지, 로만?"

로만은 홀린 듯 그 편지를 바라보았다. 저 편지 속에는 그가 목말라 하던 루시의 생각들이 들어 있을 것이었다.

아직 늦지 않았다. 루시는 지금 얼마나 당황스럽고 마음이 아플까? 이 상황과 사정을 어떻게든 설명하면 루시의 불안은 풀릴 터였다.

"루시와 사랑하고 싶고, 결혼하고 싶고, 아이를 낳고 싶고, 평생 같이 살고 싶지?"

알렉산더가 물었다.

"그런데도 이 편지를 읽고 싶어? 편지를 읽는다면 지금 네 발목을 묶은 끈도 풀어 줄게. 어때, 그렇게 하고 싶어?"

로만은 편지를 바라보다 울먹이며 고개를 돌리며 신음했다.

"……읽고 싶지 않아."

마음과 다른 말을 하느라 너무 힘들었다.

"안 읽을게, 안 읽으면 되잖아."

로만은 두 눈을 질끈 감았다.

"잘했어."

알렉산더가 침대에서 일어나는 느낌이 났다. 로만이 다시 눈을 떴을 때, 알렉산더는 벽난로 바로 곁에 서 있었다.

알렉산더는 로만이 눈을 뜨길 기다려 편지를 벽난로에 던져 넣었다. 편지는 순식간에 불타올랐다. 로만은 다시 한번 눈을 질끈 감았다.

"잘했어. 잘한 거야, 로만."

알렉산더는 로만의 머리를 쓰다듬었다. 그의 말은 매우 유혹적이었다.

하지만 로만은 이게 잘한 건지, 영영 돌이킬 수 없을 정도로 잘못하고 있는 건지 알 수 없었다.

'어떻게 내가 루시를 상처 입힐 수 있겠어?'

알렉산더가 하는 말은 한편으론 다 헛소리 같았다.

'그렇지만 알렉산더는 사랑에 성공했잖아…….'

로만은 정말로 루시를 원했다. 그녀의 마음을 얻을 수 있다면 알렉산더가 아니라 그 누구의 손이라도 붙잡고 싶었다. 그게 설령 악마더라도……. 그런데 정말 이 방법이 맞을까?

마치 매일 밤 늑대가 달을 그리듯 루시를 사랑하고……. 만나면 좋은 것만 해 주고 싶고……. 알렉산더가 불태워 버린 편지 속 내용이 아직도 궁금한데…….

정말로 원하는 것을 가지고 싶지만, 이 마음을 숨기고 지워야 한다는 게 가능이나 할까?

감금 아닌 감금 기간이 지났을 때 루시는 이미 떠나 버린 뒤였다.

'네가 너무 보고 싶어…….'

루시를 공항에서 배웅할 수 있었다면 얼마나 좋았을까?

'네가 너무 그리워…….'

세간의 눈이 어떻든 끌어안고 잊지 말아 달라고, 성을 지워도 좋으니 따라갈 수 있게 해 달라고 말할 수 있었다면 얼마나 좋았을까?

'보면 당장 끌어안고 싶을 텐데……'

로만은 놓쳐 버린 가능성에 대해 많은 생각을 했다. 사랑받기 위해서라면 솔직할 수 없다는 것. 솔직하면 안 된다는 것. 사랑받기 위해서라면 진짜 모습을 감추고 지워야 한다는 것이 이상하다.

그러나 생각해 보면 본능적으로 이미 그러고 있었다. 루시 앞에서는 바스커빌이란 성을 숨기거나 늑대라는 것을 감추고, 피가 뚝뚝 흐르는 신선한 고기 대신 포도를 선택하고 있었다.

그렇다면, 만약 그런 자신을 루시가 사랑해 준다고 한들 그게 정말 사랑받는 것이 맞는가?

'뭐가 뭔지 모르겠어.'

……생각하면 할수록 엉켜 드는 의문에 로만은 발이 걸려 넘어졌다.

떠난 루시는 이곳에서보다 행복할까?

'루시는 내가 그립지 않을까?'

처음 봤을 때 루시는 접근하기 어려운 분위기를 풍기고 있었다. 말을 걸었을 때에는, 아무 말도 걸지 말라는 듯 차갑게 눈을 치떴다.

하지만 그곳에서는 어떨까?

'벌써 다른 친구가 생겼을까?'

루시는 그 공립학교라는 곳에서 이전까지와는 다른 삶을 꿈꿨다. 그곳에서 루시는 지금까지와는 전혀 다른 태도를 취하겠지. 다른 사람들도 그녀를 그저 머리에 뿔이 난 양으로 대할 터였다.

스스럼없이 자신이 모르는 사람들에 섞여 들어 웃고 떠드는 루시를 상상할 때면…… 로만은 가슴에 불이 붙는 듯했다.

'그러다 다른 사람이 루시를 좋아하게 되면? 루시가 다른 사람을 좋아하게

되면?'

루시는 예쁘고 귀엽고, 아름다웠다. 정말 지금까지 왜 혼자였는지 모를 정도였다. 자신에게만 허락했던 여리고 섬세한 부분이 다른 사람한테 드러난다는 생각만 해도, 로만은 심장이 도려져 나가는 듯했다.

지금이라도 당장 루시가 있는 공립학교로 전학을 가야 하는 것이 아닐까? 죽을 것 같았다…….

✦━━◈◇◈━━✦

루시와 만나지 않는 동안 알렉산더가 로만을 세심하게 가르쳤다.

"야생에 먹이 피라미드가 있는 것처럼 이곳도 마찬가지야. 한 번 계급이 정해지면 그 아래로 떨어지기는 쉬워도 위로 오르긴 어렵지."

알렉산더가 말했다.

"감정도 그래. 한 번 강자와 약자가 결정되면 여간해서 바뀌지 않아."

로만은 알렉산더의 말을 가만히 들었다.

"네가 주도권을 쥐기 위해서는 네 감정을 숨겨야 해. 좋아한다고 고백하는 건 배를 드러내고 항복하겠다는 거나 마찬가지야."

"난 루시한테 별로 강자가 되고 싶지 않아……. 걜 이겨서 얻는 게 뭔데? 루시는 안 그래도 연약하고…….'

"정말 갈 길이 멀다."

웅얼거리는 동생 앞에서 알렉산더는 어깨를 축 늘어뜨리며 보란 듯이 한숨을 쉬었다.

"어쨌든…… 루시를 볼 때마다 파닥거리는 귀와 꼬리부터 어떻게 해 보자. 감정을 들키지 말아야 할 순간은 연애할 때 빼고도 많아."

그 말에 루시의 미소가 떠올랐던 것은 왜일까?

116

'하지만 루시는 내 꼬리를 좋아했는데…….'

로만은 알렉산더의 말을 반박하고 싶었지만, 생각해 보면 그 때문에 루시가 자신을 쉽게 보고 판단했을 수도 있겠다는 생각이 들었다. 물과 공기처럼 너무도 흔하고 마음만 먹으면 닿을 수 있었기 때문에 소중하지 않았던 것인지도.

'내 꼬리를 정말 좋아하고, 머리를, 귀를 쓰다듬어 주었는데…….'

감정을 억누르는 훈련은 어려운 일이었다. 속마음의 신경을 가닥가닥 끊어 놓는 기분이 들었다. 이렇게 변한 자신을 루시가 그 전보다 좋아해 줄까? 로만은 생각해 보았지만 여전히 알 수 없었다.

알렉산더는 사냥과 비슷하다고 했다. 사냥감을 쓰러뜨리듯이 루시를 다루어야 한다고.

'왜? 도대체 왜 그래야 하는데? 이 마음이 정말로 저주 같아.'

하지만 지금까지와 같은 방법은 안 된다고 하질 않는가.

총에 맞은 채, 마치 연료가 흘러나오는 자동차가 달리듯이 피를 흘리며 도망치는 사슴이 그 즈음 로만의 꿈에 자주 등장했다. 눈물을 흘리던 사슴의 젖은 눈, 로만은 그 사슴이 루시라고 느꼈다. 언젠가 자신이 눈을 감겨 주었던 사슴 말이다.

이곳에서, 로만은 루시가 저 멀리서 아직도 자신을 생각하며 피 흘리기를 바라고 있다. 그러나 반대로 생각해 보면 사냥당하는 것은 오히려 자신이 아닐까? 피 흘리며 제 감정에서 도망치고 있는 것은 오히려 자신이 아닐까?

'난 그냥 사랑을 하고 있을 뿐인데, 마치 가슴에 총을 맞은 듯 불타는 것만 같아. 이게 정말 사랑이야? 이렇게 고통스러운데?'

수면제를 먹어도 쉬이 잠이 오질 않았다.

'이건 다른 사람들이 얼굴을 붉히며 말하는 감정과 다른 것 같아. 그렇다면 이 고통은 내가 바스커빌이기 때문에 겪는 걸까, 아니면…….'

밤마다 뼈마디를 송곳으로 쑤시듯 아팠는데 마음의 통증 때문만은 아니었다.

'누구나 겪는 실연의 상처일까?'

두 번째 성장통이었다.

루시가 떠난 후, 그녀가 없는 이곳은 로만한테 아무 의미가 없었다.

그런데 루시가 사라지자 역설적으로 로만은 다른 사람들의 눈길을 끌게 되었다. 그건 급작스럽게 커진 키와 체구 때문일 수도 있었다. 로만은 일어나서 거울을 바라보는 매 순간 자신이 낯설었다. 그만큼 몸이 쑥쑥 컸다.

위로 쑥쑥 뻗는 키와, 넓어지는 어깨와 등……. 통상적인 성장일 수도 있고, 루시를 떠올리지 않기 위해 매달렸던 운동 때문인지도 모른다.

'아파서 못 살겠네…….'

하지만 로만은 자신의 변화가 그저 거추장스러웠다. 매일이 허기졌다. 아침에 일어나 팩 우유 한 통을 꺼내 입을 대고 마시고 있는데, 커피를 마시러 부엌으로 온 해롤드가 로만을 보더니 흠칫 놀랐다.

"뭐야?"

"뭐가?"

"로만, 너 아닌 줄 알았잖아. 웬 도둑놈이 침입했나 했네."

"왜? 또 때리게?"

"갑자기 왜 날 가정 폭력범으로 만들어? 그때 네 목숨 살린 게 나야."

로만은 2L 용량의 우유팩을 비우고 그대로 쓰레기통으로 던져 넣었다. 해롤드가 빈정거리고도 한참을 그 자리에 서 있기에 로만이 물었다.

"왜? 마시고 싶었어?"

"잘 봐도 몰라보겠는데? 얼마나 자란 거야?"

"몰라, 성장기잖아."

"아무리 그래도 그렇지."

로만은 무시했지만 마음속에 그 말이 콕 박혔다.

'이 모습을 루시가 좋아할까?'

루시도 변했을까? 변했다면 얼마나, 어떻게 변했을까?

'갑자기 이렇게 크면…… 징그럽게 보이지 않을까?'

문득, 루시가 보고 싶었다. 얼마나 달라졌는지 알고 싶었다. 아니, 사실은 어떻게 달라졌는지 상관없다. 루시는 어떻게 변하든 루시니까.

'내가 무엇이든 나도 그냥 나인데.'

하지만 루시도 자신을 그렇게 여겨 줄까 생각하면…… 로만은 별로 자신이 없었다.

'보고 싶다.'

몸은 커 가는데, 몸 안에 들어 있는 정신은 점점 말라 죽는 듯한 기분이 들었다.

'정말 네가 너무 보고 싶어.'

루시가 보고 싶다. 정말 보고 싶어서 죽을 것 같았다.

'그런데 넌 거기서 나를 다 잊었겠지?'

참 이상한 일이지. 루시가 정말로 소중한데 왜 원망스럽고 미워지는지. 사랑에 고통이 섞이자, 조색판 위에서 흐려지는 물감처럼 미움과 원망이 되었다.

'애착과 사랑이 내게 저주라면, 나는 그 저주를 풀고 싶지 않아. 루시를 사랑하기 전의 삶으로 돌아가고 싶지 않아. 하지만…….'

로만은 매일 밤 뼈마디를 녹이고 살을 벌어지게 하는 통증에 시달리며 생각했다.

'하지만 알렉산더의 말이 맞아. 사랑만 해서 되는 게 아니야. 이건 어떤 게임 같은 것 같아. 손에 넣을 수 있느냐 없느냐…….'

있는 그대로를 보여 사랑받을 수 있다면 얼마나 좋을까마는…….

'있는 그대로를 다 보여 준다면 너는 도망갈 테니까.'

로만은 괴로웠다. 그것은 성장통이되 그저 성장통이지만은 않은 통증이었다.

그즈음 알렉산더가 결혼했다. 양가 가족만을 초대한 비공개 결혼식이었다. 모든 것이 꿈에 그린 듯 아름다웠다. 알렉산더는 정말로 소중한 이를 다루듯이 마르셀의 뺨을 쓰다듬고 입을 맞췄다. 그건 로만이 상상하고 원하던 모든 순간이었다.

'나한테도 저런 순간이 온다면 얼마나 행복할까?'

아마 너무 기쁜 나머지 미칠지도 몰랐다. 그럼에도 불구하고 알렉산더의 꼬리는 흔들림이 없었다. 마르셀의 표정은 저렇게 숨김없이 행복한데도 말이다.

'마르셀은 저 흔들림 없는 첫째 형을 보며 무슨 생각을 할까?'

둘 관계에서 누가 약자이고 강자일까……. 로만은 궁금했다.

"나는 네 꼬리가 너무 좋아. 다른 사람들과 달리 네 꼬리는 네가 나를 얼마나 좋아하는지 알려 줘."

루시는 마치 시인처럼 말했었다.

"네가 나를 향해 꼬리를 흔들어 주면 나는 너무 안심돼. 마치 네 꼬리가 폭풍우에도 끄떡없는 배의 닻이라도 되는 것처럼……."

루시는 감정을 숨길 줄 모르는 자신의 이런 부분을 정말 좋아했었다……. 이 생각이 로만을 스쳐 지나갔다. 하지만 감정의 일부를 거세해서 루시를 얻을 수 있다면, 그게 그리 나쁜 선택은 아닐지도 모른다.

그래, 애초에 진짜 모습이라는 것 자체가 환상인지도 모른다. 우리 모두 다른 이들한테 사랑받기 위해 화장으로 추악함을 가리거나 약점을 감추고, 더 나아가서는 성형수술을 하지 않는가.

사랑받기 위해서는 배우가 되어야 하는 일인지도 몰랐다. 원하는 것을 얻기 위해서라면⋯⋯ 응당 무엇인가를 희생해야 하는지도 몰랐다.

"보러 갈래."

며칠 후 형제끼리 함께한 저녁 식사 자리에서, 아무리 먹어도 익숙해지지 않는 샐러드를 먹으며 로만이 말했다.

"이제 내 마음을 잘 숨길 수 있을 것 같아."

무엇인가를 거세해야 한다면 그럴 수도 있겠다. 알렉산더와 마르셀이 겪었던 경험을 자신도 루시와 할 수 있다면 그래야 한다고 로만은 생각했다.

"솔직히 만나지 않으면 이제 정말 죽을 것 같아, 물리적으로⋯⋯."

해롤드와 알렉산더는 서로를 바라보았다.

"그래, 보고 싶으면 만나러 가야지."

알렉산더가 고개를 끄덕였다.

"언제 그 소리 나오나 했다."

해롤드가 걱정을 담아 빈정거렸다.

"가서 뭘 어떻게 할 건데? 네 마음대로 안 되면 또 총이라도 들 거야?"

"실패 안 해. 이번엔 반드시 루시가 나를 사랑하게 만들 거야."

로만이 중얼거렸다. 그 말은 즉 이런 뜻이었다.

'루시를 잡아먹을 거야.'

로만은 풀을 뜯으며 생각했다.

'내가 했던 경험이랑 똑같은 경험을 하게 할 거야. 다시는 내게서 도망치지 못하도록.'

때로는 티끌 같은 희망에 모든 것을 걸게 하고, 또 때로는 절망의 구렁텅이에 빠뜨리겠다.

'루시를 사랑하지만, 사랑하려면 어쩔 수 없을 것 같아. 아직 루시가 나에 대해 아무것도 모를 때 한입에 집어삼켜서 나만 바라보게 할 거야.'

사냥꾼의 함정에 걸렸다 깨달아도 옴짝달싹할 수 없을 정도로 많이 피 흘리게 하겠다. 예전이라면 상상하는 것만으로도 질색하며 고개를 내저었을 생각이었다.

"루시가 제 성을 숨기고 있으니 오히려 다행이네. 너희가 한 학교에 다니고 있다는 건 소문 안 나게 단단히 입막음해 줄게. 잘해 봐."

알렉산더의 말에 뒤이어 해롤드가 빈정거렸다.

"잘해야지. 알렉산더 말대로 루시가 스물만 되면 구혼자가 쏟아지지 않겠어? 그 가문이 장녀의 연애를 봐주는 것도 대학교 입학 전까지일 거야."

그 말에 로만의 이마가 꿈틀거렸다.

"잘해 보라고 하는 소리지."

"형이나 잘해."

"형, 쟤 진짜 인성 왜 저러냐?"

해롤드의 말이 얄미웠다.

하지만 사실이었다. 시간은 끊임없이 흐르고 있었다. 그것도 그에게 불리한 방향으로 말이다.

'넌 아직도 나에 대한 상실감으로 아파하고 있을까? 내가 너한테 그만큼 중요한 존재였을까?'

비행기 안.

'어떻게 하면 네게 울타리 처져 금지된 들판의 탐스러운 풀처럼 보일 수 있을까?'

로만은 루시한테 잘 보일 생각을 하느라 여념이 없었다. 두 발을 땅이 아니라 구름 위에 딛고, 알렉산더가 한 조언을 수없이 곱씹었다.

"이거 하고 가."
"이게 뭔데?"
"루시가 널 위해 목도리를 떴더라."
"이걸…… 왜 지금 줘?"
"이 계절에 어울리니까?"

비행기에 탈 때가 되어서야 첫째 형이 건네준 목도리를 목줄처럼 칭칭 감고서 말이다.

로만은 제 높은 코를 초록빛 목도리 속에 파묻어 보았으나, 시간이 오래 흘러서인지 어떤 향기도 맡을 수 없었다.

'잘할 수 있을 거야.'

목도리의 올 알알이 루시의 손끝이 스쳤을 텐데도……. 로만은 목도리에 코를 묻고 눈을 감았다.

'내 마음을 숨기자. 생각하면 할수록 알 수 없도록, 마치 구름 뒤에 숨겨진 달처럼.'

잘할 수 있을 것이라고 생각했다. 수없이 연습했으니까.

'좋아했었다고 고백한 뒤, 루시한테 네가 대단한 기회를 놓쳤다는 듯한 인상을 남기자. 모든 사람의 환심을 사고…….'

그런데 문제는 로만이 알렉산더가 아니었다는 것이다. 이론이야 좋다. 하지만 개념이 아니라 현실 속에서, 그 무엇에도 통용되는 절대적인 원리가 존재하나? 더구나 사람의 감정에 있어서?

루시는 마르셀이 아니었고, 알렉산더는 로만이 아니었다. 게다가 로만이 루

123

시한테 도착했을 때, 그녀의 곁엔 친구들이 있었다. 벌써.

로만이 변한 만큼 루시도 변했다. 마치 그늘 속에서 봉오리 졌다 햇볕을 받아 피어나는 것처럼, 많은 것들이 변해 있었다. 로만은 이 사실을 몰랐다. 그리고 루시도 몰랐다.

루시를 다시 만났을 때를 아직도 기억한다.

몇 개월 동안 곱씹었던 일이 계단 위에 선 루시를 바라보자마자 한 순간에 무너질 뻔했다. 꼬리를 흔들지 않으려고 있는 힘껏 힘을 주어야 했다.

루시가 상처받은 얼굴로 그를 바라보았을 때, 로만은 당장 무릎을 꿇고 싶었다.

'정말 너무…… 보고 싶었어.'

내가 보고 싶지 않았어?

꼬리 치며 묻고 싶었고, 연락하지 못해서 미안하다고 사과하고 싶었다. 배를 드러내듯 속마음을 보이고 싶었고, 루시의 속마음을 듣고 싶었다. 평정을 가장하기 위해 얼마나 애썼는지 모른다.

"왜 거기 가만 서 있어, 이리 와."

루시가 없는 사이 변성기가 왔다. 목소리가 탁하고 낮아졌다.

"이리 와서 날 안아 줘, 전처럼. 정말 너무 보고 싶었어."

이 목소리가 루시의 귀에 좋지 않게 들릴까 봐 겁이 났다.

"……."

루시는 마치 두 발이 바닥에 못 박히기라도 한 듯이 서서 그를 바라보았다. 그녀가 금방이라도 도망칠 기회를 엿보는 초식동물처럼 보였던 것은 왜일까? 루시는 죽었다 살아 돌아온 사람을 마주한 것처럼 로만을 보았다.

로만은 그녀가 다시 제게 다가와 주리라는 기대를 꺾었다. 그래서 스스로 걸어 올라갔다.

"너도 내가 보고 싶었던 것 맞지?"

그리고 물었다. '나도 정말 이제 어쩔 수 없어.' 하고 생각하면서.

"그렇지?"

로만은 하얗게 물들인 손을 뻗어 루시를 끌어안았다.

"루시, 얼마나 보고 싶었는지 넌 상상도 못 할 거야."

연인이 아닌 상대, 혹은 연인이라도 합의가 되지 않았다면 불쾌할 만큼의 페로몬을 뿜어 루시의 온몸에 덕지덕지 묻혔다. 모르는 상대가 맡는다면 얼굴을 붉히고 둘이 무엇이라도 하지 않았나 짐작할 만큼, 강렬한 소유권 주장이었다.

영역 표시를 하는 육식 특성의 방식이었다. 한편으로는 루시가 본가에 살았다면 엄두도 내지 못할 방식이기도 했다.

Chapter 10.

늑대지만
해치지 않아요

로만은 그날부터 바로 루시의 곁에 앉아 헛구역질하는 장발의 남학생을 볼 수 있었는데, 그게 바로 칼리드였다. 페로몬에 반응하는 것을 보니…… 경계 대상 같았다.

'뭐 공립학교에 저런 게 다녀?'

실제로 경계 대상이었다. 두 사람은 가끔 시선이 마주칠 때가 있었다. 전에 다니던 학교에 로만의 심기를 거스르는 학생은 단 한 명도 없었다. 하지만 이 새끼는 달랐다. 얼마 지나지 않아 로만은 그가 대형 육식 동물의 특성이라는 사실을 알았다.

'무슨 아니콘다가…… 어울리지도 않게.'

이 뱀은 로만과 시선이 마주칠 때마다 삐딱하게 앉아, 눈깔 똑바로 뜨라는 듯이 바라보았다.

'미친 거 아니야?'

사실 사달이 나도 예전에 났을 것이다. 루시와 함께 다니는 토끼 귀 학생이 그녀와 가장 친한 친구고, 그 뱀이 관심 있는 건 그 토끼라는 걸 로만이 눈치채지만 않았다면 말이다.

'뭐야?'

굳이 관심을 가지지 않아도, 학교 이곳저곳에서 토끼에게 일방적인 구애와 애정 행각을 하는 뱀이 목격되었다.

'이거 동족 혐오인가?'

어찌나 안절부절못하며 토끼를 어르고 달래는지……. 싫지만 어떤 마음인지 이해는 갔다.

'내가 저놈과 비슷하다고?'

믿고 싶지 않지만 맞는 거 같았다. 하지만 그래도 로만은 뱀이 거슬렸다. 사실 루시의 곁에 있는 게 그 누구라도 거슬렸을 것이다.

로만은 질투가 났다. 너무 질투가 나서 표정 관리조차 잘 되지 않았다.

'나랑만 친구할 거라며. 내가 네 유일무이한 친구라며.'

알렉산더였다면 저 둘을 어떻게든 치워 버렸을 것이다.

하지만 로만은 루시가 예전에 한 말을 기억했다.

"나는 오랫동안 혼자였고, 그게 내가 어딘가 잘못되었기 때문이라고 생각했어. 내 잘못 때문이라고. 너를 만나기 전까지는……."

그 말을 하는 루시는 외로워 보였다. 로만은 가능한 한 루시가 그런 쓸쓸한 얼굴을 하는 걸 다시 보고 싶지 않았다. 그래, 문제는 그가 루시를 너무 사랑한다는 것이다.

알렉산더라면, 루시를 고립시키고 괴롭혀 지치게 만들었겠지. 하지만 로만은 루시가 사람들 사이에 섞여 웃는 모습을 보는 것이 질투 나는 동시에 좋기도 했다. 루시가 원하는 걸 가지길 바랐다. 그래서 갈팡질팡했다.

결심했던 것과 달리, 로만은 루시와 다시 가까워지고 싶었다. 루시를 눈물짓게 하는 일이라면 하고 싶지 않았다. 그러니 모든 일이 어설플 수밖에 없었다.

그 시절 버림받은 건 자신인데, 상처 입힐 말을 하면 루시는 그대로 상처받

왔다. 그러면 로만은 겁이 덜컥 났다…….

뭔가가 엉망진창이 되어 가고 있었고, 윈터포멀 파티 때는 절정에 달했다. 루시가 없는 파티 따위 가고 싶지 않았었는데…….

"정말 안 갈 거야?"

떠보았을 때 루시는 표정을 읽을 수 없는 말간 얼굴로 어깨를 으쓱했다.

"그럼. 날 알잖아."

다른 사람이 같이 가자는 제안 같은 거 받아들이는 게 아니었는데……. 이 파티가 뭐 얼마나 별거야. 루시의 발이 아프지 않다는 사실쯤이야 몇 주 전부터 알았어. 루시가 권하지 않으면 내가 권했으면 되는 건데…….

우리 사이가 왜 이렇게 되었지?

'죽고 싶다.'

싸구려로밖에 보이지 않는 파티에서, 아무리 봐도 자신을 화려한 액세서리로밖에 보지 않는 여학생과 춤을 추며 로만은 생각했다.

'점점 더 엉망진창이 되는 것만 같아. 이제 루시는 날 피해, 미워해, 싫어하기까지 해.'

로만이 함께 춤추고 싶은 공주님은 지금 눈앞에 있는 여학생이 아니었다.

로만은 춤을 추다가 그를 노려보는 칼리드와 시선이 마주쳤다. 칼리드의 두 손은 그 뱀이 죽고 못 사는 토끼의 손을 쥐고 있었다. 로만은 그 상황을 질투했다.

며칠 뒤 둘은 부딪쳤다.

"루시가 네가 하고 있는 짓들 알고 있어? 둘이 사귀지도 않는다며? 루시는 이 상황을 알아?"

칼리드가 물었다.

"웬만한 남자애들은 당장 꼬리 내리고 물러나고 싶을 만큼 네 냄새를 비벼대고 있는 거, 루시는 지금 아냐고. 지금 뭐 하는 거야? 태도 좀 똑바로 해."

태도야 저도 똑바로 하고 싶었다. 하지만 그게 안 돼서 이러고 있는 게 아닌가. 로만은 으르렁거렸다.

"네 일 아니면 입 닥치고 가만히 있어. 이건 루시와 내 문제니까. 알겠어?"

"난 그 애 친구야."

"친구가 뭔데? 그게 뭐 대단한 거라도 돼?"

이를 드러내고 위협하자, 칼리드는 그를 노려보면서도 고개를 절레절레 젓고 물러났다.

"너 그러다 후회하게 될걸?"

마치 악당의 마지막 대사 같은 말을 남기고 말이다.

로만은 그 자리에 덩그러니 남았다. 아무 대꾸도 할 수 없었다. 후회야 이미하고 있었다. 하고 싶은 대로 하지 못해서 지금 이 모양 이 꼴이었다.

'친구가 뭐 대단한 것이라도' 되느냐고?

로만은 이제 그녀의 친구 자리조차 지키지 못하는 것 같았다.

얼마 전에 루시는 함께 등교하는 것조차 거절했다. 루시의 발에 상처를 낸 것은 자신인데 말이다.

'루시, 여기 와서 네가 얻은 건 뭐고 잃은 건 뭐야?'

루시를 쫓아와서 지금 내가 얻고 잃은 것은 뭐지? 잃고 있는 것은 무엇이고? 거대한 의문이 그를 할퀴고 지나갔다.

그로부터 며칠 뒤 밤이었다. 루시가 그를 집 근처로 불러냈다. 마치 헤어지기 전날, 로만이 그러길 원했던 것처럼, 루시가 말했다.

"나도 널…… 좋아했었어."

로만의 앞에서 뚝뚝 눈물을 흘리며 말이다.

"아니…… 사랑했던 거 같아."

흉터가 남을 루시의 발.

"언제부터였는지는 모르겠어. 사실 처음부터였을 수도 있어. 네가 좋았나 봐. 그런데 네가 처음이라서 몰랐어."

로만은 멍했다.

"넌 내 첫 친구였고, 한때는 유일한 친구였고, 정말로…… 날 그대로, 있는 그대로 봐 주었던 애였으니까."

루시가 지금 울면서 무슨 말을 하고 있는 거지?

"그걸 우정이라고 생각했지만 아니었어. 다른 친구가 생기자마자 알게 됐어. 너한테 품었던 감정이, 실은 사랑이었다는 걸 너무 늦게 알았어."

그 말을 듣는데 로만은 머리를 망치로 얻어맞은 것 같았다. 루시는 말하면서 고통스러워했다.

"……지옥 같았어. 너한테 차갑게 군 것도 그 때문인지 몰라. 너는 아무 잘못 없는데. 네 옆에 있는 사람들을 질투했어. 미안해."

이 고통을 자신이 원했던가?

"미안해. 이제 그러고 싶지 않아. 너한테 미안하다고밖에 할 말이 없어."

로만의 머리는 새하얘졌다.

"왜?"

정신을 차리고 나니 그는 울고 있었다.

"왜 그만뒀는데? 언제 그만둔 건데?"

울면서 루시를 끌어안고 그녀의 어깨에 머리를 비비고 있었다.

"파티 때문이야? 파티 때문이지? 그거 때문에 내가 싫어진 거지?"

엉망진창이었다.

"역시 그것 때문이지? 그렇지? 아니면, 그것도 아니면 내가 너희 집 유리창을 깨서, 그것도 아니면 뭔데?"

"……."

"다른 좋아하는 사람이 생긴 거지? 도대체 언제 마음 접은 건데?"

루시가 다시 자신을 밀쳐 낼까 너무 무서웠다.

"미안해. 내가 잘할게, 전처럼. 그러니까 제발…… 다시 돌려 주면 안 돼?"

"……."

"뭐라고 말 좀 해 봐, 루시."

루시에게선 아무 말도 들려오지 않았다. 아무리 흔들어도 닫힌 입이 열리지 않았다.

"……."

그랬기 때문에 더더욱, 루시의 작은 손이 제 머리를 쓰다듬었을 때 로만은 정말로 죽을 것만 같았다.

❖━━◈━━❖

"너 말고 다른 여자애와 춤출 생각 없었어. 네가 아니면 그 누구라도 싫어. 그건 그냥 눈속임이야."

로만이 울면서 말했다.

"나는 널 처음 본 연회장에서부터…… 정말로 그건…… 용서해 줘, 미안해. 날 용서해 줘, 루시. 제발……."

나는 로만이 하는 말을 하나도 알아들을 수 없었다. 로만이 헐떡거리며 울음 섞인 말을 뱉어 놓는데 제대로 들리는 건 없고, 그저 어깨로 스며드는 로만의 뜨거운 눈물을 느낄 수 있을 뿐이었다.

로만은 고개를 숙인 채 내 어깨에 머리를 묻고 엉엉 울었다. 나를 꽉 끌어안았다. 덕분에 내 울음이 뚝 그쳤다.

"그만 울어? 응?"

나는 그 머리를 쓰다듬다가 두 손으로 붙잡고, 내 어깨에 찰싹 달라붙어 끙 끙 울고 있는 로만을 떼어 내 얼굴을 보려고 했다.

"로만? 로만?"

"싫어어……."

하지만 로만은 나를 놓아주려고 하질 않았다. 물에 빠진 사람이 자신을 구해 주러 온 사람을 같이 물속에 끌고 들어가는 것처럼, 로만은 두 팔을 깍지까지 껴 내 흉곽을 꽉 조였다. 순간 까치발이 들리면서 갈비뼈 어딘가가 부서진 듯 한 느낌이 들었다.

"컥, 로만, 로만……! 아파아!"

나는 로만의 등을 팡팡 내리쳤다. 그리고 공포로 머리에 찰싹 접힌 귀를 마 구 잡아당겼다.

"아파! 아파! 아파!"

로만은 그제야 내 몸에서 조금 힘을 풀었다.

"……미안해, 미안해. 루시, 정말 미안해."

로만이 울먹거렸다.

"내가 잘못한 거 알아. 나 버리지 마……."

버림받기 직전의 애완동물처럼 구는데, 나는 한 번도 그런 말을 한 적이 없 었다. 온몸으로 로만의 떨림이 전해져 왔다.

"일단 들어가자."

로만의 품은 따뜻했지만, 아직 겨울바람이 차가웠다.

"네 말 하나도 못 알아듣겠어. 들어가서 말하자."

"……."

로만은 갑자기 내 말에 꿀 먹은 벙어리가 되었다. 나는 다시 고개를 한껏 숙여 로만 등 뒤의 꼬리를 바라보았다. 그 풍성한 꼬리는 다리 사이에 말려 있었다.

"왜 겁을 먹어? 그만 울고 들어가서 말하자."

그리고 내 등 뒤는 우리 집이었다. 나는 로만이 울며 헐떡이다 여기서 쓰러져 버릴까 겁이 났다. 그러자 로만이 다시 나를 꼭 안아 왔다.

"여기서 말해 줘."

"……뭘? 얼굴 보고 말해, 나 힘들어."

간신히 로만이 내 어깨에서 얼굴을 떼어 내고 두 팔을 풀었다. 그러나 내가 어디 갈세라, 로만은 손깍지를 풀자마자 내 한 손을 또 꼭 쥐어 왔다. 도망치지 말라는 듯이.

그리고 남은 손으로는 자신의 눈물 젖은 얼굴을 슥슥 훑었다. 그래도 엉망이었다.

"여기서 말해 줘, 네 말 물러 주겠다고."

"……."

"다시 물러 주면 안 돼?"

로만이 쿨쩍거렸다.

"제발 다시 생각해 줘……."

"……."

"어떻게 사람 마음이 변해? 어떻게 좋아했다가 안 좋아져? 미안해. 내가 너 다그치려는 게 아니라……."

로만이 두 손으로 눈을 비볐다.

"흐윽, 흑, 나한테 실망한 거 알아. 그동안 내가 너무 많이 재수 없었지? 그런데 다 설명할 수 있어, 진짜야……."

로만의 두 눈에 또 눈물이 그렁그렁했다.

"로만, 너 지금 너무 흥분했다."

나는 손을 들어 로만의 얼굴을 닦아 주었다. 하지만 로만은 움직이려 들지 않았다.

"추워, 집 앞이라 옷도 얇게 입었어. 이러다가 나 감기 걸릴 것 같아……."

그 말에야 로만이 내 한 손을 자기 두 손으로 붙잡고 쫄레쫄레 걸어 들어왔다.

나는, 현재 진행형인 내 마음을 과거형으로라도 고백하고, 이 마음에 온점을 찍어 저 멀리 보내 버리려고 했다. 지워 버리자고 마음먹었다. 내 힘으로 그 온점이라는 것을 찍을 수가 없어 상대방이 찍어 줘야 가능할 것 같았다.

그래서 칼리드의 말대로 고백했다. 그런데 고백을 받은 상대방은 지금 거실 소파에 앉아 테이블 위 티슈를 한 박스나 쓰고 있었다. 저렇게 울다가 탈수가 올 것 같았다.

"물 좀 마셔 가면서 울어……."

안타깝게도 나는 누군가를 달래는 방법을 잘 몰랐다. 사실 지금 소파에 앉아 엉엉 울고 있어야 할 건, 위로가 필요했어야 할 건 나였다. 아마 많이 울게 되겠지, 하는 마음으로 소파에 가져다 놓았던 인형을 로만한테 쥐여 주었다.

"이거라도 안고 있어."

로만은 순순히 그 인형을 꼭 끌어안았다. 생각해 보니 집 안에 가득한 인형은 모두 로만의 선물이었다.

뭐가 그렇게 서러운지, 로만은 인형에 고개를 묻고 또 뚝뚝 눈물을 흘리며 두 눈을 벌겋게 만들어 놓고 있었다.

"차 끓여 줄까?"

"가지 마……."

로만이 나를 끌어당겨 제 옆자리에 앉혔다.

"그래서 나 언제 좋아하게 된 건데?"

"……."

나는 그 부분에 대해서는 할 말이 없었다.

"이제 나 안 좋아해? 언제부터인데?"

그 말에도 할 말이 없었다. 꿀을 가득 문 것처럼 진득진득해져서 입을 도저히 열 수가 없었다.

'내가 널 언제부터 좋아하게 되었고, 언제부터 좋아하지 않게 되었느냐고……?'

뭐라고 말할까.

"그만 울어. 그치자, 응?"

로만은 말을 돌리는 내 행동에 서러운 얼굴을 하더니, 그 모양 좋고 도톰한 입술을 꾸욱 깨물었다가 다시 흐느끼기 시작했다.

"……미안해. 이러니까 내가 더 싫지?"

왜 이 상황에서 칼리드의 얼굴이 떠오르는지 모를 일이다. 그것도 웃고 있는 칼리드의 얼굴이 말이다.

"숨겨야 한다고 생각할수록 말하고 싶어지는 게 비밀이고, 사람 마음이야. 지금 넌 그 애 얼굴을 볼 수조차 없잖아."

칼리드가 말했다.

"그렇게라도 털어놓고, 네 마음을 받아 줄 수 없다는 확인을 받으면 너와 바스커빌 모두가 편해질 거야."

칼리드는 이 상황이 이렇게 될 걸 알고 있었을까?

"바스커빌이 너한테 했던 대로 똑같이 해 줘. 뭐 어때, 바스커빌은 너 좋아하지 않는다는데. 거절당하고 나면 마음 정리하기도 쉬울걸."

칼리드는 왜인지…… 알고 있었을 것 같았다.

138

"이미 엉망진창이라면서, 뭐가 무서운 거야?"

"……."

내 침묵을 무엇으로 받아들였는지, 로만의 손에 움켜쥐어진 양 인형이 터질 것만 같았다.

"그만해."

결국 사실을 고할 수밖에 없었다.

"그만 좀 울어, 나 너 좋아해."

말하지 않고는 견딜 수가 없었다. 로만이 젖은 눈을 깜박깜박 떴다. 거울처럼 맑은 회색 눈에 내가 비쳤다.

"그게…… 마음이…… 접고 싶어도 그렇게…… 간단하게 접어지지 않는 거잖아."

이렇게 말하게 될 줄은 몰랐는데.

"너도 나 좋아하지?"

"어."

목멘 목소리로 로만이 즉답했다.

"좋아해. 좋아해. 루시, 네가 너무 좋아."

좋아한다는 말이 태풍 속 빗방울처럼 쏟아졌다. 나는 로만의 머리칼을 쓰다듬었다.

"그럼 겁 좀 그만 먹고 말해 봐."

"응."

"우리 서로 좋아하는 거지?"

"응."

그다음에 우리는 소파에 앉아 멍…… 하니 있었다. 소강상태가 다가왔다.

"……."

마치 태풍의 눈 안에 갇힌 것처럼 갑자기 로만도 나도 잠잠해졌다.

"그럼 이제 우리 어떻게 되는 거야?"

나는 로만의 시선을 피했다.

'그러게, 그럼 우린 어떻게 되는 거지?'

내가 로만을 좋아하고, 로만도 나를 좋아한다.

그런데 그게 끝이 아니었다.

그게 끝이 아니라니. 모든 동화는 서로의 사랑을 확인하는 장면에서 '오래오래 행복하게 살았습니다.'로 매듭지어지지 않는가. 나는 한 번도 이런 상황이 오리라고 상상해 본 적이 없었기 때문에 어찌할 바를 몰랐다.

'이다음에는 아마, 연애…… 라는 것이 있을 텐데…….'

어색해서 다시 고개를 돌리자, 로만이 그 자세 그대로 굳어서 나를 바라보고 있었다. 나는 더듬더듬 말을 꺼냈다.

"그럼…… 우리…… 사귀어?"

로만이 그 말에 인형을 내팽개치고 내 손을 덥석 쥐어 왔다.

"나 지금이라도 당장 너랑…… 결혼하고 싶어."

"엉?"

로만이 이상한 소리를 했다.

"우리 아직 사귀지도 않았는데?"

"결혼 먼저 하고 사귀면 안 돼? 우리 다들 그렇게 하잖아. 내가 잘해 줄게. 나 정말 잘할 수 있어."

"로만, 진정해. 응? 장난치지 말고."

"장난 아니야. 내가 장난처럼 보여? 나 너무 무서워서 그래…….."

로만이 웅얼거렸다.

"네가 너무 좋아. 나 어떡해? 우리 서로 좋아하는데 연애가 뭐가 필요해? 결혼부터 하자. 그거부터 하고 천천히 연애하면 되잖아."

"뭐?"

앤 지금 약간 미친 것 같았다.

"지금이라도 당장 형한테 전화해서 너희 집에 이야기해 두라고 할게. 나이 때문에 망설이는 거라면, 혼인 신고부터 하고 졸업 후에 식 올리자."

"너 여기 오기 전에 술 마셨니?"

"아니야아아……."

로만이 한 손을 떼어 제 붉어진 눈을 슥슥 비볐다.

"진심이야…… 이렇게 말하게 되어서 정말 미안해."

내가 그런 로만을 또다시 말없이 빤히 바라보자, 로만이 신음했다.

"나한테 실망했지?"

그 말에 나는 고개를 절레절레 저었다. 반대였다. 하는 말은 좀 헛소리 같았지만, 이제야 내가 알던 로만으로 돌아온 것 같았다.

"아니, 네 이런 점이 좋았어. 그걸 좋아한다는 걸, 내가 그동안 몰랐던 것 같아."

나는 로만에게로 좀 더 가까이 다가가 앉으며 말했다.

"그래도 결혼은…… 정말 너무 이르니까 좀 더 사귀고 나서 생각해 보자. 우리 아직 어린 거 알지?"

나는 로만의 머리칼에 바싹 붙어 있는 귀를 쓰다듬어 주었다.

"그러다 헤어지면?"

"왜 벌써 끝을 생각해? 아직 우리 시작도 안 했는데. 앞일은 모르지만 우리는 잘할 수 있을 거야."

내 말에 로만이 또 신음했다.

"너만 마음 변하지 않으면 되는데……."

"네가 변할 수도 있지."

"나는 안 변해. 안 변할게. 그러니까 내 마음이 안 변하면 나와 결혼해 줘, 꼭. 알겠지?"

"알았어."

나는 식은 줄 알았던 내 마음을 어떻게든 움켜쥐려고 로만이 무턱대고 한 말인 줄 알았지만, 그 말은 실은 모두 사실이었다.

하지만 이때는 전혀 몰랐다. 지금 로만의 마음이 어떤지, 앞으로 어떨는지 전혀 알 수 없었다.

"로만, 우리가 연인이 된다고 해도, 우린 여전히 친구이기도 하겠지? 사랑이 시작된다고 해도, 우리가 간직했던 우정은 변치 않을 거지?"

로만은 그 말에 고개가 떨어져 나갈 듯이 끄덕이더니, 내 두 손을 자신의 두 손 안에 소중하게 포개 쥐고 손등에 입술을 꾹 눌렀다.

"네가 원하는 건 뭐든지 되어 줄게, 친구이든 연인이든. 난 뭐든지 할 수 있어……."

나는 고개 숙인 로만의 뒤통수를 물끄러미 바라보았다.

"그것보다 더한 걸 한다고 상상해 봐. 친구 말고 연인끼리 하는…… 예를 들면 키스 같은 거 말이야."

갑자기 엠마한테 해 줬던 그 말이 왜 떠올랐는지 몰랐다. 나는 얼굴을 붉혔다. 정 가운데가 살짝 눌린 듯한 하트 모양의 도톰한…… 입술. 나는 눈을 질끈 감았다가 로만의 귀에 입을 가져가 소곤거렸다.

"너 안아 봐도 돼?"

그 말에 로만은 고개를 번쩍 들어 올렸다. 그리고 무슨 말을 들었는지 의심 간다는 얼굴로 나를 바라보았다. 로만이 고개를 갸웃했다.

"어?"

"한 번만……."

내가 두 팔을 벌렸다. 로만이 홀린 듯이 내게 폭 안겼다. 내게 닿는 몸은 나와는 너무 달랐다. 어깨도 너무 넓고, 몸도 너무 두툼하고…….

'전에 우린 비슷했는데.'

로만이 다시 날 꼭 끌어안았다. 이번에는 조심조심, 소중한 것을 안듯이안 듯이. 내 귀와 로만의 귀가 닿았다. 닿은 부분에서 열기가 피어올랐다. 로만이 조그맣게 속삭였다.

"날 다시 좋아해 줘서 고마워."

안아 보자고 말해서 다행이었다. 이 표정을 들키지 않아도 되었으니까. 로만의 몸에 갇혀 나는 화악, 하고 달아올랐다. 어쩐지 자세가 로만의 쇄골 쪽으로 얼굴을 묻게 되어 로만의 심장 소리가 너무 잘 들렸다.

"난, 나는…… 절대로 변하지 않을게."

그렇게 말하는 로만의 심장이 불규칙하게 빨랐다.

'나 정말 애랑 사귀는 건가?'

나도 모르게 로만의 등을 꽉 그러쥐었다.

'사귀는 거야?'

내 심장 박동도 로만한테 들리리라는 생각은 아주 나중에 들었다. 그 생각이 들자마자 나는 로만의 품에서 꾸물꾸물 벗어났다.

"왜?"

"그런데 너, 솔직히 변했잖아."

"어?"

"올해만 해도…… 나한테 차가웠잖아. 짝사랑도 그만뒀다고 말하고, 춤도 다른 애와 추고……."

내 말에 로만의 동공이 초점을 맞추지 못하고 흔들렸다.

"나한테 왜 그랬어?"

생각해 보니 그렇다. 파노라마처럼 시종일관 차갑던 로만의 태도가 스쳐 지나갔다.

"그래, 아까 다 설명해 주겠다며. 그래서, 나한테 왜 그런 거야?"

"……."

로만은 식은땀을 흘리더니 천천히 시선을 피했다. 고개가 계속 옆으로 돌아가기에 내가 로만의 턱을 잡아 돌렸다. 그러자 로만은 고개를 숙였다. 내가 로만의 고개를 위로 당겨 들어 올렸다.

"입이 있으면 말 좀 해 봐."

"……모르겠어."

"뭐?"

"내가 잠깐 미쳤었나 봐……. 한 6개월 정도……."

"그게 말이 돼?"

로만은 눈을 내리깔더니 갑자기 고개를 절레절레 저었다.

"지금…… 지금은 말할 수 없어. 나랑 결혼하면 얘기해 줄게."

말도 안 되는 소리였다.

"장난해?"

"마음 변한 거 아냐!"

로만이 비명을 질렀다.

"정말 사정이 있었어! 이것 때문에 방금 있었던 일 무르지는 않을 거지? 앞으로 이런 일 절대 없을 거야. 내가 잘할게, 증명할게, 응?"

로만이 황급히 나를 다시 끌어안으려고 들었다. 나는 힘주어 로만을 밀어냈다.

그러자 로만의 어깨가 축 처졌다.

"정말 지금은…… 말해 줄 수가 없어서 그래. 그럼 약혼이라도 하고 말하면 안 돼?"

나는 로만을 바라보았다.

"……알았어."

144

그리고 이내 푸슬푸슬하고 웃기 시작했다.

"루시?"

로만이 내 눈치를 보다 물었다.

"왜 웃어, 갑자기?"

나는 대답 대신 로만의 접힌 귀를 쓰다듬었다.

"알았어, 그러니까 네가 겁 좀 그만 먹었으면 좋겠어."

나는 그 일을 아주 오랫동안 기억했다. 그럴 수밖에 없었다. 처음으로 달고 쓰고 짜고 신 감정을 고스란히 겪었으니 당연하지.

"그래서 왜인데?"

나는 아무것도 모른다는 듯 어물쩍 넘어가려는 로만의 귀를 잡아 뜯어서 나중에야 그 상황이 어떻게 일어난 건지 알게 되었다.

"난 썩은 동아줄이라도 붙잡고 싶었다고⋯⋯."

정말 황당하기 그지없었다.

"그렇다고 그걸 곧이곧대로 한 너도 너다."

"내가 얼마나 절박했는지 알잖아."

로만이 내 눈치를 봤다.

"화났어?"

"아니, 그냥 그때 말해 줬어도 됐잖아."

내 말에 로만은 무슨 말을 하냐는 듯 고개를 절레절레 저었다.

"네가 그 일로 바스커빌한테 정떨어지면 큰일이잖아. 결혼도 해야 하는데."

난 오히려 로만의 그 집요함이 어이가 없었다.

"대체 얼마나 결혼 생각을 절절하게 한 거야?"

"처음 만났을 때부터."

로만이 즉답했다.

"말했잖아. 처음 만났을 때부터 너랑 평생 함께하고 싶었어."

로만이 내 손등을 소중한 듯 쥐어 코끝을 비비며 말했다.

"그 시절부터 지금까지 쭉, 네가 나한테 시집 안 올까 봐 너무 무서웠어."

그리고 입을 맞췄다. 하지만 사실 나도 그때 하지 않은 말이 있었다. 아주 오래전부터, 네가 누군가를 나보다 더 좋아할까 봐 쭉 마음 졸였노라고 말이다. 그때 하지 않은 말은 앞으로도 영영, 쭉 하지 않을 생각이었다.

우리가 사귀기로 어물쩍 약속했던 그때.

"그럼 이제…… 그렇지?"

"응응."

한차례 또 소강상태가 되었고 우리는 또다시 좀 어색해졌다. 좋아한다는 말을 반복하고 끌어안기까지 하다 보니 1층의 공기가 이상하게 무거워졌다.

"……늦었다."

내 말에 로만이 내 눈치를 보더니 소파에서 벌떡 일어났다.

"그럼 나 집에 갈게."

"응."

로만이 현관으로 향했고, 나는 배웅하기 위해 뒤를 따라갔다. 그런데 로만이 갑자기 현관에서 멈춰 섰다. 그러곤 등을 돌려 나를 바라보았다.

"왜? 뭐 두고 왔어?"

"뭐라도 적어 주면 안 돼?"

"어? 뭘?"

로만의 얼굴이 터질 것처럼 새빨개졌다.

"이 일…… 에 대해서…… 혹시 네가 내일 달리 마음먹을 수도 있으니까……. 증거가 될 만한 거."

상상하기도 싫은지 로만의 목소리가 또 떨렸다.

"알았어, 알았어. 종이 가져올게."

나는 '만약 마음이 변하는 거라면, 도대체 이 일이 적힌 종이가 무슨 소용이 있겠느냐'고 말하는 대신, 얼른 2층에 가서 노트와 펜을 가져왔다.

"뭐라고 적어?"

"불러 줄게."

로만이 무어라 중얼거리는 대로 벽에 노트를 대고 받아 적는데 '이게 무슨 짓인가.' 하는 생각이 잠시 들었지만, 아마 이게 연애라는 것일 터였다.

"자, 이거 다 가져."

노트를 통째로 내밀자 로만이 그걸 소중하게 받아 안고 또 신음을 흘렸다.

"나…… 진짜 시시하고 한심하지?"

"아니, 아니야. 이대로 돌아가서 아무 걱정하지 말고 푹 자."

로만이 머뭇머뭇 신발을 신었다. 나는 허리를 굽히는 로만을 찬찬히 바라보았다. 그리고 한 발자국 더 용기를 내 보려고 했다.

"로만?"

"응?"

허리를 펴면서 로만이 물었다.

"여기 뭐 묻었다. 고개 좀 숙여 봐."

"어?"

로만이 고개를 숙이는 틈을 노려 나는 까치발을 들었다. 그래 봤자 서로의 입술이 아주 살짝, 손등과 손등 혹은 손바닥과 손바닥이 맞닿았다 떨어지듯 스쳤을 뿐이었다. 하지만 로만은 믿을 수 없다는 얼굴로 황급히 나를 바라보았다.

"어?"

"자, 이제 빨리 가."

"아니, 지금? 루시, 조금만 더……."

꼬리를 팔랑팔랑 흔들면서 로만이 말했다.

"어두워서 운전 힘들겠다."

"나 정말 가?"

나는 얼른 등을 떠밀어 뭔가에 홀린 듯한 로만을 밀어 내고 문을 닫았다. 그리고 2층으로 올라가 방으로 들어갔다.

그 누구도 듣지 못하는데, 그제야 휴대전화를 꺼내 들 용기가 생겼다. 이 일이 어떻게 되었는지 전할 사람이 한 명밖에 생각나지 않았다.

[어떻게 됐어?]

칼리드는 내가 전화 걸기를 기다리고 있었다는 듯, 전화를 받자마자 말했다.

"있잖아, 내가……."

나는 흥분을 가라앉히며 이 마법 같은 일에 대해서 한참이나 설명했다. 칼리드는 이따금 웃었다.

[그래서 이제야 이 치킨 레이스가 끝난 거야?]

"넌 이렇게 될 줄 알았구나?"

예감이 확신이 된 순간이었다. 내가 물었다.

[그럼. 알았지. 참 나.]

칼리드가 답했다.

[야, 이런 건 무슨 수를 써 봤자 더 좋아하는 놈이 지게 되어 있는 거야.]

그래서 고백 이후 우리는 어영부영…… 그야말로 어영부영하게 사귀는 상태로 돌입했다. 그러니까 친구에서 연인으로 향하는 길로 이정표가 그어졌고, 우리는 머뭇거리며 이정표를 향해 걸어가기 시작했던 것이다.

'내가 누구랑 연애를 하기는 하나 봐.'

분명 뭔가가 바뀌기는 바뀌고 있었다. 겉으로 보기에 우리는 전보다 훨씬 어색해졌다. 새로운 관계에 적응이라는 걸 하느라 말이다. 그래서 정확히 무엇이 바뀌었는가 하면…….

"안녕?"

고백 다음 날부터 로만이 차를 끌고 우리 집 앞에 와서, 내가 아침 준비를 마칠 때까지 얌전히 기다리게 되었다.

사실 첫날엔 집 앞에서 기다리는 차를 보고 깜짝 놀랐다.

"여긴 무슨 일이야? 연락이라도 하지?"

차 가까이 가 묻자 로만이 차에서 내리며 말했다.

"앞으로 같이 다니자."

발바닥의 상처는 밤하늘의 혜성처럼 엷은 분홍빛 빗금을 남기고 사라진 지 오래였다. '왜? 나 발 다 나았는데?'라고 물으려다가 아차, 하고 의문을 꿀꺽 삼켰다.

'맞다, 이런 거였지.'

우리는 어제부터 연인이다.

"그럼 우리 사귀는 거지?"

아마도, 그렇겠지? 그러니까 로만은 여자친구를 태우러 우리 집에 온 것이다. 전혀 이상하지 않았다. 연인끼리 함께 등교하는 일 말이다. 사실 카풀은 친구끼리도 그리 이상한 일은 아니었다.

'그럼 이거 데이트인가?'

갑자기 온몸에 힘이 들어갔다.

"로만, 잠은 좀 잤어?"

로만의 눈은 퉁퉁 부어 있었다.

"너는 잤어?"

춥겠다며 장갑을 한 짝 한 짝 벗더니, 내 손을 덥석 쥐고 제 장갑을 끼워 주며 로만이 물었다.

'아니…….'

나는 고개를 절레절레 저었다. 어제 그런 일이 있었는데 잠을 잘 수 있을 리가 없었다. 모든 게 싱숭생숭했다. 로만도 그랬다니 기분이 이상하다.

'로만의 손이 이렇게 컸었나…….'

장갑은 헐렁했다.

"굳이 이렇게까지 안 해도 돼."

안전벨트를 매며 내가 말했다.

"왜?"

"너 힘들잖아. 괜히 아침 일찍 일어나야 하고."

"안 힘들어. 나 원래 일찍 일어나. 한 시간 정도 조깅도 하는걸."

"그런 것도 해?"

"어, 안 하면 몸이 옥죄는 것 같아서."

로만은 운전을 하다 말고 머리를 긁적이다 고개를 푹 숙였다.

"나 여기 와서 싫어?"

"아니……."

나는 말끝을 흐렸다.

'아, 안 하기로 했는데 왜 했지?'

이상하게 모든 게 긴장되었다. 마치 다리에 힘을 주어 첫걸음마를 배우는 아가 같았다. 반쯤은 걱정도 했던 것 같다.

'애도 처음부터 이렇게 잘해 주면 안 될 텐데.'

처음에 힘주어 잘해 주면, 나중에 그렇지 못할 때 내가 상처받고 마니까.

나는 늘 사라질 때를 대비하곤 했다. 현재를 살아야 하는데. 아름다운 설원을 보면 눈 녹은 뒤의 진창을 떠올렸고, 화사한 꽃을 보면 시들 때를 생각하며 가슴 아파했다.

'왜 벌써 로만의 마음이 식을 때를 생각해?'

나쁜 버릇이야, 하고 생각했다. 그래, 어쩌면 이런 게 사람들이 말하는 나의 '벽'인지도 모르겠다. 하지만 뭘 어떻게 해야 할지 알 수 없었다. 이걸 깨야 한 다면 어떻게 깨야 할지. 벽은 이미 나의 일부 같았다.

'내가 사자였다면 안 이랬을까?'

좀 더 당당하게, 좋으면 좋다, 싫으면 싫다고 말하면서 로만을 휘어잡았을 까? 가슴을 펴고 현재를 좀 더 당당하게 받아들였을까?

나도 모르게 한숨을 내쉬는데 장갑 긴 손을 누가 꽉 쥐었다. 차 안에는 로만 밖에 없었다.

"후회하지 않게 해 줄게."

그 목소리에 나는 로만한테로 고개를 돌렸다.

"나 선택한 거, 후회하지 않게……."

긴장된 옆얼굴.

"정말로 잘할게."

나는 내 위에 얹어진 로만의 손이 떨리는 것을 느꼈다. 내가 입을 열었다.

"나 후회 안 해. 말했잖아, 널 좋아한다고."

나는 로만의 떨림을 멎게 하고 싶었다. 내 말에 로만이 나를 한 번 더 힐끗 쳐 다보더니 미소를 지었다. 소년처럼 순진한 미소였는데, 갑자기 가슴 안쪽이 화 끈해졌다.

'어쩌면 좋아.'

나 정말 애가 좋은가 보다.

"오늘 점심 같이 먹자. 둘이서."

나는 두 눈을 꾹 감고 마른침을 삼켰다. 그리고 고개를 끄덕거렸다.

'나 정말로 애 좋아하나 보다…….'

오히려 오들오들 떨게 된 건 나였다.

첫 수업시간 때 엠마한테 떨면서 고백했다.

"엠마……."

"어."

가까이 붙어 앉아서 말이다.

"나 로만과 사귀어……."

방구석 양말처럼 구겨져 있던 엠마의 하얀 귀가 순간 빳빳하게 펴졌다. 엠마가 나를 보더니 그야말로 해사한 웃음을 지었다. 그러곤 두 팔을 벌려 나를 꽉 끌어안았다.

"봐, 내 촉이 맞잖아."

엠마는 나를 떼어 놓더니 말했다.

"그래서 잘해 줘?"

"잘 모르겠어……."

"좋아하면서 널 두고 다른 애랑 파티는 왜 갔대?"

"그것도…… 잘 모르겠어."

"맞불 작전 같은 거였나 보지."

엠마가 추측을 시작함과 동시에 칼리드가 옆에 털썩 앉으며 말했다.

"엠마, 루시 얘는 자기 집에 불이 나도 거기서 타 죽을 애잖아."

"무슨 소리를 하는 거야?"

엠마의 면박은 교실에 들어온 선생님 때문에 끊겼다.

'그럴지도 모르지.'

칼리드의 말을 곱씹던 나는 문득 놀랍다는 생각이 들었다.

가끔은 타인이 더 많은 걸 안다. 나는 들판에 불이 번져도 그게 내 앞까지 오지 않는 이상 꿈쩍도 하지 않는 애였다. 천하태평이어서가 아니라, 무서워서. 불을 못 본 척, 불이 난 걸 모르는 척하는 것이다.

그리고 로만은 어느새…… 우리 집을 통째로 태워 버린 것 같았다. 나는 사방팔방 불이 난 곳에 갇힌 듯한 느낌이었다. 어떻게 이렇게나 타인을 좋아하게 되었을까? 믿을 수가 없었다.

"왜 그렇게 빤히 봐?"

"신기해서."

로만과 함께 점심을 먹으려 앉자마자, 온 시선이 쏟아졌다. 하지만 이 정도 눈총을 아랑곳했다면 나는 홈스쿨링을 했을 터였다.

"뭐가?"

"그냥 우리가 이렇게 된 게……."

나는 웃다가 그 웃음을 흐려 버렸다.

'만약 우리가 또 싸우거나, 너나 내 마음이 식으면?'

나는 로만한테 속절없이 길들여질까 두려웠다. 친구라면 오랫동안 못 볼 수는 있어도 영영 헤어지지 않을 수 있는데.

로만은 이미 예전에 한 번 내게서 멀어졌던 적이 있었다. 그때 느꼈던 박탈감을, 더 크고 심하게 느낄까 봐 나는 벌써 심장이 작아졌다.

"우리 괜찮은 거지?"

"옆으로 가도 돼?"

갑자기 로만이 내 바로 옆 의자에 앉았다. 그리고 테이블 밑으로 내 손을 꼭 쥐었다.

"……."

맞닿은 손으로 온기가 전해져 왔다. 보통 동화에서는 서로 마음 확인만 하면 다인데, 현실은 오히려 시작이었다.

'연애란 뭘까?'

왜 그런 위험을 감수하고 우리는 연애라는 걸 하고 있을까?

'진짜…… 차라리…… 결혼부터 하고 시작했으면 좋겠다.'

전에도 로만과 손을 잡은 적이 있었다.

'영원히 헤어지지 않으리라는 약속, 그 안전장치라도 가지고 이 아슬아슬한 줄 위를 걸었으면 좋겠다.'

끌어안은 적도 있었다. 우리가 친구였을 때. 같은 행동이 이제 다른 의미와 느낌을 가지고 내게 다가왔다. 나는 옴짝달싹할 수 없었다.

'좋아, 정말로 좋은데…….'

나는 로만의 손을 마주 쥐었다.

'좋은 만큼 너무…… 무서워.'

아무리 노력해도 떨림이 멎질 않았다. 겨우, 손을 붙잡는 것뿐인데, 가슴이 터질 정도로 두근두근했다.

그러는 사이에 1월이 가고 2월이 왔다. 여전히 로만과 함께 등하교를 하고, 식사를 했는데도 이 묘한 긴장감을 어찌할 수가 없었다.

'내가 이 어색함의 벽을 넘지 못해서 로만과 멀어지면 어떻게 하지?'

로만을 의식할수록, 그러니까 한 남자로서 의식할수록 어색함은 절정을 향해 달려갔다. 나는 정말로 로만과 아무 사심 없이 한배에서 난 강아지들처럼 어울리던, 그 여름날 연회장이 그리워졌다.

'우린 어쩜 그렇게 순진했었지?'

밸런타인데이에 로만을 집으로 초대한 건 그 때문이었다. 그때의 기억을 되살려 보고 싶어서. 또 한편으로는, 로만이 내 왼손 약지를 손에서 뽑을 기세로 만지작거렸기 때문도 있었다.

'살가죽 벗겨지겠어…….'

로만이 뭘 준비하고 있는지 너무 뻔히 보였다. 나도 밸런타인데이가 얼마나 특별한 날인지 정도는 알았다.

중학교 때는 이날 이후가 되면 여자애들 가방이나 지갑이 바뀌곤 했다. 귀나 목, 드물게 손가락에 보석을 달고 오는 일도 있었다. 어느 근사한 레스토랑을 통째로 빌렸다는 괴담 아닌 괴담도 들려왔다. 나는 그런 화려한 허례허식이 싫었다.

하지만 로만은 아닌가 보았다. 1월 한 달 동안 내 왼손을 만지작거렸다. 손가락 사이에 넣어 둥글려도 보고 깍지를 끼는 척 가늠해도 보고. 그렇게 노골적으로 행동하면서도, 도대체 무슨 양심이 있는지 내가 바라보면 화들짝 손을 떼곤 했다.

'내가 바보야?'

너무 잡아당겨 뼈가 나갈 것 같았다. 결국 밸런타인데이 전 주에 내가 말했다.

"하지 마."

"……어?"

"내가 잘못 생각하는 거일 수도 있지만…… 너 지금 반지 맞추려고 하는 거지?"

"어?"

"로만, 나 너 좋아해. 정말 좋은데…… 넌 지금 바스커빌이고, 난 루시 하트만이야."

아무리 그래도 반지는…… 다른 액세서리보다 특별하지 않은가. 잘못 걸리면 진짜 뒷모습이 찍힌 사진이 '세기의 신데렐라'라는 타이틀로 신문 1면에 박힌 다음, 집으로 끌려갈 수도 있었다.

"네가 나한테 반지를 주면 우리 약혼한 줄 알걸?"

"그럼?"

"그럼?"

"그럼 뭐로 해?"

로만은 금방 시무룩해졌다.

"근사한 레스토랑은 이곳에서 멀잖아."

"……."

로만은 정말 정말 우리의 첫 '연인들의 날'을 기대하는 것 같았다.

"우리 사귄 지 얼마 되지 않았잖아. 소박하게 보내자, 로만. 다른 아이들처럼."

나는 로만의 접힌 귀를 주물주물 펴 주며 말했다.

"그날 우리 집에 와. 맛있는 거 해 줄게."

"뭐?"

로만이 신음하듯 말했다.

"내가 다 준비할게. 그런 날 밖에 나가 봐야 사람들한테 치일걸? 어차피 주말이니까 밥 먹고 영화 보고 늦게까지 놀자, 어때?"

"……."

로만이 한참 동안 굳어 있다 마른침을 꿀꺽 삼켰다.

"진짜…… 괜찮아?"

"많이 맛있는 건 못 해 줄 텐데, 채식 피자 먹을 수 있지? 라자냐랑."

"아니…… 정말 괜찮겠어?"

나는 의아했다.

"정말?"

"그럼 먹을 거 가져올래? 음료수랑?"

"……고마워."

로만이 덜덜 떨며 내 손을 붙잡았다.

"정말 고마워, 루시."

"……나도? 고마워?"

"소바악……?"

지금 집엔 오븐이 없어서 자연히 밸런타인데이 전날인 금요일, 엠마네 집 오븐을 빌리게 되었다. 내일 일정을 들은 엠마가 말했다.

"그게 어떻게 소박해?"

"어?"

"그게 어떻게 소박하냐고? 너희 사귄 지 한 달도 안 되지 않았어?"

내가 무슨 준비를 해도 로만이 준비하려던 것보다는 소박할 것이라 생각하던 나는, 엠마의 다음 말에 생각을 달리 하게 되었다.

"그건 뭐 3년 차 연인한테나 소박하지. 사귄 지 한 달도 안 된 남자친구를 너희 집에 들이겠다는 거야? 그것도 밤에? 밤늦게까지?"

"……."

"너희 집에 아무도 없는데? 그다음 날은 일요일인데?"

"어?"

그제야 나는 지금 로만의 여자친구라는 것, 우리 집엔 아무도 없다는 것, 밸런타인데이 다음 날도 휴일이라는 것을 동시에 알게 되었다.

"어?"

"'어'가 아냐. '어'가."

"나 어떡해?"

내 말에 자기가 어떻게 아냐는 듯 엠마는 고개를 절레절레 저었다. 더군다나 우리는 연인이었다. 심지어 첫 키스…… 아니, 그건 키스가 아니라 뽀뽀였지.

아무튼, 피부끼리의 부딪침에 불과했지만, 그것도 우리 집 현관에서 했다. 어째서 로만과 단둘이 함께 집에 있어도 괜찮을 거라고 생각했던 걸까?

'나 어떡해?'

깨달은 순간 오븐 안에 든 빵처럼 얼굴에 열기가 훅 올랐다. 로만의 얼굴이 생각났다.

"진짜…… 괜찮아?"
"아니…… 정말 괜찮겠어?"
몇 번이나 되묻던 말도.
"……고마워."
"정말 고마워, 루시."

뜬금없던 감사 인사말도 말이다. 그 덜덜 떨리던 목소리가 내 귀를 화악 달아오르게 만들었다.
'아…… 그래서였구나.'
강렬하게…… 망했다는 생각이 스멀스멀 피어올랐다.
로만이 무슨 생각을 하는지 나는 이제야 깨달았다. 그땐 왜 몰랐을까? 제정신이 아니었나 보다.
'어떡하지?'
오늘이 밸런타인데이 전날이었다. 나는 그저 입을 벌린 엠마를 바라보았다.
잠시 후, 엠마가 말했다.
"설마…….."
"아냐, 아냐, 네가 생각하는 그런 거 아냐!"
내가 황급히 그 머릿속 상상을 부정하자, 엠마가 말했다.
"그런데 루시…… 사귀는 사이잖아."
"어?"
"내가 생각하는 그런 게 아니면 더 이상한 거 아냐?"
"어?"

"어?"

우리는 서로를 바라보며 '어어' 하고 물음표 섞인 신음을 흘렸다.

"게다가 바스커빌은…… 늑대잖아."

"그거 차별 단어야."

"그렇긴 한데, 아니 정말로 늑대잖아? 늑대더러 늑대라고 한 게 뭐가 잘못됐다는 거야?"

그러게. 한번 그 사실을 의식하자 쉬이 긴장감이 사라지지 않았다. 오히려 자각하고 나니 더 심해지기만 했다.

별일 없을 것이다. 아니, 별일 없으면 더 문제인가? 내가 지금 별일을 바라는 건가? 바라지 않는 건가?

밸런타인데이가 되자 나는 정말로 집 안에 불이 붙은 것 같았다. 거실 소파에 앉았다 일어나기를 몇 번이나 반복했다.

'와…… 도망치고 싶어!'

지금은 차별 요소가 있다고 금지당했지만, 어릴 적 읽었던 동화들이 머릿속에 뱅글뱅글 떠올랐다. 예를 들면 양이 사는 집에 들어가기 위해 두 손을 하얗게 물들인 늑대 이야기…… 같은 것 말이다.

'아마 키스 정도는 하게 되지 않을까? 자연스럽게 그렇게 되지 않을까?'

나는 생각만으로도 안절부절못했다. 그런데 이상한 일이지. 도망치고 싶지는 않았다.

사실, 전화 한 통이면 앞으로 일어날 일을 막을 수 있었다. 핸들을 쥔 건 나였고 그걸 돌리기만 하면 되었다. 그러면 비껴갈 수 있는 일이었다. 무엇이든 핑계를 대면 된다.

그런데도, 가슴이 두근거려 터질 것 같은데도, 마치 발밑에 불티가 떨어진 것 같은데도, 나는 오늘 일어날 일을 그만두고 싶지 않았다.

나는 우리 사이에 생긴 문턱을 넘고 싶었는지도 몰랐다. 그게 벽이라면 깨고 싶었는지도 몰랐다. 선이라면 밟고 지나가고 싶었는지도 몰랐다.

초인종 소리가 들렸다. 문을 열자 조금 상기된 표정의 로만이 있었다.

"아!"

보자마자 알았다. 로만이 무슨 생각을 하고 있는지, 보자마자 깨달을 수 있었다. 긴장된 표정으로 로만이 고급스러운 포장지의 봉투를 내게 맡겼다.

"무알콜이야."

와인이었다.

"괜찮지?"

"······."

그러고 우리는 문 열린 현관에서 한참 동안 서 있었다.

"······."

우리는 아마 같은 생각을 하고 있었을 것이다. 로만이 고개를 숙여 내 눈을 바라보았다. 마치 그곳을 들여다보면 내 마음속 생각을 알 수 있기라도 한 듯이.

"나······ 갈까?"

로만이 조그만 목소리로 속삭였다.

"무슨 소리야."

나는 로만의 팔을 쥐고 안으로 끌어당겼다.

"이리 와."

더 이상 도망치지 않기로 했다.

'그냥 있는 그대로 하자. 자연스럽게, 흘러가는 대로 두자.'

내 안의 심장이 말을 거는 듯했다.

그날 내가 고른 영화는 오랫동안 정말 많이 봐서, 내게는 닳고 닳은 애착 이불처럼 포근하게 느껴지는 그런 영화였다. 이따금 생각날 때면 나는 그 영화를 틀어 놓고 숙제를 하기도 하고, 게임을 하기도 하고, 그냥 잠들어 버리기도 했다.

언제 봐도 어떤 장면인지 아는 그런 영화. 그렇게 내 마음속에 착 달라붙은 영화인데, 로만과 함께 본다는 이유만으로 새롭게 느껴졌다. 소파에 나란히 앉은 우리는 어젯밤 산더미처럼 만든 음식과 와인을 앞에 두고 아무것도 못 했다.

시간이 흘러갔다. 천천히…… 영화를 보는 것보다, 식사를 하는 것보다, 친구처럼 잡담을 나누는 일보다 더 중요한 일이 우리를 기다리고 있는 듯했다.

예를 들면 문턱을 넘어 다른 선과 면으로 나아가는 일이.

"루시."

로만의 말에 나는 고개를 돌렸다.

"응?"

"네가 정말 좋아."

심장이 터져 나갈 것만 같았다.

"너도 내가 좋지?"

"그럼."

"……."

"나도 네가 정말 좋지."

로만의 눈동자가 천천히 나에게로 다가왔다. 자연스럽게 내 몸은 살짝 뒤로 밀렸다.

"정말?"

로만의 높은 코가 내 코에 닿나 싶더니 스윽 비벼졌다. 그대로 로만의 숨결이 입술에 닿아 왔다. 나는 몸을 떨었다. 닿아 오는 코끝, 나는 천천히 눈을 감았다.

"루시……."

로만의 떨림이 나한테까지 느껴졌다.

그의 두 손이 내 뺨에 닿나 싶더니 나를 붙잡았다. 맛을 보듯이 로만이 내 입술을 빨았다. 그리고 또 한 번, 또 한 번……. 로만의 입술이 닿은 곳이 뜨거워졌다. 말도 하기 어려울 정도로…….

나는 두 팔로 로만의 목을 끌어안고, 조심스럽게 입을 벌렸다. 로만의 혀가 내 안으로 파고들고, 나는 그를 맞아들였다.

"아……!"

치열과 그 안쪽, 부드러운 혀, 입 안의 온 곳이 예민하게 느껴지면서 머릿속이 타닥타닥 타오르는 것 같았다.

'이것 때문이구나…….'

한때 나는 우정만 있어도 이 세상을 살기엔 충분할 것 같다고 생각했다.

그런데 이제 알겠다. 사람들은 이런 감정과 느낌을 알고 싶어서 선을 넘는 것이다. 로만은 너무나 부드러웠다. 그리고 야하고 달콤했다.

"……."

나는 로만의 입술에 숨 쉬는 것조차 잊었다.

'지금…… 너무 행복해.'

이러한 감상조차 흘러가고, 내가 두 팔로 두른 로만의 목과 닿아 오는 그의 몸과 입술만이 남았다.

"아, 흐으……."

그러니까, 로만의 손이 슬금슬금 내 허리를 움켜쥐어 오기 전까지 말이다.

'으음!'

나는 눈을 반짝 떴다.

"그만."

"이거 아냐?"

"아냐!"

"미안."

로만이 입술을 매만지며 피식 웃었다.

"알았어. 참을게."

그러더니 다시 싱글벙글 웃으며 내게 다가와 어깨에 애교 부리듯이 코를 비볐다.

"그럼 키스는 조금 더 해도 돼?"

내 어깨 위에서 로만이 웃는 소리가 났다.

"내가 무섭지 않지?"

그리고 고개를 들어 살짝 코를 비빈 다음에, 속삭였다.

"네가 날 무서워할까 봐 무서웠어."

나는 로만의 머리칼에 손을 넣어 쓰다듬었다.

"무섭지 않지?"

로만이 한 번 더 물었다.

"내가 무섭지 않다는 거 알고 있잖아."

그 말과 함께 깊게, 깊게 입을 맞췄다.

무섭지 않았다. 전혀 무섭지 않았다. 나는 로만을 더더욱 꼭 끌어당겼다. 심장이 터질 것 같았다.

"루시, 옷 위로만 만지면 안 돼?"

"자, 잠깐……."

"루시, 속눈썹 예쁘다. 너 너무 귀여워……."

월요일에 엠마가 웃으며 물었다.

"소박하지 않았지?"

"……어, 그렇더라."

나는 붉어진 얼굴을 가리기 위해 책상 위에 엎드려야 했다.

“아무리 그래도 그냥 지나가는 건 섭섭하잖아. 우리가 처음 맞는 특별한 날인데…….”

그날 밤 로만은 내 팔에 무엇인가 채워 주었다.

“반지가 싫으면 팔찌는 괜찮지?”

팔찌였다. 그런데 그 이음새를 연결시키는 방법이 좀 이상했다.

“드라이버?”

전용 드라이버라고 했다. 팔찌의 양편 나사를 조이며 로만이 말했다.

“내가 가지고 있을 거야, 이거는.”

“그럼…… 풀 수 없는데?”

“풀리지 않으라고 하는 거야.”

나는 왼쪽 손목에 채워지는 팔찌를 바라보았다. 하얀색 팔찌는 금속임에도 불구하고 얇고 부드러워 보였다.

‘굳이 그 드라이버가 아니라도 열리겠는데……?’

하지만 그걸 입 밖으로 말하지 않는 걸 로맨틱이라고 하는 거겠지.

“내 것도 해 줘.”

“커플로 하는 거야?”

“커플이니까.”

로만은 신이 나 보였다. 나는 로만의 팔찌를 조여 주었다.

“헐거워지겠다.”

“그럼 다시 조여 주면 되지.”

로만이 말했다.

나는 내 손에 걸린 금속 팔찌를 바라보고는 웃었다. 로만이 물었다.

“이제 뭘 하고 싶어?”

영화도 보고, 음식도 먹고, 키스도 하고, 선물도 받았다. 그럼 이제 뭐가 남았을까?

"……응."

그 말에 나는 빙그레 웃었다.

"나 사실, 너랑 단둘이 하고 싶은 게 있었어. 같이 해 줄래?"

그 말에 갸웃한 로만이 고개를 까닥이자 나는 휴대전화로 음악을 틀었다. 나는 일어섰다. 그리고 로만의 팔을 끌어 잡아당겼다.

"자, 우리 춤출까?"

나는 이제야 말했다. 윈터포멀 전에 해야 했던 제안이었다.

"응."

로만은 바로 내가 뭘 원하는지 알아차렸다. 나를 끌어당겨 안은 로만이 내 두 손을 쥐었다.

그리고 우리는 움직였다. 천천히. 내가 고른 음악은 느릿한 왈츠였다.

'좋다.'

누군가와 춤을 추는 것은 처음이었다.

"미안해."

로만이 말했다.

"뭐가?"

"너와 함께 윈터포멀 파티에 가지 않은 것."

나는 웃었다.

"용서해 줄게. 다음엔 같이 가자."

로만이 그 말에 내 이마에 입을 맞췄다.

'기분 좋다.'

이러고 있으니 하나도 무섭지 않았다. 로만은 포근했다. 겁이 났던 모든 일들이 다 그 품 안에서 괜찮아졌다.

'앞으로도 우린 괜찮을 거야.'

로만의 품에 안겨 나는 생각했다.

'미래의 일을 걱정하지 말자.'

그걸 촉각 방어라고 하나? 몸에 닿는 액세서리는 답답해서 팔찌나 반지 혹은 시계조차 착용하지 않는 나지만, 그 팔찌는 곧 내 몸처럼 익숙해졌다.

'액세서리가 뭐 이래?'

팔찌의 이음새는 내 경우엔 두세 달이 지나면 헐거워졌고, 로만의 경우엔 일주일마다 느슨해졌다. 그러면 우리는 드라이버를 이용해 서로의 팔찌를 조여 주었다.

꽤 까다로운 액세서리였다. 잘 헐거워지고 또, 상처도 꽤 나고. 하지만 로만도 나도 그걸 풀어 달라고 서로에게 요구하는 일은 없었다.

나중에 그 팔찌 때문에 무슨 일이 일어날 줄도 모르고.

Chapter 11.

늑대지만 해치지 않아요

로만과 나는 소박하고 조용하게 사귀었다.

연애를 하면 뭔가 특별해지겠지, 달라지겠지, 걱정하면서 한편으론 두근거렸는데 표면적으론 달라진 게 하나도 없었다.

평일엔 로만이 날 차로 학교와 집을 오가며 데려다주고, 주말이면 시내에 나가 영화를 보거나 맛있는 걸 사 먹었다. 걱정했던 것보단 모든 게 더 나았고, 좋았다. 가끔 우리 집에 음식을 들고 놀러 온 로만이 정말…….

"으응……."

나를 한시도 가만두지 않는 것 빼고는 말이다.

"야, 잠깐, 잠깐만……."

정말 왜 이렇게 치대?

'앤 정말 왜 이러는지 모르겠어.'

밖에서 볼 때랑 안에서 볼 때가 얼마나 다른지……. 다른 사람한테 설명해 주면 안 믿을 것이다. 오늘도 집에 와서 '정말 영화만 볼게'라고 해 놓곤, 영화 대신 날 손끝부터 발끝까지 잡아먹을 것처럼 바라보았다.

"처음부터 영화 볼 생각 없었지?"

"그건 아닌데……. 나도 영화 봤어."

"그래서 주인공 이름이 뭐야?"

"……."

로만의 눈에서 동공 지진이 났다.

"바보야."

말은 그렇게 하면서도 내가 한숨을 내쉬며 팔찌가 걸린 손을 내밀자, 로만은 내 두 손을 꼭 움켜쥐고 입을 맞추기 시작했다.

'정말…….'

입술은 손끝에서부터 손등과, 핏줄이 피부 아래를 가로지르는 팔목 안쪽 그리고 팔과 어깨…… 목덜미를 타고 올라왔다. 끝내 로만이 나를 소파 위로 쓰러뜨렸다.

'너무 귀여워.'

나는 로만의 머리칼에 손을 넣어 쓰다듬으며 생각했다.

'얜 어쩜 점점 더 귀여워져.'

이렇게 생각하는 나도 제정신이 아니다. 내가 로만과 사귀면서 깨달은 건, 사랑은 사람을 제정신이 아닌 상태로 만든다는 것이었다. 그런데 사람은 자기가 제정신으로 살지 않기를 원하는 것 같다.

'사람들은 이러고 싶어서 연애를 하나 봐…….'

나는 신음을 토했다.

"아흑……."

내 목덜미를 앙, 하고 물었던 로만이 헉, 하고 고개를 들어 올렸다.

"아팠어?"

순간 온몸이 찌릿했다. 나는 로만의 머리칼을 잡아당기며 물었다.

"왜 깨무는 거야?"

"어?"

'이유가 필요해?' 하는 얼굴이었다. 내가 푸스스 웃자, 로만은 나를 따라 웃고는 내 입술 위로 얼굴을 기울였다.

"루시⋯⋯."

로만의 입술이 내 입술 위를 덮었다. 따스하고, 놀라울 정도로 짜릿했다.

아. 그래서 칼리드와 엠마는 어떻게 되었느냐고?

"나 칼리드와 진짜 헤어질지도 몰라."

"또 왜. 나 그 소리 한 50번 들었어."

"이번엔 진짜야."

"칼리드는 알고 있어?"

"어."

"엠마, 넌 도대체 왜 그러니? 나 칼리드가 너무 불쌍해."

"야! 넌 내 편이야, 칼리드 편이야?"

잘 사귀고 있었다.

'네가 그러니까 내가 칼리드 편이지.'

툭탁툭탁하는 건 여전했지만, 엠마는 말만 그렇지 칼리드를 어지간히 좋아했다. 칼리드는 말할 것도 없고 말이다. 도서관에서 에세이를 쓰고 있던 난 별생각 없이 물었다.

"그래, 이번엔 뭐 때문에 그러는데?"

"걔가 대학은 국립대를 갈 거라고 하잖아."

엠마가 힘없는 소리로 말했다.

"자긴 경영 공부를 하고 싶대. 그게 취업이 잘될 것 같다나 뭐라나."

그 말에 나는 고개를 들었다. 엠마는 턱을 괸 채 나를 빤히 바라보고 있었다.

"난 사실 이 지역을 벗어나고 싶지 않거든. 그래서 주립대를 갈까 해. 그런데 롱디는 어려울 것 같지 않니?"

나는 그 말에 눈을 동그랗게 떴다.

"롱디?"

엠마가 힘없이 중얼거렸다.

"장거리 연애 말이야. 솔직히 100퍼센트 헤어진다는데. 그럴 거면 먼저 깔끔하게 정리하는 게 낫지."

그 말에 나는 깜짝 놀랐다.

"칼리드는 뭐래?"

"뭐라긴."

엠마는 저저 폐 안쪽으로부터 나오는 깊은 한숨을 내쉬었다.

"그게 정 걱정되면, 성인 되자마자 결혼하자고 그러지."

"……."

"요즘 세상에 말이 되니? 결혼이 장난이야? 내가 사귀고 있긴 하지만 갠 진짜 또라이야."

나는 할 말이 없어 입을 꾹 다물고 있었다.

"그치?"

엠마가 말 좀 해 보라는 듯 펜 뚜껑이 덮인 펜 끝으로 책상을 쿡쿡 찍었다.

'음…… 졸업하고 결혼하는 게 그렇게 말이 안 되는 일인가?'

우리 같은 경우엔 성년이 되자마자 결혼하는 경우가 많았다. 대중적으로 드러내기 난처한 경우엔 약혼이라도 먼저 해 놓는다. 심지어 태어나자마자 서로를 짝으로 점찍어 놓는 경우도 있었다. 이게 다 서로가 경쟁자이고 풀이 좁아서 할 수 있는 일이었다.

'그 경쟁에서 이미 난 제외되었지만 말이야.'

하지만 로만은 아니지 않을까? 나는 갑자기 좀 걱정이 되었다. 아무리 로만의 가문이 혼인에 가문의 이해관계를 개입시키지 않기로 유명해도, 세상일은 어떻게 될지 모르는 거니까. 게다가 대학.

'고등학교 생활도 얼마 남지 않았네.'

나는 그동안 공부만 해 왔지, 진로에 대해 진지하게 고민해 본 적 없었는데. 좋은 시간은 너무 빨리 지나가 버려서 문제다. 내가 좋아하는 사람이 날 좋아해 줄 가능성이 얼마나 희박한가. 로만과 만난 건 정말 엄청난 우연의 결과물이었다.

그 희박한 가능성을 뚫고 로만과 사귀게 되었는데, 알게 모르게 모든 걸 결정지어야 할 때가 다가오고 있었다. 나는 시간 흐르는 것이 정말 너무 아쉬웠다.

'우리 모두가 쭉 같은 학교에 다닐 수 있으면 좋을 텐데.'

대학에 가면 칼리드와 엠마 같은 친구도 다시 사귈 수 있을까?

'오래오래 연애만 하며 살 수 있으면 좋을 텐데.'

앞으로 우린 어떻게 되는 걸까?

'결혼도 하지 않고…… 아이도 낳지 않고, 로만과 단둘이 살 수 있다면…….'

로만과 영원히 함께하길 바라면서도 한편으로 나는 알았다. '텐데'라는 말은 할 수 없는 것에 쓰이는 단어라는 것을. 이미 절대로 일어나지 않을 일임을 알기 때문에 원한다는 것을.

'로만네 가문에서는 늑대 특성을 가진 남성들만 태어난다던데.'

하지만 나는 예외 중 예외였다. 또 양이 태어나면 어떡해?

'나는 또 다른 나를 원하지 않아. 나는 부모님을 원망하지 않아도…… 내 아이는 나를 원망하게 될지도 모르니까.'

평생 둘만 살면 모를까, 결혼을 하면 아마 자연스럽게 아이를 원하게 될 텐데. 나는 희박한 가능성만으로도 몸이 움츠러들었다. 왜냐하면 내가 그 실낱같은 가능성을 뚫고 태어난 존재였으니까.

'아직 한참 남은 일이야.'

엠마와의 대화는 내 마음에 불안감을 일렁이게 했지만, 그래도 아직 시간이 많이 남아 있었다.

그런데 좋은 시간일수록 참 빠르다. 그걸 상대성 이론이라고 하나? 그해 또 다시 찾아온 겨울, 우린 꼭 달라붙어 보냈다. 나는 문득 로만한테 물었다.

"넌 대학은 어디 갈 거야?"

"아마 베일리얼 칼리지가 아닐까?"

로만은 즉답했다.

"우리 가문 사람들은 다 거기에 갔어."

아마 그럴 거라고 생각했다.

"형들이 성화야, 일손이 부족하다고. 빨리 커서 회사 들어오래. 들어오기만 하면 아주 집엔 발도 못 붙이게 굴려 먹을 거라고."

그러더니 내게 물었다.

"넌?"

"글쎄…… 난 잘 모르겠어."

그동안 곰곰이 생각해 봤는데, 학교는 아직 잘 모르겠고 공부를 더 해야 한다면 유전학이 어떨까 싶었다. 나는 언제나 '도대체 내가 왜 이렇게 태어났나' 궁금했기 때문이다. 공부를 더 하다 보면 알게 되지 않을까?

하지만 그걸 부모님이 허락해 줄지는 알 수 없었다.

'우리 부모님은 내가 뭐가 되길 원하는 걸까?'

우리 부모님은 자유를 아주 중시했다. 그 때문에 오히려 나는 가족과 앞으로 무엇을 해야 할지에 대한 대화를 나눠 본 적이 없었다.

'나는 아직도 부모님이 좀 어려운 데가 있어.'

이미 태어나면서부터 앞날이 정해져 있는 루이와 달리 말이다.

'원하는 걸 다 해 줄 수 있다고 부모님은 말하지만…….'

나는 그게 우리 부모님이 나를 자유롭게 키우고 싶은 건지, 아니면 포기한 건지 잘 알 수 없었다.

"로만."

나는 가문의 구성원으로선 제 역할을 할 수 없는 사람일까?

"응?"

로만이 고개를 갸웃했다.

"난 잘 모르겠어."

내가 로만의 눈을 보며 말했다.

"뭐가?"

"앞으로 뭐가 되어야 할지, 또…… 그러니까……."

차라리 뭐든지 딱딱 정해져 있다면 얼마나 좋을까? 지금까지 쭉 그랬던 것
처럼…….

"루시. 괜찮아?"

내가 머뭇거리자 로만이 걱정스러운 얼굴로 나를 바라보았다.

"응, 괜찮아."

나는 고개를 끄덕끄덕했다. 뭐가 괜찮은지도 모르면서.

"나 그 대학 안 가도 돼."

내 얼굴을 물끄러미 들여다보더니 로만이 갑자기 뜬금없는 소리를 했다.

"어?"

"네 마음대로 선택해. 네가 대학만 선택하면 내가 어떻게든 거기로 옮길 테
니까."

로만이 내 어깨에 이마를 대고 애교 부리듯이 문질렀다.

"난 롱디 같은 거 절대 안 할 거야. 그거 진짜 끔찍해. 우리 대학에서도 캠퍼
스 커플 하자."

쓰다듬어 달라는 뜻이었다. 나는 웃으며 로만의 머리칼을 쓰다듬어 주었다.

'얘가 갑자기 무슨 소릴 하는 거야?'

속으론 이렇게 생각했지만 말이다.

'내가 앞으로 뭐가 되어야 할지 모르겠다니까.'

레오파르디 가문의 사람은 사자의 심장을 가지고 있다고 한다. 담대함, 야망, 용맹. 누군가는 자신감이라고 부르고, 또 누군가는 원하는 것이라면 그 무엇이든 쟁취하는 힘이라고 부르는 것 말이다. 용맹함이라니. 나한텐 그게 없는 것 같았다. 그러니까 아마 뿔을 달고 태어났을 것이다.

그해 봄, 집에서 긴히 할 말이 있으니 올해 여름 방학엔 꼭 들르라는 편지와 함께 항공권이 왔다.

'하긴, 나도 엄마 아빠 보고 싶어. 루이도 그렇고.'

이번엔 거절할 방법도 이유도 없었다.

"나 이번 방학엔 집에 갈 거야."

"정말?"

로만도 이번 방학엔 집에서 보내겠다고 했다.

"옆자리에 앉아서 갈래."

"그래, 그래."

나는 가벼운 한숨을 내쉬었다.

'앤 가만 보면 정말 찰거머리 같아.'

한시도 떨어지지 않으려 든다.

'그렇게 좋을까?'

난 도대체 로만이 이 학교로 나를 쫓아올 때까지 몇 개월을 어떻게 꾹 참았는지 믿기지 않았다. 아무튼 로만도 형들을 만나면 해야 할 이야기가 있다고 했다.

"할 이야기보다는 갚을 거지. 갚아야 할 게 잔뜩 있어."

"갚을 거?"

"원한 말이야."

그 말에 짐을 싸고 있던 난 웃음이 나오려는 걸 참았다.

"특히 첫째 형. 전화로 말한 거로는 부족해, 정말 가만 안 둘 거야."

말은 해 주지 않지만 짐작하기로는, 여기 오기 전에 형들이 로만을 잔뜩 놀렸나 보다.

"내 인생에 도움이 안 되는 놈들이야. 도대체 왜 사사건건 훼방인 거야?"

로만이 으르렁거렸다. 나는 로만이 그런 말을 할 때면 마음이 참 따뜻해졌다.

"아냐. 그걸 사이가 좋다고 하는 거야."

물론 그 때문에 로만과 내가 마음고생을 좀 하긴 했지만 말이다.

"루시, 아무리 생각해도 말인데, 넌 도대체 사이가 좋다는 데에 무슨 환상이 있는 거야?"

로만이 고개를 이리 갸우뚱 저리 갸우뚱 하며 물었다.

'귀여워.'

난 단단히 콩깍지가 씌었는지 로만의 이런 모습도 귀여워 보였다.

"로만, 진짜 사이 나쁘면 싸우지도 않아. 형님들이 너 싫어하는 게 아니라, 귀여워서 장난치는 거야."

"네가 어떤 식으로 오해하는지 대충 알겠는데, 우리 가족 정말 사이좋은 거 아니야. 좋아하는 사람한텐 도저히 이럴 수가 없다니까. 어?"

내가 웃음기 어린 얼굴로 아무 말 하지 않자, 로만이 침대 위에 올려놓은 내 트렁크 위에 턱 하고 얼굴을 얹었다.

"티켓 보여 줘."

"왜?"

"바로 옆자리 끊게."

"내 옆자리에 사람 있을 텐데."

"내가 어떻게든 할게."

로만이 치근덕치근덕했다. 내가 티켓을 보여 주자 접힌 귀가 쫑긋하고 펴졌다.

"우리 항공사잖아. 말하지 그랬어? 이거 좌석 업그레이드시켜 줄게."

비즈니스를 굳이 퍼스트로?

"으응…… 굳이?"

"하게 해 줘."

로만은 내 어깨에 고개를 툭 떨어뜨리더니 머리를 비볐다.

'애교 부쩍 많아졌어, 진짜.'

나는 로만의 머리를 쓰다듬었다. 그러다 로만과 눈이 마주쳤다.

"루시."

로만은 스윽, 하고 자신의 높은 콧대로 내 코끝을 문질러 왔다.

"키스해 줘."

말은 간청인데, 먼저 내 입술을 집어삼킨 건 로만의 입술이었다.

'또, 또.'

나는 살짝 고개를 물렸다가, 따뜻하게 나를 덮어 오는 로만의 입술을 받아들이며 입을 벌렸다.

"으응……."

로만의 이가 내 아랫입술을 마치 이앓이하듯 깨물었다. 온몸이 찌릿했다. 로만은 마치 잡아먹듯이 내 입 안으로 들어왔다. 그 따뜻함, 나를 꼭 끌어안는데 그 압박감이 너무 좋았다. 처음엔 정신이 혼미해졌다.

'얘…… 점점 잘해.'

얘 말고 누구랑도 해 보지 않아서 모르겠지만, 점점 느는 것만은 확실했다. 입술은 한참 뒤에 떨어졌다. 로만이 내 어깨에 부끄러운 듯 고개를 묻었다.

"나 더하다가 미치겠어."

할딱이는 로만의 숨소리.

"루시, 정말 너 너무 귀여워."

로만이 못 견디겠다는 듯 웅얼웅얼했다.

'누가 할 소리야.'

하지만 내 눈엔…… 귀여워 미치겠는 건 로만이었다. 이 커다란 몸을 해 가지고. 나는 로만의 머리칼을 쓰다듬으며 배시시 웃었다.

'내가 뭐가 귀엽다고, 네가 더 귀여워.'

조금 귀찮은 거만 빼면 말이야. 이래서 연애를 하는가 보다 생각했다.

우리는 비행기 안에서도 알콩달콩했다. 로만은 마카다미아를 까서 내 입에 넣어 주고, 아플 정도로 손을 주물럭거렸다.

"착하지. 착하지."

팔 빠지기 직전까지 말이다.

'아이구.'

나는 치근치근하는 걸 머리도 쓰다듬고 또 안대도 씌워 어떻게든 눌러 앉혀서 겨우 공항에 도착했다.

'아, 공기가 달라진 느낌이야.'

멀다면 멀지만, 마음만 먹으면 이렇게 올 수 있는데. 그동안 어깨 한쪽이 뻣뻣해질 정도로 고개를 돌려 외면한 느낌이었다.

'그런데 왜 외면했을까……'

비행기에서 내리자마자 나는 곧장 그 이유를 알게 되었다.

「마중 왔어.」

왜 이걸 생각 못 했을까? 무심코 휴대전화를 확인한 나는 머리가 쭈뼛 섰다.

"왜?"

나는 나도 모르게 로만의 손을 놨다. 여기 벌써 루이가 온 것도 아닌데 말이다.

로만이 어리둥절한 얼굴로 물었다.

"무슨 일 있어?"

"루이가……."

"응?"

"루이가 마중 왔대."

그 말에 로만의 표정도 사악― 굳었다. 루이와 내 사이가 어떠냐면, 애매했다.

'나도 걔 좋아하고, 걔도 날 좋아하긴 해.'

로만네 형제처럼 말은 아니라고 하지만 사실은 우애가 좋은 것도 아니고, 그렇다고 서로 봐도 모른 척할 정도로 데면데면하지도 않았다.

'정확히 말하면 걔가 날…… 지켜 줘야 할 상대로 보지? 내가 누나인데?'

태어나서부터 차기 가주 타이틀을 단 루이는 솔직히 말하면, 부모님보다 좀 더 가부장적인 데가 있었다.

'딱 잘라 말하긴 어려운데…… 내가 미덥지가 않나 봐. 그런데 그럴 만도 하지.'

걔는 그렇지 않은 척하면서, 마치 날 손아랫사람 다루듯 대하곤 했다.

'하기야 태어나자마자 본 누나가 양인데.'

그런 루이를 난 어려워하고 말이다.

'그 누나가 친척 모임이라도 나가면 어떤 취급을 받는지 뻔히 다 봐 왔는데.'

「도착했지? 도착하면 연락해.」

그런 내 동생, 루이 레오파르디가 직접 이 공항에 마중을 왔단다. 나는 마른 침을 꼴깍 삼켰다.

「나 얼마 전에 운전면허 따서 직접 차 끌고 왔어.」

메시지가 연달아 왔다.

「점심 아직이지? 맛있는 거 먹자.」

메시지를 다 확인한 나는 로만을 바라보았다.

"알지? 나 너랑 있는 거 루이한테 들키면 안 돼."

다들 바쁘니 고작해야 차를 보내겠지 정도로 생각했지만, 지금 루이도 방학이었다.

'아······.'

공항버스가 얼마나 잘 되어 있는데. 무슨 나보다 어린애가 마중을 왔는가? 기특했다. 정말로 기특해서 어쩔 줄 몰랐는데, 지금은 때가 아니었다.

"내가 나중에 연락할게! 다음에 보자!"

"어? 응?"

"아참! 게이트는 나 나간 뒤에 한 30분만 기다려서 나와? 알겠지?"

"어?"

내 말에 로만의 두 눈이 흔들렸지만, 그걸 지금 어찌할 때가 아니었다.

"루시, 꼭 그래야 해?"

"응! 당연하지!"

루이한테 들키면 끝장이었다. 끝장일 법도 한 게······. 내가 가져야 할 눈치를 루이가 다 가져 갔는지, 걔는 눈치가 정말 좋았다. 얼마나 좋았느냐면······.

"누나와 바스커빌 사이가 친구면 난 친구 없어. 알아?"

이 말을 언젠가 칼리드한테도 들은 적이 있었다. 내가 로만과 정말로 친구 사이라고 바득바득 우길 때부터, 루이는 로만의 의도를 의심하고 있었다.

게다가 새벽에 로만 만나러 갔다가 그 뒤로 연락이 끊긴 뒤 내가 상심할 때, 그 모습을 다 지켜본 장본인이기도 했다.

"내가 가서 뭐 어떻게 해 줄까?"

"뭘?"

"죽인다거나."

"야, 뭘 죽여······. 우리 싸운 거 아니야."

"하, 아니긴 뭐가 아니야? 그럼 누나 왜 우는데? XX 어디 한번 걸리기만 해. XX 내가 XXX를 아주 XXXXX."

그때의 대화가 아직도 생생하다.

"너 그런 말 어디서 배운 거야? 그리고 로만이 너보다 나이 많아. 로만한테 욕 좀 그만해······."

"누나는 지금 이 와중에 바스커빌 편 들어? 진짜 미쳤어?"

그러니까 루이한테 로만 바스커빌의 인상은 완전히 바닥을 기고 있었다. 그땐 연애한 것도 아니었는데. 루이는 마치 내가 로만과 사귀었다 어이없는 이유로 차이기라도 한 듯 로만을 증오했다.

'이거 알면 난리 나, 진짜.'

그런데 지금 웃으면서 로만과 같은 게이트에서 빠져나와 봐. 학교 잘 다닌 줄 알았는데, 그거 아니고 밀월여행이라도 떠났다 돌아온 줄 알지. 그것도 쓰레기 같은 전 남친과 말이다.

'100퍼센트 가문간의 문제로 비화될걸?'

난 만약 이 공항에서 둘이 만난다면, 그 이후 벌어질 일이 상상도 가질 않았다.

"누나!"

로만한테 나보다 나중에 나오라고 한 건 정말 옳은 선택이었다.

"여기야, 여기."

게이트를 나오자마자 나는 펜스에 팔을 걸치고 지루한 표정으로 나를 기다리고 있던 루이를 발견했다. 파란 모자가 아름다운 금발과 잘 어울렸다.

"누나!"

루이는 활짝 웃으며 손을 흔들었다. 그러더니 내게 달려와 얼른 짐부터 받아들었다.

"여긴 어쩐 일이야?"

"어쩐 일이긴."

루이는 못 본 사이 꽤 키가 컸다. 문득 눈높이가 같아서 놀랐다. 이제 나와 키가 엇비슷하다.

"뭘 그렇게 섭섭하게 말해? 누나 마중 온 게 뭐 얼마나 대단한 일이라고."

루이가 빙그레 웃었다.

"집에만 있기 심심해서 한번 나와 봤어."

"차 가져 왔어?"

"어, 밖에서 밥도 먹고 차도 마시고 그러자. 할 이야기 많아. 전화도 안 하고, 나 정말 섭섭해."

아무래도 그 여름날 엉엉 우는 누나를 저 멀리 떠나보낸 이후, 루이는 내가 은근히 걱정되었던 모양이었다.

"그동안 어떻게 지냈……. 누나……?"

그런데 웃으며 말하던 루이의 시선이 내 머리 아래 꽂혔다. 루이의 머리가 갸우뚱했다.

"손에 그게 뭐야?"

"어?"

"왼쪽 손목에."

나는 그제야 내 손목을 의식했다.

'어!'

그 손목엔 이제 의식도 하지 못하고 있던 팔찌가 달랑거리고 있었다. 순간 온몸에 소름이 돋았다.

"어? 어, 응······."

나는 나도 모르게 마른 입술에 침을 발랐다.

"뭐긴, 팔찌····· 예쁘지?"

금세 목이 멘 난 간신히 답했다. 내가 팔찌 끼는 게 뭐 어떻다고, 겁먹을 것 하나 없었다. 그런데 목소리가 떨리는 것은 왜일까?

"······아니."

루이의 눈이 가늘어졌다.

"나도 팔찌인 건 아는데, 그거 한 쌍이 세트잖아?"

"······."

나는 눈을 내리깔고 루이의 시선을 피했다.

"한 쌍이 세트인 거잖아? 그렇지?"

얘는 어떻게 이게 한 쌍이 세트인 물건인 걸 아는 걸까?

"어······."

생각보다 유명한 팔찌였나 보다. 나는 이미 거짓말할 타이밍을 놓쳤다.

'그냥 맞춤 제작 디자이너 링이 아니었나?'

"그거 커플링 같은 거 아니야?"

"······."

공항은 냉방을 해서 이렇게 차가운데, 내 이마와 등에선 식은땀이 다 났다.

'망했다······.'

옛 속담에 호랑이 굴에 들어가도 정신만 차리면 산다고 했다.

'뭐라고 해야 하지? 엠마랑 같이 했다고 해야 하나?'

타개할 방법을 찾아보려 머리를 굴리는데 루이가 물었다.

"누구랑 했어?"

"······."

숨이 다 막혔다. 나는 눈을 이리 데굴 저리 데굴 굴리다 간신히 대답했다.

"친구······ 랑?"

"친구 누구? 누나 공립학교 다니잖아. 이게 얼마인 줄 알아?"

"······."

얼마인지 몰랐다. 루이가 으르렁거렸다.

"누구랑 한 건데? 이거 누나가 돈 다 낸 거야? 누나 거기서 삥 뜯기고 다녀? 진짜야? 레오파르디가?"

그 말에 나는 식은땀이 다 났다. 그 친구가 누구냐 재차 물으면 엠마라고 대답하려고 했던 난, 꼴깍 하고 침을 삼켰다.

'안 돼, 엠마를 일진으로 만들 수는 없어.'

이 문제가 공립학교의 일진 괴롭힘으로 비화될 기로에 선 순간이었다.

"많이······ 비싸?"

그런데 그렇게 물은 게 실수였다. 그 순간 루이의 얼굴이 싸악, 하고 굳었다. 나는 루이가 그렇게 무서운 얼굴을 한 걸, 이때까지 본 적이 없었다.

"X발······ 바스커빌이지."

어떻게 그 생각이 거기에서 기기로 간 거지? 나는 아직도 믿을 수가 없다.

"어?"

내 동생 진짜 천재 아닌가? 루이가 팔찌 낀 내 손을 낚아챘다.

"그 얼굴 보면 알아! 이거 바스커빌이구나. 누나 공립학교 보내 놨더니, 계속 바스커빌과 연락하는구나!"

"어······?"

루이가 학교를 보내 준 것도 아닌데, 대꾸를 못 한 나도 참 나다.

"이게 무슨 뜻인데! 이런 걸 줬다고 덥석 받고! 누나 미쳤어?"

루이가 내 팔목을 잡아당겼다.

"그 새끼가 무슨 배짱으로 누나한테 연락을 해?"

"아파! 야!"

내가 그동안 사기라도 당한 걸 자기가 이제야 발견했다는 얼굴이었다.

"이게 무슨 뜻인 줄 알고! 이거 풀어! 미쳤어? 누나! 미쳤냐고!"

하지만 그게 잡아당긴다고 풀릴 리가 없었다.

"아!"

내가 아픈 표정을 짓자 루이가 이를 꽉 깨물었다.

"이거 드라이버 필요한 거지! 아, 가지가지 한다! 그냥 이거 뜯어! 내가 힘으로라도!"

"풀기 싫어!"

나는 루이의 손을 뿌리치고 등 뒤로 내 손을 숨겼다.

"안 풀 거야. 안 풀기로 약속했어."

루이가 두 눈을 크게 뜨고 고개를 갸웃했다. 미쳤냐는 얼굴이었다.

"나 이거 무슨 뜻인 줄 알아, 커플 세트인 줄 알고…… 한 거야. 우리…… 사귄단 말이야."

루이는 내 말에 허, 하고 입을 벌렸다.

"나 로만이랑……."

"아악—!"

루이가 갑자기 비명을 질렀다. 내 뒷말은 절대로 듣지 않겠다는 듯이 말이다.

"아아아아악—!"

현실 부정하듯 발을 구르며 내지르는 루이의 비명에 공항의 사람들이 우리를 쳐다봤다.

"제정신이야?"

루이가 이번엔 내 어깨를 흔들며 말했다.

186

"저녁에 부모님이랑 밥 먹을 건데! 바스커빌이랑! 그 바스커빌이랑! 누나 진짜 미쳤어!"

로만은 공항에 도착하자마자 루시를 잃어버렸다. 아니, 정확히는 루시한테 버림받았다. 한 번도 본 적 없는 그녀의 동생 때문이었다.

'나이 차도 많이 난다는데 이렇게 눈치 볼 게 있나?'

오늘 내내 데이트하고 저녁 늦게나 돌아갈 생각이었던 로만은, 힘이 다 빠져 약 30분을 공항 라운지 의자에 쭈그리고 앉아 있었다. 터덜터덜 출구로 향하는데 비행기가 도착하는 시간이 아니었는지 비교적 한산했다.

「동생이랑은 잘 만났어?」

메시지엔 여전히 답이 없었다. 그 메시지를 보낼 당시, 공항에서 무슨 일이 일어났는지 모르는 로만은 진짜…… 버림받은 기분이었다.

'진짜 좀 너무한 거 아냐?'

입술이 저절로 삐죽삐죽 튀어나와서 손바닥으로 제 입을 쳐야 했다. 며칠 전 루시와 함께 보낸 시간이 꿈같았다. 동생의 메시지를 받자마자 새파랗게 질려 줄행랑을 치다니……. 지금 저희 관계를 숨겨야 하는 걸 머리로는 이해하지만…….

'우리 가문이 그렇게 별로야?'

몇 년 전, 가문이 아니라 개인으로 미래 처남한테 점수를 굉장히 잃었음을 모르는 로만은 오리 입술을 하다 말고 침울해졌다.

공항을 나오니 저를 기다리는 바스커빌가의 문장이 박힌 리무진이 보였다.

'……이게 뭐야?'

로만은 리무진을 타고 쓸쓸한 얼굴로 집에 돌아왔다. 그때까지도 루시의 연락은 없었고, 해도 지지 않았으니 본가엔 아무도 없는 게 당연했다.

'우울하다.'

방으로 돌아와 침대에 눕는데, 얼른 방학이 끝났으면 좋겠다는 생각이 들었다.

"후……."

로만은 침대에 누워 눈을 감았다. 비행기 안에서까지 손을 쥐고 있었다. 웃으며 제 머리칼에 손을 넣어 헤집는 루시의 얼굴이 손을 뻗으면 잡힐 것처럼 뚜렷했다.

'사귀면 모든 게 다 해결될 줄 알았는데…….'

물론 정말 너무 좋았다. 정말 너무 행복했다.

키스도 할 수 있고, 밸런타인데이 땐 몸 여기저기를 만지는 것도 허락해 주었다. 어찌나 말랑하던지. 따뜻하고 작고, 몰랑몰랑……. 로만은 온몸이 간지러워지는 듯한 기분에 침대의 베개를 움켜쥐었다. 정말, 정말 정말 좋았다.

'으아…… 부끄러워!'

찌익—.

어찌나 힘을 주었는지, 로만의 두 손이 베개를 종잇장처럼 주욱 찢으며 깃털을 뿌렸다.

"너 왜 왔니?"

해롤드가 물었다.

"누군 혈육이 마중도 나오는데 왜 왔냐니, 이게 무슨 소리야?"

"혈육?"

"그런 게 있어."

저녁 식사 자리에서 알렉산더는 어깨를 으쓱했다.

"흠, 좀 더 일찍 왔으면 좋았을 텐데. 마르셀은 얼마 전에 유학 갔거든. 그 전에 몇 번 소개해 주고 싶었는데. 아쉽다."

로만은 생각했다.

'거짓말. 안 아쉽잖아.'

적어도 저런 말은 아쉬워하는 척이라도 해 주면서 했으면 좋겠다.

"왜, 이 자리에서 우리 셋째의 진솔한 연애 이야기도 들어 보고 좋지, 뭐."

해롤드가 말에 코웃음을 섞었다.

"야, 상상 아니고 진짜 연애 맞아?"

저런 말을 하는 해롤드는 현재 이 집안의 유일한 솔로다.

'로하네스랑 연애 못 하니까 미쳤나 보지?'

연애하는 내가 참아야지, 하고 생각하며 로만은 저를 위해 특별히 만들어진 채식 스프를 한술 떴다.

'루시 보고 싶다.'

전채요리가 나란히 나오는 동안 알렉산더가 물었다.

"그래서 나한테 그렇게 욕을 하더니, 어떤 방법을 써서 루시와 사귀게 되었니?"

"뭐……."

로만은 그 말에 루시와 사귀던 날 밤의 일을 떠올렸다.

"으흑, 다시 한 번만 생각해 주면 안 돼? 나 이제 진짜 잘할 건데, 밀당 같은 거 안 할게……."

"밀당?"

"으흑, 흑! 내가 무릎이라도 꿇을까?"

눈물과 콧물을 질질 흘리면서 루시를 끌어안고, 그만 좋아하기로 한 그 결정을 물러 달라고 말했던 자신을 말이다.

질끈!

'안 돼!'

그날의 상황을 떠올리던 로만은 자신도 모르게 두 눈을 꽉 감았다.

그때 그렇게 빌고 빌어 루시와 사귀게 된 것은 추호도 후회하지 않는다. 하지만 형들에게 루시와 사귀게 된 과정을 말하면 평생 놀림감은 물론, 죽어 무덤에 묻힐 때 묘비에까지 기록될지도 몰랐다.

"그게…….'

로만은 창백한 표정으로 중얼거렸다.

"내가 지금 루시랑 사귀고 있다고 해서, 그게 어떻게 된 일인지 알고 있다는 건 아니거든?"

"하기야 그럴 거라고 생각했어."

"이제 그래도 생선은 먹네?"

두 형은 알 만하다는 듯 더는 묻지 않고, 로만의 접시에서 사라지는 음식에 시선을 옮겼다.

"페스코 베지테리언 하기로 했거든."

"그게 뭐야?"

"우리가 알 필요 있나?"

"쟤도 가지가지 한다. 지금쯤이면 그만둘 줄 알았더니."

둘은 어깨를 으쓱하더니, 갑자기 시선을 맞추고 눈으로 대화를 나눴다.

"그럼…… 이만 본론에 들어갈까?"

알렉산더가 냅킨으로 우아하게 입을 닦았다.

"이제 꽤 되었지?"

"뭐가?"

"너희 사귄 지 말이야."

"……그렇긴 한데, 왜?"

로만은 무슨 말이 나올지 몰라 의심에 가득 찬 얼굴로 고개를 끄덕였다.

"음, 그럼 정말 사심 없이 묻는 건데……."

알렉산더가 상냥한 얼굴로 운을 떼었다.

"지금 진도는 어디까지 나갔니?"

"……."

로만은 입을 딱 다물었다.

"사귄다는 건 말뿐이고, 지금도 둘이서 알콩달콩 종이접기하면서 노는 건 아니겠지?"

해롤드가 한 술 더 얹었다.

"이게 무슨 개 짖는 소리야?"

로만이 말했다.

"내가 왜 형들한테 이런 걸 말해야 하는데? 형들 미쳤어?"

알렉산더는 한숨을 내쉬었다.

"그게 말이야, 로만. 우리가 이래저래 레오파르디가에 접근해 봤는데, 그게……."

"잘 안 되겠더라고. 루시 문제는 완전히 철옹성이야. 일단 우리가 라운드가 다르잖니. 정치적 견해나 이권도 잘 맞지 않고."

"그래서 말이야. 동서고금을 불문하고 이럴 땐 정말 확실한 방법이 있는데."

알렉산더와 해롤드가 주거니 받거니 말을 이어 나갔다.

"일단 들어 보면 처음엔 화날 텐데, 너도 나중엔 이해하게 될 거야."

로만은 어디 해 보라는 듯 한쪽 눈썹을 치켜 올렸다.

"……."

두 형은 서로의 얼굴을 한 번 바라보았다.

"루시를 임신시키는 건 어떻겠니?"

알렉산더가 말했다.

'무슨 개소리가 이렇게 참신하지?'

로만은 잘 먹던 물고기가 목구멍 아래서 위로, 한가을 강물을 거슬러 오르는 연어처럼 치솟아 오르는 것을 느꼈다.

"레오파르디 가문이 너희가 젖은 종이처럼 찰싹 붙어 있다는 사실을 알기 전이면 좋겠다."

알렉산더는 뻔뻔했다.

"야, 벌써 몇 년이 지났어? 지금까지 손가락만 빨고 있던 거 아니지? 우리 동생, 난 너 믿는다?"

해롤드는 아주 맛이 간 모양이었다.

"순서가 좀 바뀐다고 생각하렴. 루시와 아이 없이 살 생각은 아니었지? 요즘 뭐라더라…… 기억이 잘 안 나네."

"딩크족?"

"그래, 딩크족은 아닐 거 아니니. 로만, 루시를 닮은 아이는 참 귀엽겠지?"

"어릴 때 빨리 낳아야 나중에 너희 알콩달콩 지내기도 좋지."

결혼도 안 했고 애도 안 낳아 본, 아니 심지어 지금 연애 중도 아닌 해롤드가 만면에 미소를 머금으며 종용했다.

"……"

로만은 침묵했다.

'이 새끼들이?'

할 말이 없던 게 아니라, 할 말이 너무 많아서 입 안에서 교통사고를 일으킨 것이다.

'X발, 이걸 욕부터 해야 하나, 주먹부터 날려야 하나.'

해롤드는 로만이 그러든가 말든가 주절주절 말을 이었다.

"봐, 너희 고등학생이잖아. 이제 곧 성인이고, 인생에 사고 한번 치기 얼마나 좋은 나이야. 이거 우리처럼 나이 들면 좀처럼 못 하는 짓이다?"

알렉산더가 그 말을 이어 받았다.

"해롤드 말이 맞아. 일단 루시가 임신만 하면 콧대 높은 레오파르디가라도 꼼짝을 못 할 거야."

"그래, 그다음에 우리가 아들 잘못 둔 죄인이라고 숙이고 들어가면 되지. 지금 이런저런 제안을 던져 봤자 의도만 의심받아."

"야."

로만이 운을 떼건 말건 해롤드는 말을 이었다.

"우리가 쉬운 방법 찾으려는 게 아니라, 상황이 이렇다니까? 그러니까 네가 어떻게 잘……."

"야! 이 개새끼들아!"

로만은 결국 참지 못하고 접시를 집어 던졌다.

쨍그랑! 하얀 식탁보가 순식간에 엉망진창이 되었다.

"……."

"……."

"너희가 그러고도 바스커빌이야!"

두 형은 동생의 일갈에 눈이 휘둥그레져서 로만을 바라보았다.

"형들 정말 제정신이야? 저번부터 자기 일 아니라고! 내 인생을 그렇게 망치고 싶어!"

"아니, 임신이 뭐……."

"웃긴다. 야, 바스커빌이니까 이러지. 솔직히 바스커빌치고는 꽤 인도적인……."

"야!"

들도 보도 못한 테이블 매너에 이어 벌어진 하극상에 형들은 일단 침묵했다. 잘못했다고 생각해서가 아니라, 제 사랑스러운 막냇동생이 지금 머리끝까지 화가 치솟아 제정신이 아니라고 생각했던 것이다.

"임신이 장난이야? 루시 지금 몇 살인지 알아?"

그러나 이 식탁에서 제정신이 박힌 건 로만밖에 없었다.

"내가 루시랑 결혼하고 싶다고 했지, 언제 임신 먼저 시키고 싶다고 했어!"

로만은 씩씩거리며 자리에서 일어섰다.

"나 밥 안 먹어! 형들끼리 잘 먹고, 절대로 그 방법 안 쓸 테니까 다른 방법 알아봐, 알겠어?"

그리고 분에 못 이기겠단 태도로 식사 자리를 빠져나갔다. 해롤드는 이 참담한 저녁 식탁을 바라보다 눈을 깜박깜박 떴다.

"근데, 로만 쟤 있잖아. 나한테 자기 결혼…… 맡겨 놨대?"

알렉산더는 대답 대신 어깨를 으쓱했다. 해롤드가 이를 악물었다.

"우리가 얼마나 노력하다 까였는데, 저 새끼가……."

"아직 어리잖아."

"어리긴, 형이 오냐오냐해서 저렇게 된 거잖아."

알렉산더는 쓴웃음을 지었다.

"배고플 테니까, 조금 있다 다과라도 올려 보내야겠다."

"참 나. 형, 짝사랑 좀 그만둬."

해롤드는 냅킨을 집어 입을 닦으며 어이없어했다.

"레오파르디랑 사귀라고 한 게 우리도 아니고. 저거 한번 현실의 벽을 느껴 봐야 해. 그때 되어서 얘가 아차, 해 봐야……."

마지막엔 코웃음을 쳤다.

"그래, 레오파르디가 어떤 데인지도 모르는 게. 저거 저거, 저쪽 집안 반대로 눈물 한번 쏙 빼야 정신을 차리지."

집에 돌아와서 맞는 저녁 식사 자리는 평화로웠다.

"그래서 친구는 많이 사귀었니?"

"음식은 입에 맞고?"

"학교 커리큘럼에서 부족한 건 없었니?"

부모님은 다정하게 많은 것들을 물어보았다.

"네, 정말 좋은 애들을 사귀었어요. 이름은 엠마와 칼리드예요. 학교에 대한 불만은 전혀 없고요."

내 말에 안심한 듯이 아빠가 빙그레 웃었다.

"나중에 집으로도 초대해 주렴, 우리도 네 친구가 보고 싶구나."

나는 그 말에 배시시 웃다 아차 했다. 칼리드는 몰라도 엠마는 날 여전히 루시 '하트만'으로 알고 있다.

'엠마라면 날 이해해 줄 텐데, 왜 말을 하지 않았을까?'

계기가 없었다는 말로는 부족했다. 그냥, 편했기 때문인지도 모른다.

나는 생각에 잠긴 채 멍하니 시선을 아무 데나 던지고 있다가, 나를 빤히 바라보는 두 개의 눈동자와 마주쳤다. 루이였다.

"……."

얼굴이 뚫어질 것 같았다.

'왜?'

나는 루이를 바라보았다. 말하지 않아도 루이의 마음을 알 것 같았다.

"……."

잠깐잠깐 시선이 부딪치며 무언의 대화가 오고 갔다. 내 생각엔 아마 이런 내용일 것이다.

—친구가 아니라 애인을 사귀었겠지.

—그런 거 아니라니까.

—그것도 별 말도 안 되는 이유로 누나 마음을 아프게 한 바스커빌이랑.

—오해야.

—오해는 무슨, 로만 바스커빌이 일방적으로 괴롭혀서 누나가 온종일 질질 짜던 게 엊그제 같은데.

—바로 그게 오해였다니까?

—누나 호구야?

—……아니야. 진짜. 내가 다 설명할 수 있어.

루이가 무슨 말을 꺼낼까 봐 춥지도 않은데 땀이 자꾸만 줄줄 났다.

"루시, 이제 대학도 슬슬 정해야지. 생각해 둔 곳은 있니?"

엄마가 아빠한테 살짝 눈짓하더니 내게 물었다.

"하고 싶은 공부는 정했고?"

나는 잠시 멈칫했다. 엄마가 이에 대해 할 말이 있어 보였기 때문이었다.

"유전공학을 공부해 보고 싶긴 한데, 아직 잘 모르겠어요."

내 말에 엄마는 반색했다.

"그래? 우리가 생각해 봤는데, 너만 괜찮다면 학기 중에 대학 수업들을 좀 청강해 보면 어떨까?"

나는 고등학교 문제로 내내 떼를 썼던 터라, 부모님이 생각해 둔 일이 있다면 거절하고 싶지 않았다.

"전 좋아요."

마음속으로 다짐했다. 고등학생 때까지만, 고등학생 때까지만 마음대로 하자고.

"루시, 손목은 어떻게 된 일이니?"

나는 그 말에 흠칫하고 놀라 부모님을 바라보았다.

"아, 얼마 전에 체육 수업하다가 좀 삐끗해서요……."

스포츠용 손목 보호대는 루이가 집에 오자마자 줬다.

루이의 차를 타고 집으로 돌아오는 길이 얼마나 험악했는지 모른다.

"루이…… 차 샀네?"

"……응, 샀다고 말했잖아."

"예쁘다."

"어, 생일선물로 받았어."

본가에 돌아오면 이런 일이 일어날 거라고 왜 예상하지 못했을까?

'게다가 왜 하필 루이한테 걸렸을까? 아니, 아니, 가족 중에 걸릴 거라면 그나마 루이가 낫긴 한데.'

나는 복잡한 머릿속을 애써 정리하면서, 가슴께의 안전벨트만 만지작거렸다.

"휴……."

한숨만 나왔다. 차가 신호등에 걸렸을 때 루이가 갑자기 자기 재킷을 벗었다.

"어?"

"이거 덮고 있어."

"나 하나도 안 추운데?"

빵!

갑자기 루이가 경적을 울려서 깜짝 놀랐다. 경적 소리가 아까 공항에서 루이가 내지르던 비명 같았다.

"루이?"

깜짝 놀라서 쳐다보자 루이가 이를 꾹 악물고 말했다.

"계속 같이 있으니까…… 누나한테서 바스커빌 냄새 나."

나는 그 말에 얼른 재킷을 몸에 덮었다.

'로만 냄새?'

칼리드도 루이도 그런 말을 하는 걸 보니, 내가 모르는 뭔가가 있긴 있는 듯했다.

"……."

내가 재킷을 덮자 루이는 또다시 입을 꾹 다물었다. 턱에 핏줄이 막 도드라지는 게, 이러다가 루이의 턱이 부서질 것 같았다.

"저기 있잖아. 루이."

나는 이래서는 안 되겠다는 생각이 들었다.

"내가 언제부터 로만이랑……."

그 순간, 루이가 갑자기 차의 블루투스 스피커를 켰다.

"사귀었냐면……."

루이가 주로 듣는 하드 록이 차가 다 움직일 정도로 쾅쾅거리며 흘러나왔다. 나는 귀를 막았다.

'아니, 루이야. 내 말을 안 듣는다고 해서 내가 로만이랑 사귀는 일이 없어지는 건 아니야.'

팔찌 안 풀겠다고 했을 때부터 쭉 이 상태였다. 나는 그래도 말을 좀 해 보려했다.

"루이야, 꺄악!"

차가 트인 길에 이르자마자 루이가 칼치기를 하지 않았다면 할 말을 다 했을 것이다.

'같이 죽자 이거야?'

나는 놀라서 귀를 막던 손으로 안전벨트를 꼭 붙잡았다. 하지만 루이의 마음이 전혀 이해 가지 않는 건 아니었다. 나라도 루이가 차인 다음 울고불고하던 여자애랑 사귀면 좀 싫겠다.

'알아, 아는데.'

야, 그래도 말은 좀 들어 줘야 할 거 아냐. 오해가 있었고, 지금은 로만이 날 정말 좋아한다니까…… 사과도 받았어.

'얘가 진짜…….'

현실을 부정하겠다는 듯이 듣지도 않으려는 걸 보니 심경이 복잡했다.

"……."

결국 난 로만에 대한 아무런 오해도 풀지 못하고 집으로 돌아왔다.

'내가 집에 오긴 왔구나.'

마음이 무거워진 걸 보니 집에 돌아왔구나 하는 실감이 났다.

'……에휴.'

방에 돌아와 침대에 누워 있는데, 똑똑 노크하는 소리가 들렸다. 나는 문을 열어 주었다.

"왜."

루이가 복잡한 심경이 그대로 드러나는 얼굴로 방 앞에 서 있었다.

"이거 해."

내민 건 손목 보호대였다.

"어?"

"누구랑 사귀는지 부모님께 자랑하고 싶은 건 아니잖아. 그렇지? 누나 거짓 말도 못 하니까, 물어보면 다쳤다고 그래."

나는 그걸 받아 들었다.

"고마워."

안 그래도 어떻게 해야 하나 고민 중이었는데.

나는 손목 보호대를 꼈다. 루이는 그걸 문틀에 기대어 빤히 쳐다보고 있었다.

"왜?"

"······됐어."

불퉁한 표정이었다.

'핑계 대고 빨리 돌아갈까? 아, 할 얘기가 있다고 했지. 그게 뭘까?'

식사 시간이 지나고 또다시 노크 소리가 들렸다. 열어 보니 루이였다.

"들어올래?"

내가 문에서 조금 비켜서며 물었다.

"응."

이번에 루이는 어깨를 늘어뜨리고 고개를 끄덕였다. 가져온 옷가지를 늘어놓은 침대를 보더니 책상 의자에 앉았다.

"누나······ 그동안······ 잘 지냈어?"

이제야 내 학교생활이 좀 궁금한 모양이었다. 아니면 어색해진 분위기를 풀고 싶든가.

"응, 나 잘 지냈지."

나는 웃었다.

"잘 지냈다고 했잖아. 친구 생겼다는 거 정말이야. 엠마랑 칼리드라고, 다정하고 재미있어. 좋은 애들이야."

"거기서 지내 보니까 전보다······ 나아?"

"응, 엄청. 학교에 다니는 게 그렇게 즐거운 일인지 몰랐어."

"······."

루이는 우물쭈물했다.

"누나."

"응."

"……누나."

"루이, 왜 계속 '누나, 누나' 불러."

진짜 묻고 싶은 건 따로 있으면서. 자기도 이런 질문을 하는 게 웃기다고 생각했는지, 손으로 금발을 헝클어뜨리며 날 불렀다.

"누나."

"응."

"바스커빌이랑 어떻게 비행기를 같이 타고 왔는데?"

내게 묻는 루이는 울 것 같은 표정이었다.

'에휴…….'

루이의 과보호가 이해 갈 것 같으면서도, 나는 한편으로 답답했다.

"음, 2년 정도 만났어."

"어떻게?"

"……."

나는 조금 고민했다.

"로만이 이 학교로 전학 왔거든."

루이는 경악한 얼굴로 입을 벌렸다.

"내가 그럴 줄 알았어. 싹을 뽑아 버렸어야 했는데……."

혼잣말을 중얼거린 루이는 점차 분노했다.

"나한테 왜 말 안 했어?"

지금 이걸 싸우기 직전이라고 해야 하나?

"뭘?"

"로만 바스커빌이 누나를 잡으러 왔다는 거."

"뭐?"

나는 그 말에 놀랐다.

"이제 누나도 똑똑히 알겠지? 바스커빌은 처음부터 누나한테 관심 있었다니까. 음흉하기 그지없어. 처음부터 누나를 원하고 있었다고."

"……."

"그렇지 않으면 누가 전학까지 가겠어? 누나는 너무 겁이 없어. 대체 왜 우리한테 말 안 한 거야?"

나는 대답 대신 슬픈 표정을 지었다. 이번엔 루이가 움찔했다.

"로만이 날 잡은 거 아냐. 내가 잡은 거지."

"……."

"내가 좋아한 거야. 나 바보 아냐."

루이의 미간이 한껏 찌푸려졌다. '넌 내가 로만과 사귀는 게 그렇게 싫어?' 하고 물으려던 때였다.

"진심은 아니지?"

루이가 내게 물었다.

"지금 그냥 바스커빌이랑 노는 거지? 진지한 관계, 그런 건 아니지?"

나는 이제 할 말이 없었다.

"루이…… 너 진짜 왜 그래."

바스커빌을 싫어하는 건 알겠지만, 정말 실망했다.

"진심이 아니면? 사람을 진심으로 사귀는 게 아니면 도대체 어떻게 사귀는 건데?"

루이는 내 말에 움찔했다.

"난 다 누나 생각해서 그러는 거야. 걱정되어서…… 누나가 상처받을까 봐."

"네 생각에 난 연애하면 안 돼?"

내 말에 루이는 입을 꾹 다물었다.

"내가 왜 걱정되는데? 네가 보기엔 내가 올바른 선택은 내리지 못할 거 같아서? 너보다 살아도 더 산 내가?"

나도 그렇게 말할 생각은 아니었는데.

"내가 네가 돌보고 보살펴야 하는 어린아이처럼 생각돼? 아무것도 모르니까 네가 지켜야 하는?"

말을 하다 보니 어지러워졌다.

"로만한테 속은 게 아냐. 속거나 뭔가 빼앗긴 게 아니라 그냥 그 애가 좋아. 뭐가 걱정되는 건데? 솔직하게 말해 봐."

루이는 그 말에 입술을 꾹 하고 물었다.

"……."

"이제 어떡할 거야? 부모님께 말해서 날 다른 곳으로 멀리 보내 버리기라도 할 거야? 그도 아니면?"

말하다 보니 난 뭐라고 할지도 모를 정도로 서글퍼졌다. 역시 오지 말걸, 생각했다. 오지 말걸.

"루이야, 생각해 봐. 내 삶이 앞으로 어떻게 될지."

내가 말했다.

"내가 좋아하는 사람이 날 좋아해 줄 가능성이 있겠어?"

나는 내 침대 위에 털썩 앉았다. 어쩐지 다리에 힘이 다 빠져서였다.

"내가 좋아하는 사람과 결혼할 가능성은?"

루이는 아무 말도 하지 않았다.

"하다못해, 나와 결혼한 사람이 날 좋아할 가능성은?"

그 말에도 대답하지 못했다.

"봐 봐, 나를. 네 누나라고 생각하지 말고 객관적으로."

"누나."

루이가 말도 안 된다는 듯 중얼거렸지만, 그 이외엔 아무 말도 하지 못했다.

"누가 날 좋아해 주겠니."

거울 속에 양의 뿔을 단 여자애가 비쳤다.

"내가 레오파르디란 성으로 이 모습을 하고 있는데, 결혼은 할 수 있을까?

혹은……."

"잠깐만."

"아주 이상한 사람과 결혼해야 할지도 모르지. 나처럼, 괴짜나 혹은……."

"무슨 말을 그렇게 해?"

루이가 내게 다가와 침대 옆에 앉았다.

"너 내 말에 아니라고 장담할 수 있어?"

내가 물었다. 루이는 고개를 숙이고 할 말을 찾는 듯이 눈을 깜박깜박했다.

"무슨 이런 시대에…… 누나는 너무 우리랑 선을 그어. 우리가 누나를 얼마나 생각하는데……."

그리고 웅얼웅얼했다. 나는 루이를 끌어안아 주고 싶었지만, 한편으론 속마음을 다 말하고 싶기도 했다.

"나는 걱정이 돼. 앞으로의 내 미래가."

"……."

"그러니까 내가 지금 이때를 즐기면 안 될까? 루이?"

내가 묻는 말에 루이는 입을 다물었다.

"내가 지금 나 좋다는 사람과 연애하면 안 될까?"

나중에 지금의 행복을 갉아먹으며 살게 될지도 모르는데? 거기까지 말하다가 나는 여기 도착했을 때 느꼈던 정체 모를 답답함이 무엇이었는지 알아차렸다.

여긴 내가 외면했던 현재였고 미래였다. 그래, 내가 외면하던 모든 것이었다.

"루이…… 너도 내가 어떻게 될지 알고 있잖아."

"누나, 무슨 말을 그렇게 해. 우린 누나를 사랑해."

루이는 나를 끌어안았다. 나는 나를 꼭 끌어안는 루이의 어깨에 눈을 묻었다.

"울어?"

루이가 물었다.

'잘 모르겠어. 방금 전, 비행기에서 내리기 전까지만 해도 난 참 즐거웠는데.'

내가 가만히 있자 결국 루이가 소리치듯이 말했다.

"아! 알았어! 나도 그 바스커빌이랑 당장 헤어지라는 거 아니야!"

루이는 날 끌어안았던 손을 풀고 그 손으로 내 두 손을 쥐었다.

"내가 한번 만나 볼게."

"어?"

루이가 이런 말을 할 줄은 꿈에도 몰랐다.

"연애도 괜찮은 사람이랑 하는 게 좋잖아. 내가 너무 걱정돼서 그래."

루이의 말은 이러했다.

"바스커빌인 것도 그런데, 누나 거의 석 달이나 울었잖아, 그 새끼 때문에. 누나가 나라면 걱정 안 되겠어?"

나는 루이의 눈을 바라보았다.

"진짜야. 훼방 놓으려는 게 아니라 정말 걱정되어서 이러는 거야."

그 말에 내가 물었다.

"넌 연애하면…… 네 여자친구 소개시켜 줄 거야?"

루이는 어이없다는 얼굴을 했다.

"당연하지, 누나는 내 누나잖아."

그러고 나를 다시 끌어당겨 안았다.

"제발 땅 좀 파지 마. 우리 가족은 누나의 행복을 위해서 최선을 다할 테니까. 알겠어?"

나는 루이가 언제부터 이렇게 의젓해졌을까, 생각하다 순간 깜짝 놀랐다. 지금 루이의 의젓해짐이 문제가 아니다.

'앗, 왜 갑자기 루이와 로만의 만남이 성사된 거지?'

한차례 폭풍이 내 방을 쓸고 지나간 다음, 나는 뭔가 상황이 이상하게 돌아간다는 걸 알아차렸다. 아, 진짜?

'어떡해? 루이랑 로만이 만난다고?'

루이가 로만을 곱게 안 볼 건 분명했다. 하지만 아까 감동적인 포옹까지 하고 나니 이 일을 무를 수가 없었다. 나는 휴대전화를 꺼냈다.

「새 메시지 28건 부재중 전화 38통」

'앗, 뭐야, 이거?'

저쪽 집에서도 뭔가 일어났나 싶어진 나는 일단 전화를 걸었다.

[루시! 집엔 잘 도착했어?]

로만이 반가운 목소리로 물었다. 살랑살랑 흔들리는 꼬리가 목소리에 실려 오는 듯했다. 하지만 그게 문제가 아니었다.

"너희 집에 무슨 문제 없었어?"

나는 다짜고짜 물었다.

[어……? 어? 어? 아니? 무슨 문제? 우리 집에 무슨 문제가 있겠어?]

로만의 목소리가 파르르 떨렸다.

"그게 우리 집은 큰일 났거든! 루이가 너랑 만나고 싶대!"

[루이…… 라면 네 동생 말이지?]

로만이 물었다.

[그게 무슨 큰일인데?]

이 상황의 심각성을 전혀 모르고 있는 실로 순진무구한 목소리였다.

"아…… 그게. 이게 왜 큰일이 난 거냐면."

나는 이 이야기를 어디서부터 시작해야 할지 알 수 없었다.

루시는 지금 자기 집에만 큰일이 났다고 생각했지만, 그보다 더 큰일은 사실 로만의 집에서 나고 있었다. 그것도 루시의 미래를 결정지을지도 모르는 큰일 말이다. 광란의 저녁 식사가 끝나고, 로만은 방에 올라와 생각했다.

'루시를 임신시키라고?'

둘 다 미쳐도 단단히 미친 게 분명했다.

'제정신이 아니다.'

지금이라도 당장 정신병원에 처넣어야 하는 게 아닐까?

'애도 없는 새끼들이 어떻게 막냇동생한테 여자친구를 임신시키라고 해? 도덕과 윤리는 어디에 던져 먹은 거야?'

게다가 그 여자친구는 미성년자다.

"하, 참 나……."

로만은 어이가 없어서 실실 헛웃음을 흘렸다.

'게다가…….'

거기까지 생각하다 로만은 얼굴이 붉어졌다.

'진도 거기까지 안 나갔다고!'

로만은 그동안 루시를 좀…… 만지작거린 게 다였다. 밸런타인데이 때. 진도는 거기서 멈춰 있었다.

'일단 콘돔이고 뭐고…… 그걸 쓸 일이 있어야지!'

사실 더 나가고 싶은 마음은 굴뚝같았다.

'으아아아앙!'

로만이 거위털 이불을 두 개째 찢고 있을 때였다.

똑똑똑.

노크 소리가 들렸다.

"야, 밖에 음식 두고 가니까 먹고 아까 들은 말 한 번 더 생각해 봐. 너 지금 안 움직이다가 X 되는 수 있어."

해롤드의 목소리도 들렸다.

"안 먹어!"

"그럼 굶든가. 난 형이 아니라 안 말려요."

해롤드의 목소리에 비웃음이 섞였다. 로만은 또다시 너덜너덜해진 베개를 움켜쥐곤 천장을 바라보다 침대에서 벌떡 일어났다. 그리고 밖으로 나가는 대신 휴대전화를 다시 움켜쥐었다.

「집엔 잘 도착했어?」

「왜 이렇게 연락이 안 돼?」

「뭐 해? 루시? 나 심심하다…….」

「보고 싶어.」

'내가 너희 말을 들을 거 같아? 그것도 들었다가 한 번 망한 전적이 있는데?'

알렉산더의 작전이 실패한 후, 로만은 막 나가기로 했다.

'그런데…… 연락 안 오네.'

하지만 정작 루시한텐 전화도 메시지도 답이 없었다. 루시한테 전화가 왔을 때, 로만은 배가 너무 고파서 지금 자존심을 포기하고 밖에 나가 음식을 가져올까 말까 고민하던 중이었다.

"응응!"

로만은 꼬리를 살랑살랑 흔들며 전화를 받았다. 루시가 다짜고짜 물었다.

[너희 집에 무슨 문제 없었어?]

로만은 그 말에 뜨끔했다. 루시가 바스커빌가의 저녁 식사 자리에서 무슨 일이 있었는지 알면, 그날로 이별 통보를 받을지도 모른다.

"어……? 어? 어? 아니? 무슨 문제?"

아니, 이별이 문제가 아니라 레오파르디가에서 연이어 날아온 고소장으로 파산할지도 모른다.

"우리 집에 무슨 문제가 있겠어?"

로만은 루시가 보는 것도 아닌데, 고개를 절레절레 저었다.

[루이가 너랑 만나고 싶대!]

그러자 갑자기 루시가 말했다.

'응?'

'루시 동생이 루이였지?' 하는 인상밖에 없던 로만은 그게 왜 큰 문제인지 이해할 수가 없었다.

[아…… 저기, 루이가 우연히 우리 사이를 알게 되었는데, 우리 루이가 장남이잖아.]

"응."

'그래서?'

로만은 생각했다.

[우리 가문이 슈퍼 프라이드거든. 그러니까 프라이드들의 중심축이 되는…….]

"응."

[바스커빌은 잘 모르겠지만, 그러니까 가문의 리더가 발언권도 정말 크고, 가문의 재산도 관리하고, 너도 알잖아…….]

"응."

로만은 여기까지는 그냥 듣고 있었다.

[우리 프라이드는 굉장히…… 수직 구조거든. 그러니까 프라이드의 차기 리더는 우리 루이가 될 거야. 경쟁자 없이 유일무이한 후계자인 거지.]

로만의 귀가 쫑긋 섰다.

[그러니까 그게 무슨 뜻이냐면, 지금 우리 아버지 다음으로 프라이드 내에서 발언권이 큰 인물이 루이…… 이해했니?]

'그건 지금 네 동생이 레오파르디 프라이드의 2인자란 뜻이지?'

깨달아 보니 로만은 자신도 모르게 두 손으로 휴대전화를 쥔 채 무릎을 꿇고 있었다. 침대 위에서 말이다.

"응응."

[이해했구나. 그런데 루이가 널 좀 싫어해…….]

"어? 왜?"

로만은 '역시 가문 때문인가?' 하고 생각했지만, 루시가 곧바로 오해를 바로 잡아 주었다.

[우리가 3년 전에 연락 안 됐을 때 있잖아. 그때 내가 좀 힘들었는데, 루이가 너 찾아내서…….]

루시가 머뭇하다 깊은 한숨을 내쉬었다.

[죽여 버리겠다고…….]

"……."

[내가 오늘 어떻게 좀…… 진정시켜 봤거든. 그러니까 부모님께는 안 알릴 테지만, 제대로 된 놈인지 한번 만나 봐야겠다고. 어떡하지?]

"어떡하긴 뭘 어떡해?"

로만은 침착하게 말했다.

"그럼 더더욱 만나야지. 내가 어떻게 된 일인지 다 설명할게."

[괜찮을까?]

"만나서 얘기하면 괜찮을 거야. 루시, 걱정하지 마. 또 남자끼리 만나면 통하는 게 있을 테고. 동생은 언제 시간 된대?"

[그럴까?]

불안해하는 루시를 달래며 침착하게 전화 통화를 끝낸 로만은 휴대전화를 침대에 내동댕이쳤다.

"으아아아아아!"

미치고 팔짝 뛸 지경이었다.

"그 새끼들은 내 인생에 도움이 안 돼!"

로만은 울부짖었다. 이번엔 로만의 손에 이불이 다 뜯겨 나갔다.

Chapter 12.

늑대지만
해치지 않아요

다 제 잘못이다.

'내 죄다.'

로만은 엉망진창이 된 침대에 앉아 한동안 반성의 시간을 가졌다.

'그러니까 내가 그쪽 가문 유력자한테 단단히 찍혔다는 거지?'

죄 짓고는 못 산다고. 루시의 가슴에 대못을 박은 게 이런 결과로 다가오는 구나 하는 깊은 깨달음이 다가왔다.

"X발……."

눈앞이 캄캄했다. 결국 로만은 문을 열고 나갔다.

밖에 놓인 빵 바구니가 보였지만 배고파서는 아니었다. 로만은 알렉산더의 방으로 가려다 생각을 바꿨다.

'마르셀 누님…….'

그래, 형수님 계신 곳은 지금 한낮이다. 그러니 알렉산더는 알콩달콩 화상 채팅 중이시겠지. 인생의 낙을 건드리면 무슨 화를 입을지 몰랐다.

'이건 아니다. 진짜.'

로만은 복도에서 마른세수를 했다. 어쨌거나 신혼이라면 신혼인데. 방문을 열었다 헐떡이는 알렉산더를 보게 된다면, 부모님의 그렇고 그런 장면을 본 것만큼 충격적일 터였다.

'싫어……!'

로만은 한참 망설이다 가던 방향을 바꾸어 문을 두드렸다.

똑똑.

"자니?"

새벽 2시, 구남친 같은 물음에 문이 열렸다.

"뭐야?"

"벌써 자?"

"아니, 자는 건 아니었는데."

검은 가운 차림의 해롤드가 부스스한 얼굴로 웅얼거렸다.

"왜? 배고파? 그러니까 내가 밥 먹으랬잖아. 밥상 엎을 때부터 알아봤다, 내가. 너 그거 채식해서 잠 안 오는 거야."

이럴 때 조언자가 알렉산더 아니면 해롤드밖에 없다는 게 정말 끔찍했지만, 뭐 어쩔 도리가 있나. 로만은 해롤드의 방으로 들어가 그를 소파에 앉혔다.

"일단 여기 앉아 봐."

해롤드는 멍한 얼굴로 중얼거렸다.

"아니, 근데, 이거 내일 아침에 얘기하면 안 되는 거야?"

"어, 나 그럼 잠 못 자."

"방학인 너 잠 못 자는 건 문제고, 회사 나가는 나 잠 못 자는 건 문제가 아니니, 개새끼야?"

해롤드는 투덜투덜하면서도 어디 한번 말해 보란 식으로 팔짱을 꼈다.

"형, 내가 루시랑 방금 통화를 했는데."

"어."

"지금 레오파르디가의 2인자가……."

"2인자? 공식 서열로? 아니면 암묵적으로?"

"공식 서열로."

해롤드가 잠이 덜 깬 얼굴로 말을 잘랐다.

"그럼 루시 남동생 아니냐?"

"형도 그걸 알았어?"

"야, 내가 하는 일이 뭔데? 당연히 알지. 모르는 게 이상한 거 아니냐?"

재무 및 대외적인 인사를 담당하는 해롤드는 점점 잠이 깨는지 실눈을 떴다.

"너무 어려서 당분간 직접적인 의제에 참여 안 할 테니까, 걔 아버지가 아들 표를 가지는 거나 마찬가지일걸? 그런데 걔가 왜?"

"걔가 나 엄청 싫어한대."

해롤드는 그 말에 완전히 잠에서 깬 얼굴을 했다.

"어쩌다가 벌써?"

"이게 다 알렉산더 형 때문, 아니, 그런 거 묻지 말고. 지금 발등에 불 떨어졌는데, 뭐 그 루시 동생한테 점수 딸 방법 없을까?"

해롤드가 두 손바닥을 펼쳤다.

"아니, X발! 내가 그걸 어떻게 알아? 루시 동생이잖아. 루시한테 물어봐!"

"점수를 루시 모르게 따고 싶단 말이야……."

"이기 미친놈 아니니? 내가 예전부터 생각했던 건데, 너 나한테 뭐 맡겨 놨냐?"

해롤드는 헛웃음을 흘렸다. 하지만 잠시 생각하다 자리에서 일어났다.

"잠깐만 기다려 봐."

창가로 향한 해롤드가 누군가에게로 전화를 걸었다.

"어, 자고 있었지? 미안해, 지금 누구 생사가 달린 중요한 문제가 있어서 말이야. 뭐 좀 알아봐 줘야겠는데……."

시간이 좀 지나고 난 후, 해롤드가 쪽지 한 장을 가지고 왔다.

"야, 젤리 샌드위치 좋아하고 얼마 전에 차 샀다는 정보 말고는 뭐 없다. 루시 동생은 사교 모임도 참석 안 하고 있잖아."

"면허 땄대?"

"어, 얼마 전에 땄다는데?"

"그럼 내가 걔한테 차 사 줄까?"

집안 내 재정 담당이기도 한 해롤드의 두 눈이 번쩍 뜨였다.

"그게 되겠니? 그냥 가서 '제가 루시 레오파르디 발닦개입니다', '전용 러그입니다' 해."

"……."

로만은 고작 그거로 되겠냐는 얼굴로 해롤드를 바라보았다.

"우리한테 보여 준 거 반만 보여 줘도 불쌍해서 넘어가겠다. 너 찌질하게 보이는 거 잘하잖아. 실제로 찌질하니까."

해롤드는 진지한 표정이었다.

"……."

틀린 말은 아니었지만, 로만은 역시 여길 괜히 왔다고 생각했다.

"아무튼 너 회사만 들어와 봐. 루시 만나려고 쏟았던 모임 비용 다 네 월급에서 깔 테니까. 알겠어?"

알렉산더의 폰섹스 실황을 보게 되는 한이 있어도 그쪽으로 갔어야 하는 건데. 로만은 방으로 돌아와서 생각했다.

'왜 차를 사 주면 안 되는데?'

바스커빌가 도련님인 그는 모든 일을 대충 돈으로 해결하려는 나쁜 버릇이 있었다.

다음 날, 루시한테서 전화가 걸려 왔다.

216

[오늘 점심에 시간 돼?]

로만은 심장이 덜컥했다.

"어, 되지."

[장소는 우리가 정할게. 너무 걱정은 하지 마. 루이도 너 한번 보고 싶다고 그래서 그런 거니까. 괜히 긴장하지 마! 알겠지?]

어제 그런 말을 들었는데 긴장이 안 될 수가 있겠는가? 로만은 마른침을 삼켰다.

"혹시 처나, 아니, 아니, 그 네 동생은 뭐 좋아하는 거 있어?"

[젤리 샌드위치?]

루시가 말했다.

[애가 어려서 그런지 단 거 좋아해. 귀엽지. 그런데 선물 같은 거 사 오지 마. 루이 그런 거 싫어하니까, 알겠지!]

로만은 전화를 끊은 뒤, 현물이 안 된다면 주식이나 유가증권은 어떨까 하고 진지하게 고민했다. 정말 어쩌나 긴장되던지……. 마치 루시의 부모님을 만나러 가는 걸 예행 연습하는 기분이었다.

'뭘 입어야 해……?'

편하게 입어야 하나, 아니면 정장이라도 입고 나가야 하나. 마치 루시와의 첫 데이트 때 같았다.

'역시, 주식을 좀 사 주는 게 낫지 않을까?'

로만은 저 나름의 약소한 선물을 준비하느라 그날 오전 시간을 다 썼다.

"……."

그리고 약속 장소에 나와 자신을 훑어보는 루이의 눈빛을 보자마자 로만은 깨달았다.

"로만! 여기야!"

루시의 동생 마음을 얻으려거든, 자동차가 아니라 자동차 회사를 사서 여기 왔어야 했다는 걸 말이다. 루시가 활짝 웃으며 손을 흔들었다.

"자, 루이. 인사해야지?"

로만은 생각했다.

'네 동생 지금 눈으로 나 욕하는데?'

루이가 살기로 반짝반짝 눈을 빛내며 말했다.

"안녕하세요?"

루시는 언제나 로만을 부러워하는 듯한 말을 해 왔다.

"친한데, 그걸 친하다고 할 수 있나? 음, 어쨌든 우린 싸우지 않아."

또 어젠 이렇게 말했다.

"내가 내 동생 어르고 달래서 올게. 애가 그래도 마음이 여리고 착해."

로만은 식은땀을 흘렸다.

"둘이 얼굴 보는 건 처음이지? 여긴 내 동생 루이 레오파르디, 여긴 로만 바스커빌이야."

그동안의 말과 어제 전화는 도대체 다 뭐였단 말인가?

"……로만이라고 합니다."

"루이예요. 누나한테는 말씀 많이 들었습니다."

로만은 처음으로 사자인 레오파르디를 보았는데, 장난이 아니었다.

'루시는 이게…… 안 느껴지나 보다.'

괜히 사자를 백수의 왕이라 하는 것이 아니다.

"이렇게 만나니까 참 좋다."

이 상황에서 메뉴판을 든 루시만 해맑았다.

"뭐…… 드시겠어요?"

로만은 세 살 어린 동생한테 자연스럽게 흘러나오는 나오는 존댓말에 흠칫해서 고개를 절레절레 저었다. 루시는 눈치채지 못한 듯했다.

"자, 우리 우선 뭐 먹을까? 식사도 해야지? 여기 뭐가 맛있냐면……."

자리에 앉은 로만은 그 말이 들리지 않았다. 그도 그럴 게 말이지.

'루시, 루시? 네가 내 옆에 앉으면 안 돼?'

눈앞의 사자가 '너 뭔데? X발, 너 뭔데 내 영역에 들어왔는데?' 하는 눈으로 대놓고 바라보는 것이다.

'너무 무서운데? 쟤 열다섯 맞아?'

본능적으로 로만은 갑자기 형들이 너무 보고 싶었다.

'알렉산더, 해롤드…….'

형이라도 데리고 나올걸. 아니, 그게 말이 되나.

'목 탄다.'

로만이 웃는 표정을 유지하느라 진땀을 흘리는 사이, 눈앞의 다정한 남매는 음료를 골랐다.

"루이?"

"응, 누나."

"뭐 먹을래?"

"난 딸기 에이드랑……."

루시가 메뉴판을 기울이며 루이를 바라보자, 루이의 표정이 갑자기 온화하기 이를 데 없이 변했다.

루이가 메뉴판을 보는 동안 루시가 살짝 고개를 들어 올렸다. 그리고 '봐 봐, 괜찮잖아.' 하는 미소를 지었다.

'아냐, 루시, 그거 아닌 거 같은데?'

'망했구나.' 하고 로만은 생각했다.

로만 바스커빌은 사실, 다른 가문들에 비해 실로 다정하고 상냥한 나이 차 많은 형들을 둔 부잣집 막내 도련님이었다. 그러니 지금까지 누군가의 눈치를 보고 살아왔을 리가 없었다.

"형님."

그래도 루이는 로만을 '형님'이라고 불러 주긴 했다.

"형님이라고 불러도 괜찮죠?"

하지만 그다음 이어진 식사에서 로만은, 자신이 코로 식사를 했는지 입으로 식사를 했는지 기억이 나질 않았다.

물론 정말로 싸운다면 금발의 꼬맹이가 한주먹거리나 되겠냐마는, 지금 상대를 죽사발로 만드는 게 아니라 점수를 따러 온 게 아닌가.

'아…… 뭘 하든 망하겠구나.'

로만은 정말 진심으로 점수를 따고 싶었다. 장래의 처남이 아닌가. 로만은 정말로 점수를 따고 싶었지만, 몇 번 눈이라도 마주칠 새면, 루시의 동생이…….

'뭘 봐, 이 X새끼야?' ……라는 눈으로 바라보는 통에 조용히 눈을 내리깔아야 했다.

'……네.'

어디서부터 신뢰를 잃었는가 짐작이 간다. 자신이라도 저런 누나가 있다면 똑같이 행동했을 것이다.

"두 분이 같은 학교에 다니신다고 들었는데요. 저희 누나야 사정이 있었다 치더라도, 형님은 집안의 반대가 없었나요?"

"루이."

"왜? 궁금하잖아. 형님한테 내가 뭐 묻지 말아야 할 걸 묻기라도 했어?"

하지만 그건 그거고 이건 이거.

"정말 왜 그래? 이러지 않기로 했잖아."

"시비 걸려는 게 아니잖아. 전학이 그렇게 간단한 일도 아닌데, 그 유명한 형님들도 형님이 누나 때문에 전학을 갔다는 걸 알고 계시죠?"

채소를 써는 나이프를 쥔 손이 덜덜 떨렸다.

'루시!'

어찌나 이 상황이 무서웠던지, 로만은 지금 루이를 위해 가져온 선물이 생각도 나질 않았다.

"그때 누나 왜 울렸어요?"

루이가 눈을 번쩍번쩍 빛내며 물었다.

침묵.

이것이 상견례 예행연습이라고 생각하면 너무 끔찍했다. 로만은 무릎에 떨리는 손을 비볐다. 루시도 루이의 날 선 말투를 눈치챘는지, 아랫입술을 깨물고 동생을 바라보았다.

"오해가 있었다고 했잖아. 어제 내가 다 설명했는데."

"알아. 아는데, 난 형님 입으로도 들어 보고 싶어서 그렇지."

루이는 고개를 갸웃하며 루시한테 '누나, 저쪽 입장이 궁금해서 묻는 건데 내가 뭐?' 하는 표정을 지었다.

"……루이."

집에 가서 일단 먹은 거부터 다 토해야겠다고 로만은 생각했다.

"알았어. 미안해. 정말 궁금해서 그랬어."

루이는 제 누나의 눈치는 보는지 말을 돌렸다.

"식성이 좀 독특하신 거 같아요."

"네? 아니, 응?"

"나 샐러드 먹는 사람 누나 말고 처음 봤어."

로만은 자신의 메뉴 선정을 후회했다. 루시가 그 말에 웃었다.

"로만이 내 마음을 이해해 보고 싶대."

"무슨 마음?"

"프라이드나 라운드, 사람들과는 좀 다른 사람으로 살아 보고 싶은 마음."

그 말에 로만은 놀랐다. 그런 이유는 아니었는데.

"신기하지."

그러더니 루시는 자리에서 일어났다.

"나 잠깐 화장실 좀."

순간 로만의 심장이 덜컥했다.

'가지 마!'

깜짝 놀란 로만은 두 눈으로 외쳤다.

'가지 마, 가지 마. 루시, 날 두고 떠나지 마, 응?'

하지만 루시는 '잠깐이니까 둘이 잘 있을 수 있지?' 하는 얼굴로 떠났다.

"금방 올게. 응?"

드디어 자리에는 로만과 루이만이 남았다. 그를 슬쩍 바라보다 냅킨으로 입가를 닦은 루이가 말했다.

"그러니까, 누나가 학교 가기 전 석 달을 엉엉 울게 만든 모든 일이 오해라고요?"

"……."

"인생 살면서 사람과 사람 간의 오해가 얼마나 많이 생기나요? 혹시 앞으로 오해가 생길 때마다 누나를 울게 만들 생각이신가요?"

작정하고 나왔구나, 하는 걸 알 수 있는 대화였다.

'내가 죄인이지.'

이 문제에 있어 할 말이 없는 로만은 마른침을 꿀꺽 삼켰다.

"사실 그땐 사귀는 사이 아니셨잖아요. 친구 사이에도 오해가 생기면 그렇게 일방적으로 연락을 끊으시는데, 연인 사이면 뭐 어떻겠어요?"

"……."

"우리 누나가 사람한테 쉽게 정 주는 성격이 아니라서 많이 놀랐어요. 사람한테 그렇게 매달리는 거 제가 처음 봤거든요."

"……"

"누나한테 왜 연락 안 하셨어요? 바쁘셨어요?"

어떻게 말할 수 있겠는가? 그때 자신은 정신이 나간 나머지 총기로 머리에 구멍을 뚫을 뻔했고, 그 죄로 가택 연금을 당했다고?

당시 휴대전화는 알렉산더 바스커빌의 수조 속에 들어갔기 때문에 연락을 못 했다고 하기엔…… 일어난 일이 너무 복잡했다.

"……"

게다가 애인 사이도 아니었는데 차인 다음 자살 시도를 했다고 하면, 바스커빌을 얼마나 미친놈의 집단으로 보겠는가?

'뭐, 그게 사실이지만…….'

로만은 입이 백 개라도 할 말이 없었다.

'정말 도움이 안 된다.'

갑자기 알렉산더가 굉장히 보고 싶었다. 정확히 말하면 그 웃는 얼굴에 주먹을 날리고 싶었다. 결국, 심사숙고 후에 나온 말은 이것뿐이었다.

"심경의― 변화가 있었습니다."

로만은 자연스럽게 두 손을 공손하게 무릎 위에 얹었다.

"그래요? 손가락이 부러지셨던 건 아니네요?"

'심경의 변화 뭐, 이 개새끼야! 이거 진짜 XXX 아냐?' 하는 표정으로 루이가 고개를 까닥했다.

"우리 누나가 형님 많이 좋아해요. 아시죠?"

조곤조곤 귓가에 때려 박는 루이의 말에 로만은 죽었다 깨어나도 할 말이 없었다.

"그런데 전 누나 눈에서 눈물 나는 게 싫고요. 앞으로 그런 일이 없었으면 좋겠어요. 없겠죠?"

루이의 말이 낮고 빨라졌다.

"제가 두 분 연애 이해 못 해서 이러는 게 아니에요. 저희 학교에도 제 핏줄을 생각하지 않고 연애하는 아이들이 많아요."

"……네."

"어릴 땐 그게 뭐든 일탈이 즐거운 법이죠. 전 나쁘지 않다고 생각해요. 그게 별거 아니라는 걸 미리 알아야 성인이 되어서 선을 지키니까요."

루시가 오기 전 빠르게 여기 온 이유를 끝내려는 모양이었다.

"비밀은 지켜 드릴게요. 누나랑 형님, 성인도 아닌데 뭐 큰일이야 있겠어요, 그렇죠?"

'큰일이 있으면 XX 너랑 나 둘 중의 하나는 죽는 거야.' 하는 얼굴로 말이다.

"아무쪼록 조용히 사귀어 주세요. 친구처럼요. 여기저기 보는 눈도 있으니까요?"

"……예."

"괜히 가문 간의 싸움으로 비화될 만한 일 벌이지 마시고요. 믿어요?"

평범한 중학생이 할 만한 말은 결코 아니었다.

"아, 그리고 이건 약소하지만……."

루이가 테이블 위로 무엇인가를 내밀었다.

"집에 가서 열어 보세요."

"……."

아무리 봐도 이거 돈 봉투인 것 같은데? 로만은 '넌 우리 집안과는 어울리지 않는다'며 돈 봉투를 받는 일은, 다른 나라 이야기인 줄 알았다.

"둘이 무슨 대화를 했기에 분위기가 이래? 루이, 너 또 이상한 소리 했지."

루시가 돌아와 물었다. 이 상황에 뭐라고 하겠는가. 로만은 고개를 절레절레 저었다. 루이가 말했다.

"누나, 나랑 같이 집에 갈 거지?"

"어? 그게……."

어쩌면 제 누나 앞에선 저렇게 변하는지. 로만은 금발에 파란 눈을 한 저 남자애가 가증스러운 동시에 무서웠다.

"아, 그럼. 미안, 로만. 우린 다음에 따로 보자."

루시가 미안한 얼굴로 그에게 말했다.

"응."

입 모양으로 '이따가 전화할게!'라고 했지만, 로만은 어쩐지 너무 섭섭했다.

하지만…… 생각해 보면 저쪽은 가족이지 않은가. 자긴 애인일 뿐이고. 로만은 그래서 루이 레오파르디의 선물을 고이 받은 채 집에 돌아왔다. 그동안은 봉투를 열어 볼 용기가 나질 않았다.

"……휴."

봉투를 열어 보니 역시나 수표가 들어 있었다. 정갈한 필체로 쓰인 쪽지와 함께 말이다.

「누나 팔찌 값입니다. 조금 더 넣었어요. 앞으로 누나한테 이렇게 눈에 띄는 선물은 하지 마세요. 이해하시겠죠?」

말인즉슨, 나대지 말라는 뜻이었다. 쪽지의 내용에 로만은 눈앞이 핑글 돌았다.

'아아…….'

그동안 루시와 사귀게 되었다고 세상을 다 가진 줄로만 알았지.

"이제 나 어떡해?"

그래, 그동안 세상 참 쉽게 살았던 것이다. 힘이 다 빠져 침대에 눕는데 눈물이 찔끔 나왔다. 비련의 여주인공이 된 심정이었다.

'여자로 태어날걸.'

갑자기 왜 이런 생각이 들었는지 모르겠다. 하지만 생각해 보니 그게 더 나을 것 같단 생각이 들었다. 일단 여자가 되면 적어도 내 몸은 내 마음대로 할 수 있지 않은가?

'루시가 남자, 내가 여자인 세상에서 여자인 내가 루시 애를 가지는 편이 일 진행이 더 빠르게 되는 게 아닐까?'

내가 애를 가지면 루시는 날 책임지겠지?

'애만 가지면 일단 결혼 반대는 안 할 것 아냐. 그래도 내가 바스커빌인데……'

그래, 원치 않는 결혼을 하려면 명분이란 게 있어야 할 것 아닌가. 오늘 일을 계기로 로만은 형들의 개소리를 진지하게 생각해 보기 시작했다.

운전대를 쥔 루이가 말했다.

"누나. 지금 내 생각 궁금하지."

"응."

나는 그 말에 웃으며 대답하려 했지만 어쩐지 잘 되지 않았다. 그냥 로만한 테 몹쓸 짓 했단 생각도 들고. 루이한테서 로만을 지켜 주지 못했다.

"너 오늘 너무 무례했어. 나도 나중에 네 여자친구한테 그랬으면 좋겠어?"

"무슨 소리야. 나 거기서 진짜 예의 차린 거야."

루이는 기가 차 했다.

"아니, 근데. 누나 좀 제대로 생각해 봐. 무섭지 않아? 그땐 친구였다며? 친구가 무슨 학교를 따라와? 그거 사랑 아니고 집착이야."

"그땐 연락 끊은 거 사과하러 온 거라니까. 또 거기서 로만 형님들 이야기는 왜 나와?"

루이는 불퉁하게 입술을 내밀었다.

"아무튼 나중에 내가 대신 사과할 거야. 네가 무례했던 거 정말 미안했고, 내 동생한테 앞으로 그러지 말라고 말도 했다고."

내 말에 루이는 결국 한숨을 내쉬며 머리를 벅벅 긁었다.

"누나는 그 늑대가 그렇게 좋아?"

"응."

"왜?"

"네가 몰라서 그러는데, 쟤 되게 귀여워. 나한테 잘하고."

"좋아하는 사람한텐 당연히 잘해야 하는 거야."

루이의 말에 나는 고개를 저었다.

"쟨 특별해."

"예를 들면 어떤 게?"

질색하는 얼굴로 루이가 물었다.

나는 고개를 루이 쪽으로 돌렸다. 아까 루이가 로만한테 했던 질문이 생각이 났다.

"우리 집안사람은 누구도 채식한 적 없잖아. 네 말대로 공립학교까지 따라와 주지도 않고. 로만은 친구일 땐 종이접기도 해 줬어."

루이가 그 말에 나를 바라보았다.

"그거 분명 재미없었을 텐데. 쟤 자기가 어떻든 나랑 같은 세상에 있어 주려고 노력해. 난 그게 사랑이라고 생각하고. 그런 점이 정말 좋아."

나는 진심이었다.

"사랑스러워."

한때의 일탈이나 방황이 아니라, 로만이 정말 너무, 너무 좋았다.

"허, 참……."

루이는 황당한 얼굴로 나를 바라보다 거기에 대해 한마디 하려 했다.

"누나, 그런 이유로 우릴 평가하려는 건 부당한—."

"신호 됐다."

내 말에 루이는 급하게 고개를 돌렸다. 곧이어 차가 출발했다.

"네 말 무슨 뜻인지 알아. 하지만 쟤도 늑대잖아. 포도나 풀 같은 거 안 먹어도 살 수 있잖아."

"……."

"그런데도 나를 위해서 노력해 주지. 그거로 바뀌는 건 아무것도 없는데도."

루이는 내 말에 입을 꾹 다물었다.

"어릴 때 나도 고기 먹어 보려고 했는데, 배앓이를 했어. 힘들더라고. 내 피가 그걸 거부하는 걸 텐데, 로만도 아마 똑같을 거야."

어떻게 세상에 로만 같은 애가 있고, 그 애가 날 사랑하기까지 하는지 모르겠다.

"그런 애가 날 좋아해 주는 게 신기하지 않니?"

나는 아직도 로만이 나를 좋아해 주는 일이 기적 같았다.

"내가 그런 사람을 좋아할 확률은? 그건 또 어떠니? 아주 드물 것 같지 않니?"

나는 루이를 바라보며 말했다.

"그런 사람 앞으로 만나기 쉽지 않을 것 같지 않아? 가문이나 조건 같은 것 따지다 보면 더더욱?"

"이 세상엔 나쁜 사람보다 좋은 사람이 더 많아. 누나는……."

루이가 입술을 쭉 내밀었다.

"알아. 그래도 그 사람을 내가 로만보다 좋아할 수는 없을 거야. 그 사람도 아마 그럴 테고."

루이는 반박하고 싶은 옆얼굴을 했지만 아무 말도 하지 못했다.

"지금 당장 뭘 반대하려는 건 아니야. 연애도 나쁘진 않지. 건전하게만 사귀면 말이야."

나중에야 혼잣말처럼 웅얼거린 루이는 그다음부터 내내 시무룩했다. 말은 이렇게 해도, 내가 로만한테 뭔가 속고 있다는 찜찜한 기분을 떨쳐 버리기 어려운 듯했다.

"누나."

"응?"

집에 돌아온 내가 방에 들어가려는데 루이가 불러 세웠다.

"그래도 어딘가 있을 거야."

루이가 말했다.

"걱정하지 마. 누나를 사랑하고, 그 늑대 새끼보다 누날 더 알아줄 사람이 어딘가 있을 거야."

"진심으로?"

"그럼. 진심으로."

루이가 단언했다.

"우린 꼭 그런 사람을 찾아낼 거야."

그건 로만은 절대로 내 짝이어서는 안 된다는 말 같았다. 그건 내 머리 위에 뿔 두 개가 있다 해도 레오파르디이기 때문일까? 이것 때문에 바스커빌가가 날 원할지 원하지 않을지 알 수 없는데도?

'지금 시무룩하겠다.'

난 사실 루이보단 두고 온 로만이 걱정이었다. 그땐 루이보다 로만과 함께 떠나고 싶었다. 시무룩해 있을 로만을 위로해 주고 싶었다.

'충격받은 거 같았는데.'

왜 그러지 않았을까. 후회의 물결이 밀려왔다.

'그때 루이한테 그러지 말라고 좀 더 화를 낼걸.'

나는 로만한테 전화를 걸었다. 미안하다고 사과하려고. 다행히 로만은 금방 전화를 받았다.

[루시! 나 어떡해? 뭔가 실수했지? 동생한테 뭔가 실수한 거야?]

방에 돌아오자마자 전화를 해 보니, 로만은 이미 풀이 잔뜩 죽은 듯이 보였다.

[나 이제 어떡하면 좋아?]

로만은 우는 소리를 냈다.

"넌 아무 잘못 안 했어. 그냥 내 동생이 오늘 너한테 못된 짓 한 거야. 내가 누굴 사귀는 게 싫으니까."

반대로 내가 로만의 형들에게 그렇게 쌀쌀맞은 대접을 받았다면, 난 아마…… 로만의 얼굴도 제대로 못 봤을지 몰랐다.

"내가 루이한테 화냈어. 그래도 루이가 부모님한테 말하는 일은 없을 거야. 그 정도로……."

그 말에 한참 아무 말도 들려오지 않았다. 전화가 끊긴 줄 알고 액정 화면을 확인했더니 아니었다.

"로만?"

[부모님?]

"그래, 정말 괜찮을 거야. 우리 사이에 변하는 건 아무것도 없어. 걱정하지 마."

또 아무 말도 들리지 않았다. 나는 음, 로만을 위로할 말을 찾느라 고심했다.

"절대로 네 문제가 아니야. 오히려 내…… 아무튼 안 들킬 거야. 내가 잘 우길게, 걱정하지 마."

[…….]

"루이 일도 걱정하지 말고. 가끔 있잖아, 자기 잘못이 아닌 일로 미움받는 일이 있는데, 자책하지 마. 그런 경우 잘못은 상대방한테 있는 거야."

내가 많이 겪어 봐서 하는 말이었다. 아무리 노력해도 날 좋아하지 않는 사람들이 있다. 그런 사람들에게 잘 보이려고 노력하는 건 정말로 쓸데없는 짓이었다.

"난 널 좋아해. 루이의 의사와는 상관없이. 그러니까 마음 쓰지 마, 오히려 내가 미안해. 괜찮아?"

[그래도…… 난 루이와 친해지고 싶어.]

한참의 침묵 끝에 로만이 말했다.

[네 동생이잖아. 하나뿐인.]

230

"……."

[난 사실…… 지금 당장은 아니더라도.]

로만의 목소리가 낮아졌다.

[우리가 서로 좋아한다는 사실을 숨기고 싶지 않아. 다른 사람들이나 네……
부모님께.]

"……."

이제 입을 다물어야 하는 건 나였다.

[루시. 난 너와 결혼하고 싶으니까.]

그건 지금까지 내가 쭉 외면해 온 문제였다.

우린 앞으로 어떻게 될까? 어떻게 해야 좋을까?

[나는 진지해. 네가 좋아, 네 가족이면 내 가족이나 마찬가지야. 그래서 루이
의 평가를 외면할 수 없는 거야.]

"……."

[난 내 형들보다도 네 동생한테 잘 보이고 싶다고.]

로만이 숨을 흘렸다.

[너는 아니야?]

나는 그 말에 꿀꺽 마른침을 삼켰다. 예전이라면 우리는 이런 얘기를 하기엔
너무 어리다거나, 아니면 정말 진지하게, 누가 우리가 연애하는 걸 고운 눈으
로 보겠느냐고 했을 것이다.

"로만?"

하지만 나는 그 대신, 조그만 목소리로 중얼거렸다.

[어?]

"사랑해."

마치 남들이 들으면 안 되는 비밀 이야기라도 하는 듯이 말이다.

"넌 정말…… 정말 사랑스러워. 할 수만 있다면 널 작게 만들어서 주머니에

넣어 다니고 싶어."

[어, 어?]

구질구질한 현실 이야기를, 이 사랑스러운 사람한테 해 주고 싶지 않았던 것이다.

"네가 정말 보고 싶어. 지금 내 눈앞에 있으면 키스해 줄 텐데. 아주아주 진하게……."

로만이 마른침을 꿀꺽 삼키는 소리가 수화기 너머에서 들려왔다.

로만이 특별하지 않았어도 난 로만을 사랑했을 거야. 왜냐하면 그 어떤 이름으로 불려도 로만은 로만이니까. 날 이렇게 사랑하니까.

루이는 내가 로만한테 전화로 이런 소리를 하는 줄은 꿈에도 모를 것이다. 나는 통화를 끊고 나서 침대에 풀썩 등을 대고 쓰러졌다.

'마치 로미오와 줄리엣 같은데…….'

십몇 년을 산 집인데 왜 이렇게 낯설어 보일까?

'……이 상황이 전혀 낭만적이지 않은 건 왜일까?'

내가 로만에게 내 마음을 고백했을 때를 떠올렸다. 로만이 날 아직 좋아하고 있다는 걸 알았을 땐, 세상을 다 가진 것만 같았다.

'진짜 보고 싶긴 해. 입을 막으려고 그런 게 아니라…….'

눈을 감자 로만이 떠올랐다. 처음 봤을 때의 로만이 아니라 지금의 로만 얼굴이. 다른 사람들은 로만의 입술이 얼마나 부드러운지 모르겠지.

'보고 싶어.'

단단한 어깨, 꼭 안기고 있으면 내 몸이 쏙 들어갔다. 로만이 키스해 주었을 때의 기억이 떠올랐다.

로만과 함께 있으면 세상을 다 가진 것 같았다. 불과 며칠 전 일인데, 그 일이 마치 몇 년 전 일처럼 멀게만 느껴졌다.

'오늘 일 정말 미안하다.'

루이한테 사과까지는 바라지도 않지만. 나는 눈을 감았다.

'로만은 나와 사귀는 게 좋을까?'

로만의 형들은 몇 번 못 봤지만 다들 상냥했다. 둘째 형은 날 집으로 초대해 주기까지 했다.

'자유연애결혼주의자.'

바스커빌의 가풍은 자유롭기로 유명했다. 그런 일을 '난잡'하다며 좋아하지 않는 가문도 있었고, 그 때문에 오해를 많이 사기도 했다.

'무슨 문제가 있는 거겠지.' 하고 다들 뒤로는 수군거렸다. 혹은 '그러다가 '레 오파르디 집안의 개' 같은 애를 낳아 봐야 저런 근본 없는 짓을 안 하지.' 하고 말이다.

사람들은 혹시나 바스커빌과 연줄 한 번 닿아 볼 수 있을까 힘을 쓰면서도, 자신들과 다른 방식을 선택하는 바스커빌을 경멸했다. 그리고 나는 그 '레오파르디 집안'의 '개'였다.

그렇다. 거기서 '자유연애결혼주의'의 부작용을 들 때 등장하는 '개' 말이다. 나는 아직도 로만이 나를 왜 좋아하게 되었는지, 그 이유를 모른다.

'로만은 정말 나와 사귀는 게 좋을까?'

나는 멍하니 천장을 바라보았다.

'날 좋아하는 건 알지만.'

결혼이라니.

'난 솔직히 자신 없어. 정말로 전혀……'

서로 전혀 다른 사람이 친구가 되는 일이 드물게 있다. 연애도…… 가능하다고 생각한다. 하지만 결혼은?

'난 그냥 아예…… 결혼 같은 게 하고 싶지 않아.'

그 가문은 나를 받아들여 줄까? 우리 가문은 로만을 받아들일까? 나는 두 부분 다 자신이 없었다. 그 형들의 표정도 막상, 로만의 결혼을 생각하면 변할 것 같았다.

로만은 아니라고 하지만, 로만을 많이 귀여워하는 것 같았으니까.

'보고 싶다.'

나는 팔찌를 다른 손으로 만지작거렸다.

'시간이 너무 짧아.'

그리고 몇 년이나 남았을까 생각했다. 이 행복이 말이다.

그때였다. 다시 휴대전화가 울렸다. 로만이었다. 나는 휴대전화를 받았다.

"응, 왜?"

[창문 좀 열어 봐.]

로만이 말했다. 나는 별생각 없이 발코니로 나가 창문을 열었다.

"여기."

그리고 머리칼이 헝클어진 로만이 쌕쌕 숨을 몰아쉬며 발코니에 매달려 있는 걸 발견했다.

'꺄악!'

나는 소리를 지를 뻔했지만, 아랫입술을 꾹 깨물고 얼른 로만을 끌어올려 주었다.

"어떻게 여길 온 거야?"

내가 끌어올려 주자 로만이 데굴, 하고 발코니 안으로 굴러 떨어졌다. 나는 마구 로만을 쓰다듬었다.

"괜찮아?"

무슨 유령인가 싶었는데 차갑긴 해도 진짜였다.

"네가…… 헉."

로만이 거친 숨을 몰아쉬며 발코니 바닥에 누웠다.

"보고 싶다고 해서. 헉."

"어?"

"보고 싶다고— 하악."

로만이 숨을 헐떡이며 말했다.

"빈말…… 아니었지?"

로만의 머리엔 나뭇잎이 엄청 묻어 있었다.

"어떻게? 어떻게 들어온 거야?"

아직도 믿기지가 않는다.

"아니, 그게……."

바스커빌가의 거대한 저택에 비하면 소박하긴 하지만, 우리 집이 보안을 얼마나 신경 쓰는데. 집의 크기가 작은 것도 그 때문이었다. 그래야 보호할 면적이 줄어드니까.

"전화 끊고 나니까 보고 싶어서, 아무리 생각해도 봐야 할 것 같아서……."

나는 발코니 곁에서 흔들거리는 나무를 바라보았다. 일단 여긴 어떻게 기어올라 왔는지 알겠다. 하지만 저택 대문은? 사냥개들은?

"마법이라도 부린 거야?"

로만은 그 말에 야단이라도 맞은 듯 내 눈치를 살폈다.

"내가 와서…… 싫어?"

"그게 무슨 소리야."

나는 로만을 일으켜 방 안으로 끌어당겼다.

"정말 보고 싶었어. 얼른 들어와, 남들이 보기 전에."

'얜 진짜 사람 놀라게 해.'

내 가슴이 다 두근거렸다.

'심장 터지게 한다니까.'

마치 자신의 방 발코니에서 로미오를 발견한 줄리엣처럼.

"보고 싶었어."

로만이 나를 끌어당겨 안았다.

"정말 네가 너무 보고 싶었어. 전화하고 나니까 더……."

"잠깐만."

나는 나를 끌어안으려는 로만을 일으켜 침대에 앉혔다. 로만은 조금 어리둥절한 표정으로 나를 바라보았다. 나는 로만을 두고 걸어가 문을 잠갔다.

'건전하게만 연애하면.'

건전은 무슨 건전. 루이의 말은 전혀 내 마음에 닿지 않았다. 왜냐하면 나한테…… 내일은 없는걸. 내일이 있었다면, 아주 조금이라도 로만과 결혼할 가능성이 있었다면 이렇게 막 나가진 않았을 것이다. 나는 다시 로만한테로 갔다.

"루시?"

그리고 로만을 침대로 쓰러뜨렸다.

가택침입.

로만이 루시의 전화를 받자마자 도둑처럼 레오파르디 집안의 담을 뛰어오른 것은, 솔직히 들키면 총 맞아도 할 수 없는 일이었다.

그런 일이 만일 일어난다면, 오히려 사과 성명서는 바스커빌 가문에서 내야할 판이다. 로만 바스커빌이 한 참담한 짓은 그의 가문과 관계없는 개인적 일탈이며, 교육을 제대로 시키지 않은 죄를 통감하며…… 기타 등등. 아무튼 가문과는 관계없다고 선을 그으며 말이다.

왜냐하면 군수업은 자연스럽게…… 암호 해제 및 보안 산업과 연결되어 있었기 때문이었다. 웬만한 보안 업체는 이름만 다를 뿐 바스커빌의 산하로, 독점 기업이나 다름없었다. 그러니 어떻게 로만이 레오파르디 집안의 심장부로 기어 들어갈 수 있었는가는 이쯤 설명하도록 하자.

로만은 전화를 끊고 나서 루시가 보고 싶어 견딜 수 없었다. 루시의 말꼬리가 물기로 젖어 있었다. 로만은 루시가 우는 줄로만 알았다.

'왜 사랑한다는 말을 그렇게 슬프게 해?'

얼굴을 보고 묻고 싶었고, 당장 대답을 듣고 싶어 견딜 수 없었다.

'난 너와 결혼하고 싶은데, 왜 넌 사랑한다고 답해?'

가만히 있을 수가 없었다. 가슴이 터질 듯이 답답했다.

루시는 여전히 망설이고 있는 듯했다. 배를 갈라서라도 이 마음을 알려 주고 싶었다. 이 마음은 진심인데, 자신은 각오가 되어 있는데. 루시한테는 그게 닿지 않는 것 같았다.

그런데……!

정신을 차려 보니 로만은 루시의 방을 제대로 감상할 새도 없이, 그녀의 향기가 나는 침대에 풀썩 쓰러져 있었고…….

"어? 앗, 잠깐, 루시, 아아앗!"

……루시는 그의 배 위에 앉아 있었다. 너무도 자극적인 광경이었다. 루시가 명령했다.

"쉿, 조용히 해."

로만은 루시가 제 배 위에 앉아 있는 것만으로도 코피가 쏟아질 것 같았다. 이 일이 아주…… 처음은 아니었지만 말이다.

루시가 고개를 숙이며 속삭였다.

"내가 너 보면 키스해 주겠다고 했잖아……."

로만의 머리가 팽글팽글 돌았다.

'앗, 세상에 이런 상황은 바라지 않았, 아니, 예상하지 못했는데……!'

아니, 바라긴 했다. 솔직히 정말 아주 많이 바라긴 했다.

"로만……."

루시가 그의 머리칼을 쓰다듬었다. 머리가 그것만으로도 찌르르했다.

"루시…… 아, 여긴 너희 집인데, 이건 조금……."

"싫어?"

"아니, 아니, 아니. 하지만……."

로만의 떨리는 말과 달리, 그의 손은 착실히 루시의 얇은 겉옷을 손으로 살살 말아 걷어 올리고 있었다. 멈출 수가 없었다.

껍질 속 분홍빛 속살을 드러내는 사탕처럼, 루시의 흰 배와, 분홍빛…… 브래지어가 드러났다. 아주 예쁜 리본이 보였다.

'여기가 천국인가?'

벗기고 싶어! 로만은 그 유혹을 피하려고 두 눈을 질끈 감았다. 하지만 그의 본능이 말했다. 리본은…… 그러니까 보통 풀라고 있는 게 아닌가?

'그런데 나 정말 이러려고 온 거 아닌데…….'

정말 아찔했다. 루시의 브래지어를 벗기는 상상을 하니, 온몸의 피가 말할 수 없는 곳과 얼굴 혈관으로 쏠리는 것 같았다.

'어떡해, 이거 어떻게 멈춰?'

더군다나, 저를 빤히 내려다보는 루시의 눈동자는 너무 맑고, 몸에서는 달콤한 냄새가 피어올랐다. 로만은 아주 얇고 희어서 투명하게까지 느껴지는 피부 아래, 그녀의 혈관이 팔딱이는 소리를 들을 수 있을 것만 같았다.

'아무리 그래도 여기 루시 방인데……. 난 여기 첫 방문이고, 심지어 손님으로 온 것도 아니고…….'

이제 이 상황에서 들키면 곱게 죽는 선에서 끝나지 않을 것이다.

'들키면, 시신이라도 찾을 수 있을까?'

바스커빌 가문이 장례식이라도 치를 수 있는 것일까? 빈 관을 땅에 묻어야 하는 게 아닐까? 하지만 그런 상상으로도 흥분이 가라앉지 않았다. 아니 오히려…… 배가될 뿐. 흘러내린 루시의 머리칼이 로만의 뺨을 간질였다.

'샴푸 냄새…….'

로만의 머리가 팽글팽글 돌았다. 루시가 제 배 위에 앉아 있어서 그나마 다행이었다. 조금만 더 아래였더라면, 지금 불쑥 솟아올라 아플 지경이기까지 한 그걸 들켰을 것이다.

"응⋯⋯."

로만이 루시의 허리를 커다란 손으로 쓸자, 그녀가 조그만 신음을 내며 쓰러지듯, 그의 품에 안겼다.

'정말 내 손 왜 이러냐. 멈춰, 이 새끼야!'

손은 이 와중에 마치 따로 노는 것처럼 움직이고 있었다. 살갗이 너무 부드러웠다. 로만은 굶주린 짐승처럼 루시의 살을 베어 물고 싶었다. 로만이 거의 애원하듯 물었다.

"브래지어 벗겨도 돼?"

로만의 머릿속이 폭주했다.

'브래지어 진짜 귀여워. 루시, 왜 이런 거 입어? 이런 거 입으면 나 어떡하라고? 이거 아래도 맞췄을까? 아래도 리본이야?'

대답도 듣기 전에 손은 후크를 풀려고 루시의 등 뒤에서 꼼지락거렸다. 하지만 루시가 등 뒤로 손을 돌려 로만의 손을 움켜쥐고는, 그의 가슴에 곱게 포개 놓았다.

"안 돼."

"어⋯⋯?"

단호한 말에 로만이 신음했다.

'아, 안 돼?'

루시한테 휩쓸려서 그렇지, 로만에게도 이성과 도덕성이라는 게 있긴 했다. 있기는⋯⋯.

로만의 눈을 빤히 바라보던 루시는 그의 코끝에 쪽, 하고 키스했다. 그리고 그 위에 몸을 포개어 쓰러지듯 로만의 입술 위로 제 입술을 덮었다.

이성과 도덕성이 있기는 했는데⋯⋯.

자신의 입술을 핥는 따뜻하고 작고 부드러운 혀에게 홀린 듯 내어 주었다. 루시의 혀가 그의 혀를 꼭 묶듯이 얽어 왔다. 로만의 머릿속에 이런 생각이 스쳤다.

'정말 루시가 왜 이러지? 미쳤나?'

온몸에 소름이 돋을 정도로 기분 좋았다. 머리가 하얗게 녹아내리는 듯했다. 로만은 정신없이 루시의 입술을 따라갔다. 얌전히 포개어졌던 로만의 손이 루시의 작은 머리를 움켜쥐려 했을 때였다.

"로만."

루시가 로만에게서 입술을 떼며 말했다.

"넌 그냥 가만있어 봐. 내가 그거보다 더 좋은 거 해 줄게."

"응……."

로만의 이성이 생각했다. 루시가 미친 거면 계속 미쳤으면 좋겠다고…….

'평생 미쳤으면 좋겠다. 내가 어떻게 하면 루시가 계속 미칠 수 있을까?'

기대감으로 몸을 떨며, 로만은 얌전히 제 두 손을 가슴 위로 교차시켜 포갰다. 루시가 진지한 얼굴로 말했다.

"로만 바스커빌, 내가 너 많이 좋아해, 알지?"

"네……."

로만은 자신도 모르게 고개를 끄덕이며 공손히 대답했다.

'루시, 왜 이렇게 적극적이야? 정말 감사합니다.'

루시한테 잡아먹히는 짐승이 된 심정이었다.

"로만."

"어……."

"나…… 너 만져도 돼?"

"헉……."

로만이 고개를 옆으로 돌리며 자신도 모르게 신음을 토했다. 오늘 아침, 루이에게 돈 봉투를 받았던 일은 로만의 머릿속에서 저 멀리멀리 날아갔다. 루시와 같은 시대에 태어나서 정말 행복했다.

다음 날. 아침 식사 자리에서 해롤드는 퀭한 눈으로 한숨을 쉬며 물었다.

"어제 말도 없이 또 어디 나갔다 왔냐? 전화도 안 받고. 어?"

딱 봐도 밤을 새운 얼굴이었다.

"나 저번 일로 트라우마 걸렸어. 너 늦게 안 들어오면 무섭다고, 진짜. 자고 있는데 총소리 들릴까 봐. 어?"

"형. 있잖아."

해롤드가 그러거나 말거나, 곡물 시리얼에 아몬드 우유를 붓던 로만이 꿈꾸는 듯한 얼굴로 말했다.

"저기, 나 임신하면…… 정말 책임져 줄 수 있어?"

"……."

이게 아침부터 무슨 일이야?

해롤드는 창백한 얼굴로 입에 넣었던 비둘기 요리를 접시에 뱉었다.

"야, 이 새끼야! 너 주어, 목적어, 보어 이런 거 제대로 안 쓸래? 잘못하면 내가 너 임신시킨 거로 들리잖아. 미친놈아. 어?"

하지만 말을 잇던 해롤드는 그 내용에 흠칫했다.

"어, 설마 너 어제?"

말의 내용이…… 그랬던 것이다. 아직도 머리에 나뭇잎사귀를 단 채, 로만은 맛이 간 눈으로 중얼거렸다.

"어젯밤 설마 루시랑……. 너 누구랑 외박했어? 아니, 하필이면 방학에 그 애가 집에 온 이때?"

"형, 식장 좋은 데 잡으려면 지금 예약해야 하지 않나……?"

"아니, 이 새끼가? 무슨 짓을 한 거야? 야! 어?"

그도 그럴 것이 로만은 어젯밤 어지간히도 좋았던 것이다.

어젯밤 일은, 로만의 불안을 저 멀리멀리 날려 버렸다. 그날 밤 일어났던 모든 일이 꿈결같이 달콤했던 데다, 루시의 적극적인 태도가 그의 불안을 완전히 녹였다. 같은 마음일 거란 그 생각.

'너랑 평생 함께하고 싶어. 우리의 마음이 같다면 그다음은 영원히 함께하자는 약속이지, 그게 당연한 수순인 거잖아.'

로만의 마음은 언제나 명확했다. 오히려 그 마음을 숨기려니 모든 게 어그러졌고, 괴롭기만 했다.

그의 가문 모두가 그렇다. 절대로, 절대로 사랑하는 사람과 함께하는 일을 포기하지 않는다. 로만의 마음은 일직선으로 쭉 뻗은 포장도로였다. 그 길을 루시와 달릴 것이라고 로만은 믿어 의심치 않았다.

레오파르디, 그중 특히 루시. 루시 레오파르디의 마음은 마치 양의 창자처럼 구불구불 꺾이고 구부러져 돌아가는 곡선인 것을 모르고.

어젯밤 일은 어쩐지 꿈같다.

'혹시 꿈이 아닐까?'

로만을 집으로 보내고 잠깐 선잠을 잤다 어렴풋하게 깼는데, 몇 시간도 지나지 않은 일이 벌써 현실감이 없었다.

처음부터 끝까지, 로만은 언제나 날 환상의 세계로 데려다주는데 그 사실을 자기만 몰랐다. 어디서 그런 용기가 나왔는지 모르겠다.

'정말 나 점점 이성을 잃는가 봐.'

나는 침대에 누워 한숨을 쉬었다. 내 전화를 받고 한달음에 달려와 주는 남자친구라니. 그렇게 평범한 듯 특별한 것이 이 세상에 어디 있단 말인가?

'너한텐 그런 일이 쉬워 보여. 그래서 네가 더 좋아지나 봐.'

주위에서 '냄새, 냄새' 하는데, 이불깃을 쥐고 쿵쿵거리니 정말 희미하게 로만의 냄새가 나는 것도 같았다.

나는 눈을 감았다. 그리고 어젯밤 일을 생각했다.

Chapter 13.

늑대지만
해치지 않아요

"만져도 돼?"

내 말에 로만은 내 허리를 쓰다듬던 손을 암전히 가슴에 포개고, 새빨개진 얼굴로 나를 바라보았다. 나는 로만한테 키스해 주었다. 로만이 예전에 나한테 해 주었던 대로 말이다. 부드러웠다. 짜릿하고.

'이 문밖은 우릴 흰 눈으로 보는 사람들이 가득하지만, 여긴 우리 둘밖에 없잖아. 지금 이 순간은 우리만의 것이잖아. 그렇지?'

나는 이 마음을 다 말할 수 없어 한마디만 남겼다.

"네가 좋아, 알지?"

내 속마음을 아는지 모르는지, 로만은 눈을 꾹 감고 고개를 끄덕였다. 나는 첫 밸런타인데이 때 로만이 나한테 했듯이 뽀뽀해 주면서, 그의 검은 티셔츠를 걷어 올렸다.

지방이라곤 하나도 없는 것 같은 탄탄한 배가 드러났다. 이럴 때면, 매번 정신이 없었다. 얼굴이 다 붉어져서……. 그러니까, 마치 미술관에서 예술가의 작품을 감상하듯이 이렇게 오래도록 바라본 것은 처음이었다.

내 몸이랑 정말 달랐다……. 나는 그 몸을 한참 동안 넋을 잃고 바라보면서, 내리기도 하고 만지기도 했다.

"왜?"

"네가 나랑 너무 다른 것 같아서."

로만이 그 말에 불안한 얼굴을 했다.

"싫어?"

왜 다르면 싫다고 생각할까?

"아니, 그래서 더 좋아."

좋아하는 사람은 닮고 싶어 할까?

나는 로만이 아름답다고 생각했다. 나와 같길 원하지만, 본질적으로 나랑 달라서 더더욱 아름답다고.

"정말…… 좋아."

로만의 이런 모습을 누구한테도 보여 주고 싶지 않다고 생각했다. 가지고 싶다고, 생각했던 것 같다.

"루시."

한참을 그러고 있자 로만의 표정이 이상하게 변했다.

"너 그렇게 계속 만지면 나 죽을 것 같아……. 그런 눈으로 바라보면서. 응?"

죽어 가는 목소리로 로만이 웅얼거렸다.

"조용히 할 테니까 나한테도…… 나한테도 만지는 거 허락해 주면 안 돼?"

그러더니 듣지도 않고 날 잡아당겨, 엄청난 힘으로 끌어안았다. 숨이 막힐 정도였는데, 나는 그럼에도 불구하고 로만이 날 더 꽉 끌어안아 주었으면 싶었다.

"아."

그러고 로만이 내 위로 올라갔다.

"루시, 소리 내지 마. 쉬이."

손이 슬금슬금 바지자락을 쥐더니, 날 크리스마스 선물 상자 포장 벗기듯이 조심스럽게 벗겼다.

"응……."

"팬티…… 리본 달렸네. 이거 어디서 산 거야?"

거의 넋을 잃은 표정으로 로만이 말했다.

"왜?"

"너한테 또 사 주고 싶어서……."

"아, 아아……."

"지금은 벗기고 싶고."

그다음은 완전히 정신이 없었다. 내가 만지는 동안, 로만은 불 위에 올려놓은 주전자처럼 끓고 있었나 보다.

로만은 동이 트기 전에 다시 발코니 곁의 나무를 타고 제 집으로 돌아갔다. 그러기 전에, 로만은 내 침대 위에서 내 이불을 덮고, 나를 꼭 끌어안고 있었다.

로만이 내 귓가에 대고 속삭였다. 뜨거운 숨결이 닿았다.

"결혼하고 싶다는 말, 진심이야."

나는 눈을 꼭 감고 그 말을 듣고만 있었다.

"사실 지금 당장이라도 하고 싶어. 물론 어려움이 있을지도 모르지만, 그게 어떤 문제이든 너와 함께하고 싶어. 정말로……."

로만은 그 뒤로도 말을 이어 갔다. 그러나 그 말이 내게는 마치 물속에서 듣는 것처럼 잘 들리지 않았다. 내가 겨우 알아들은 건 마지막 말이었다.

"날 믿지?"

그 말을 듣는데 난 약간 울 것 같았다.

'이건 믿고 말고 할 문제가 아니지 않아?'

하지만 괜한 말을 해 로만의 환상을 깨뜨리고 싶지 않았다.

'가풍 차이인가?'

나는 웃으며 손을 흔들었다.

'그런데 쟤 정말로 어떻게 들어온 거야?'

어제 한 일이 믿기지 않는다. 어떻게 이 집에 남자를 끌어들여 밤을 함께 보낼 수 있었을까?

'내가 쟬 정말 좋아하나 보다.'

이런 대담함은 보통 로만이 사라지면 꿈결같이 사라져 버렸다. 한낮의 이슬, 물보라에 부글거렸다 잠잠해지면 사라지는 거품 같았다.

'내가 뭔가를 이렇게 갖고 싶어 한 적이 있나?'

나는 이불 속에서 생각했다. 아직도 로만이 키스해 준 곳이 뜨겁다. 나는 눈을 감고 이 여운을 음미했다.

'내가 나도 모르게 세워 놓은 벽을 뚫고 나한테 이렇게 가까이 다가올 수 있는 사람이 있을 줄 몰랐어.'

하지만 우리가 함께할 수 있을까? 나는 그 질문에 대한 답을 이미 알고 있기 때문에 우울해질 수밖에 없었다.

'저 세상 밖은 가시덤불뿐인데?'

로만이 상처받을 생각을 하니 싫었다.

'나뿐만 아니라 로만도 힘들 테고. 언제까지 로만이 날 좋아할지, 날 참아 주고 사랑해 줄지 알 수 없는데?'

"루시, 네가 지금 얼마나 아름다운 줄 알아?"

로만이 넋을 잃은 듯이 말하면 나는 그만 그 말을 믿게 된다. 하지만 실은, 아니라는 걸 알고 있었다. 로만이 그렇게 말하니, 믿고 싶은 것뿐인지도 모른다.

'난 사실 그렇게 예쁘지도 않아.'

생각이 뭉게뭉게 피어올랐다.

'그리고 걱정이 너무 많아. 겁도 많고. 우리 가문의 좋은 건 하나도 가지고 있지 않지.'

겁이 많고, 신중하고, 어딘가 접근하기 어렵고, 지나치게 예민한 건 내가 아마 이렇게 태어났기 때문이겠지. 우리는 같은 카테고리에 간신히 속해 있지만, 결국은 각기 다른 짐승이었다. 사자의 심장이라니.

'그 대담함과 용기는 엄마한테도 있고, 아빠한테도 있고, 루이한테도 있는데, 나한테만 없는 거겠지?'

하지만 내가 만일 사자였어도, 로만과 결혼하는 일은 불가능했을 터였다.

'엠마가 보고 싶다.'

갑자기 엠마가 생각난 건 이런 이유에서였다.

'엠마는 칼리드와 사귀면서 이런 생각을 해 본 적이 있을까?'

나와 같은 특성을 가진 친구이자, 다른 특성을 가진 사람과 사귀는 엠마도 혹시 나와 같은 불안을 품고 있진 않을까, 싶어서였다. 이른 시각이었는데도 엠마는 바로 전화를 받았다.

"엠마. 이렇게 이른 시각에 전화해서 정말 미안해. 방학 동안 잘一."

아니, 마치 내 전화를 기다리고 있었던 듯했다.

[괜찮아! 루시!]

엠마가 씩씩거렸다.

[안 그래도 나도 전화하려고 했거든. 그 능구렁이 같은 새끼!]

"어?"

[칼리드 말이야! 나 정말 걔랑 헤어질 거야!]

'싸웠어?'라고 물으려던 나는 엠마의 그다음 말에 입을 다물었다.

251

[넌 걔가 뉴스 브로드캐스팅 컴퍼니 사장 아들이라는 거 알았어?]

와…… 순간 심장이 덜컹했다.

"아, 진짜? 난 몰랐지. 그렇구나……. 뉴스 브로드캐스팅 컴퍼니……? 진짜? 칼리드가?"

[그래, 당연히 몰랐겠지! 걘 정말…… 뭐야? 사람을 뭐로 보는 거야! 그 새끼는 자기가 뭔지 나한테 한 번도 제대로 알려 준 법이 없어!]

이 상황에 내가 아무리 눈치가 없어도…… '그런데 짐작은 했어'라고 할 수는 없는 법이었다.

"……."

나는 턱이 아프도록 입을 딱 다물었다. 죽어도 그럴 순 없는 법이었다. 몇 달 전 내가 칼리드의 정체를 알게 된 건, 아니 캐 보게 된 건, 그가 먼저 내 정체를 아무렇지도 않은 듯이 꿰뚫었기 때문이었다.

자기는 그냥 신문에서 봤다고 하지만, 너무 관심 있는 거 아닌가?

이 학교 학생들의 대부분은 지금 국회의장 이름도 모를 것이다. 누가 이런 정보를 숨 쉬듯이 기억했다가, 적절한 때 퍼즐을 맞추듯 짜 맞추어 인과관계를 엮을 수 있을까?

아무래도 이상한데.

'걔 뭐야?' 싶은 심정에 찾아보았다. 이런 저런 검색을 거듭한 결과, 거대한 다국적 언론·미디어 그룹의 계열사 사장 성이 칼리드의 성과 같은 린든이라는 걸 알게 되었다. 게다가 같은 특성이고…….

'우연이 겹치면 필연이라는데…….'

나는 그래서 그냥 알고만 있었다. 언젠가 써먹을 데가 있으면 써먹어야지, 생각하며 말이다.

[어떻게 그럴 수가 있어!]

그리고 난데없이 그 추측에 확인 도장이 쾅 하고 찍혔다.

"그게 뭐라고 날 속여? 칼리드 걘 늘 그랬어. 자기가 뭐라도 된다는 양……."

엠마는 한참 말을 잇지 못했다.

[난 이제 걔 이름이, 진짜 걔 이름이 맞는지도 모르겠다. 나이는 그 나이가 맞는지…….]

엠마의 목소리에 물기가 섞여 들었다.

[배신당한 것 같아. 뭐…… 걔가 나보다 더 좋은 집에 살고, 잘나간다고 내가 무슨 뭘…… 이용이라도 할 줄 아는 건지 뭔지…….]

파르르 떨리는 목소리.

[날 시험이라도 했던 건가?]

"어?"

[사귀는데, 솔직하지 않으면 어떻게, 단단한 관계를 쌓아 올릴 수 있어?]

"그게……."

[난 걔가 처음이었는데. 걘 날티가 좀 나긴 했지만, 그래도 날 정말 좋아하는 거 같아서…… 아니었나 봐.]

엠마의 목소리에서 물기가 뚝뚝 떨어졌다.

[걔랑 사귄 내가 잘못이지. 걜 이해할 수가 없다. 애초에 같은 특성도 아니었고.]

말하는 중간 중간 코를 훌쩍거리는 소리가 들려 내 가슴이 철렁했다.

"엠마, 울어?"

[난 진심이었는데…… 우리 사귄 지 2년도 훨씬 넘었고…… 난 나에 대해 다 보여 줬는데, 나는 걔한테 그거밖에 안 됐나 봐.]

그 말을 듣고 있던 내 발등에 불이 갑자기 떨어졌다.

'헉……..'

듣다 보니 나도 같은 상황이었던 것이다.

"칼리드는 너한테 진심이야. 알잖아."

엠마가 소중했다. 칼리드와 똑같은 문제로 잃고 싶지 않았다.

"아마 너한테 말하고 싶었을 거야, 말하고 싶어서 타이밍만 재고 있었을 거야. 너한테만 숨기는 게 아니었을 거잖아."

나는 마치 나를 변호하듯 칼리드를 변호했다.

"친구인 나도 전혀 몰랐어. 네가 어떻게 이 일을 알게 되었는지는 모르겠지만……."

나는 말하면서도 안절부절못했다. 사실, 말해야지 말해야지 하면서도 그날그날이 즐거워서 잊어버리고 있었다.

[루시.]

내 말을 가만히 듣고 있던 엠마가 음산한 목소리로 말했다.

[너 지금 누구 편드는 거야?]

"네 편이지!"

나는 그 순간 칼리드를 버렸다. 칼리드한텐 좀 미안한 일이지만 내가 먼저 살고 봐야지.

"엠마, 내가 미쳤나 봐. 난 언제나 네 편이지. 정말…… 다른 사람도 아니고 남자친구인데, 칼리드가 너무했다."

솔직히 말하면 칼리드한테는 조금도 미안하지 않았다.

"세상에, 걘 도대체 왜 그럴까? 다른 사람은 몰라도 너한텐 빨리 말했어야지. 난 정말 이해를 할 수가 없어."

아마 칼리드였어도 지금 이 상황에선 나와 마찬가지였을 것이다.

'빨리 고백해야겠다. 엠마가 먼저 알기 전에 빨리.'

나는 식은땀이 다 났다. 그동안 루시 '하트만'의 삶에 너무 젖어 있었나 보다. 아무리 그래도 엠마한테는 빨리 말했어야 했는데. 칼리드가 자연스럽게 알고 나서 말할 타이밍을 놓쳤다. 우린 서로를 성보단 이름으로 부르기도 했고 말이다.

'칼리드 얘는 도대체 어떻게 했길래 일을 이 지경으로 만들었을까?'

그래도 엠마한테까지 숨긴 건 너무하지 않나? 남자친구인데. 비슷한 일을 겪은 적 있던 나는 칼리드가 다 잘못한 거라고 생각했다.

엠마와 전화를 끊고 난 다음, 당연하게도 전화가 걸려 왔다. 칼리드였다.

'얜 나보다 엠마랑 먼저 얘기해야 하는 거 아냐?'

하지만 엠마가 받아 주지 않았을 것이다. 그러니까 그다음 타깃인 나를 공략했겠지. 나는 받을까 말까 하다가 전화를 받았다. 아, 진짜 받지 말아야 했는데.

[너 방금 엠마랑 통화했지?]

칼리드가 다짜고짜 물었다.

'정말 조금의 근황 토크도 없구나.'

거기 날씨는 어떠니? 요즘 잘 지내니? 방학 동안 여행은 다녀왔니? 예의상으로라도, 이런 거 안 물어보니?

"하아."

대화의 꽃은 쿠션 토크라고 생각하는 나는 한숨을 내쉬었다.

"어. 화났더라. 왜 그랬어."

[루시! 난 진짜 억울해!]

칼리드가 왕왕 울었다.

[솔직히 우리 아버지가 그, 그 회사 사장인 건 맞는데, 우린 그 재벌 집안이랑은 나는 아무 상관 없어! 완전 방계라고!]

그러더니 나름의 변명을 시작했다.

[사돈의 팔촌 같은 거라니까? 그냥 우리 아빠는 직장인이야, 잘리면 찍 소리

도 못 하고 박스에 짐 싸서 나가야 하는!]

"사장이긴 하지만 말이지?"

[야! 사장은 무슨! 그냥 월급 사장, 바지 사장 뭐 그런 거야!]

지분도 꽤 가지고 있을 텐데, 네 아버지를 자르는 게 일반 평사원 자르는 것처럼 쉬울까? 나는 그렇게 생각했지만 그냥 듣고 있다가 말했다.

"나한테 이러지 말고, 그냥 엠마네 집 가서 무릎 꿇고 싹싹 빌어……."

둘의 사랑싸움에 끼어들고 싶지 않았기 때문이었다. 둘이 잘되어도 본전이고 잘못하면 마음 상한다.

'내가 왜 이 싸움에 끼어들어야 해?'

이유도 명분도 없었다.

[…….]

하지만 뒤이은 칼리드의 침묵에 나는 조금 무서워졌다.

"엠마한테는 나한테 한 말 했어?"

[말했어! 말했는데 이해를 못 해!]

"……."

이번엔 내가 침묵했다.

[도와줄 거지?]

이거 어디서 들었는데, 하고 생각해 보니 두 번째 듣는 말이었다.

"……칼리드, 넌 날 약간, 큐피드 같은 느낌으로 사용하는 거 아니니?"

[뭐?]

칼리드가 헛웃음을 섞어 가며 말했다.

[큐피드는 네가 아니라 나지. 너 내가 네 연애 사업 도와준 게 얼만데 이래?]

도와준 건 내가 먼저였는데, 잊어버린 모양이었다.

'얘…… 생각보다 되게 배은망덕하다.'

나는 할 수 없이 아까 일을 간단하게 요약했다.

"나도 엠마한테 네 편들어 봤는데, 잘 안 됐어. 그러니까 지금 그냥 엠마 집에 가서……."

[레오파르디가 이렇게 신의를 못 지키는 가문이었어?]

"너…… 지금 우리 가문의 신의를 들먹인 거니?"

칼리드가 한 말은, 사람들이 욕을 할 때 부모님 안부를 묻는 것이나 마찬가지였다.

[내 말 틀렸어?]

"내가 엠마한테 가르쳐 줬니? 아니잖아. 화내는 방향이 잘못된 거 아냐?"

내 언성이 나도 모르게 높아졌다.

아니, 둘 싸움에 끼어들고 싶지 않다니까? 내 문제만 해도 복잡해!

"그러니까 왜 그런 걸 들키고 그래?"

내 말에 칼리드는 그르륵거렸다. 분노를 참는 듯한 목울림 같았다.

[루시 '레오파르디', 이렇게 나온다 이거지? 나만 죽을 것 같아? 너 방학 끝나고 나서 고개도 못 들고 다니고 싶어?]

"……."

[정체를 숨기는 게 나뿐이야? 지금 자멸하고 싶어서 이러는 거야?]

나는 울고 싶었다.

'앤 정말, 적으로 삼으면 안 될 애다.'

난 그냥, 로만과 나의 문제에 대해 엠마와 고민 상담을 하고 싶었을 뿐이었다. 조금 이른 시각에 말이다. 그게 잘못이었을까?

그때였다.

똑똑.

방문 너머에서 노크 소리가 났다.

"누나."

루이였다.

“식사하러 안 내려와?”

루이가 뒤이어 말했다.

“깼어? 문 열어도 돼?”

“잠깐만!”

나는 갑자기 퍼뜩! 루이가 말했던 로만 바스커빌의 냄새 이야기가 생각났다. 잘은 모르겠지만, 여기는 아마 온통 로만의 체취로 가득할 터였다. 사면초가가 아닐 수 없었다.

달칵.

“잠깐만!”

내 목소리가 칼리드에게도 들렸을 것이다. 나는 얼른 전화기를 내팽개치고 창문으로 달려갔다. 역시나 루이는 예상대로 내 대답도 듣지 않고 문을 열려고 했다. 문밖에서 루이의 목소리가 들렸다.

“문을 왜 잠갔어?”

문을 잠가 놔서 얼마나 다행인지 몰랐다. 나는 일단 발코니의 창문을 활짝 열었다. 미지근한 바람이 안으로 흘러 들어왔다.

“오늘 아침 식사 하고 싶지 않아.”

내가 문에다 대고 말했다.

“……왜?”

루이가 물었다.

“그냥…….”

칼리드와 통화가 연결된 채, 시간이 흘러가고 있었다.

“지금 혼자 있고 싶어서 그래. 생각할 일이 많아서.”

“……어?”

“부모님 얼굴을 못 볼 것 같아, 네 얼굴도.”

냄새라는 것이 이 문 밖으로 흘러나오지 않을까 생각한 나는 문에서 슬금슬금 물러나며 말했다.

"나중에 이야기하고 싶어. 엄마랑 아빠한텐, 네가 잘 설명해 줄 수 있지?"

"……알았어."

문밖에서 루이는 머뭇거렸지만 저 나름의 생각을 거쳐, 이해해 준 것 같았다.

"그래도 나중에라도 식사는 꼭 해."

루이가 계단을 내려가는 소리가 들렸다. 나는 침대로 가서 다시 전화를 집어들었다. 다행인지 불행인지 칼리드가 전화를 아직 끊지 않고 있었다.

"알았어, 알았어. 긍정적으로 검토해 볼게. 알았지, 칼리드?"

[너 무슨 정치가처럼 말한다?]

나는 두 눈을 꾹 감았다.

"내 성을 걸고, 엠마를 설득해 볼게."

[그렇게 나와야지.]

"칼리드, 너 나한테 빚진 거다?"

[그럼, 그럼.]

나는 눈을 문지르며 발코니에 나갔다.

'말은 잘해.'

내 몸에 배어 있을 로만의 체취가 이 새벽 공기에 씻기기를 기다리며 말이다. 나는 칼리드에게 물었다.

"그런데 이게 도대체 어떻게 된 일이야?"

칼리드가 허둥지둥 설명을 시작했다. 그러니까 그건, 이렇게 된 이야기라고 한다.

"칼리드."

"응?"

"넌 왜 날 집에 초대 안 해 줘?"

방학이 시작된 뒤, 엠마가 무심코 한 말에 칼리드는 소름이 돋았다. 그러고 보니 우격다짐으로 고백 승낙을 받아 내기 전에 이미, 엠마네 크리스마스 파티에 초대받아 그녀의 집에도 갔었다.

[하지만 집을 보여 주면 그 부가적으로, 이런 거 저런 거 다 설명해야 하잖아. 그래서 계속 말을 돌렸는데…….]

엠마는 오히려 오해했다고 한다. 자기가 가정 형편이 좋지 않은 애의 자존심이라거나…… 그런 걸 건드린 게 아닐까 하고. 칼리드는 눈치 빠르게 엠마의 오해를 알아차렸지만 모른 척했고…….

"이거…… 왜 말을 돌리고 그래?"

내가 말했다.

"이거 정말 백 퍼센트 네 잘못이잖아? 처음엔 숨길 수 있다고 쳐도, 2년이 넘었는데 자연스럽게 말했어야지. 도대체 왜 그런 거야?"

[나도 알아…… 안다고. 일단 더 들어 봐.]

칼리드는 울먹거렸다. 그런 식으로 오해가 쌓여 돌이킬 수 없을 지경에 이르렀을 때, 둘은 시내에서 데이트를 하다 중학교 시절 칼리드의 친구와 맞닥뜨렸다.

"칼리드, 왜 연락이 안 되는 거야? 옆에 애는 누구야? 여자친구? 그나저나 있잖아, 네가 몇 년 전에 열었던 파티 말이야……."

너무 말이 빨라서 손쓸 수가 없었다고 한다. 실로 오랜만에 만난 칼리드의 옛 친구는 엠마가 모르는 이야기를 쏟아 내었다. 정말 최악의 방식이었다.

"음……."

내가 물었다.

"도와준다고 한 거 지금 취소해도 돼?"

[안 돼.]

"역시 그렇겠지? 왜 그런 거야?"

[하…….]

칼리드는 아마도 눈물이 섞였을 젖은 숨을 토해 내었다.

[무서운 걸 어떡해.]

"……뭐가, 칼리드?"

[난 너 이해해. 전에 네가 네 성 바꾼 거 이해한다고 했잖아. 왜 공립학교로 왔는지. 나도 중학교 때 문제가 좀 있었어.]

"음? 무슨 문제? 사람 죽였어?"

[야? 죽을래?]

"아니면 말을 해 봐. 말을 해야 내가 알지."

[아…….]

칼리드는, 머뭇거리더니 확 토해 놓았다. 사실은 내가 아니라, 엠마한테 토해 놓고 싶은 이야기겠지.

[사자 없는 들판엔 하이에나가 왕이라고 하잖아.]

그런데 무서우니까, 나한테 먼저 말한 것 같았다. 예행연습 하듯 말이다.

[나 사실 옛날에 좀 놀았어.]

"……"

[……놀랐지?]

전혀 놀랍지 않았다. 사실 딱 봐도 그래 보였다. 알고 지내 보니 의외로 건실해서 놀랐지……. 칼리드는 주절주절 이야기를 늘어놓았다.

[네가 듣기는 정말 우스운 이야기일 수 있지만, 남들보다 돈도 많고 얼굴도 반반해서 무서운 걸 몰랐어. 솔직히 모든 게 다 쉬웠던 거 같아.]

나는 가만히 들어 주었다.

[그러면 어떤 사람들이 붙게 되냐면, 내가 아무리 불쾌하게 굴어도, 돈이 든 계산서만 뿌리면 낄낄대며 내 발에라도 키스할 사람들만 모이게 돼.]

나도 그게 뭔지 알았다. 나한테도 그런 사람들이 모여들었다.

[난 물론 좋았어. 내 말이 무엇이든 다 좋다 좋다 해 주니까. 그런데 어느 날이었어. 어느 날 파티가 끝나고 일어났는데 묘하게 정신이 드는 거야.]

"……."

[이렇게 살다가 마지막으로 내가 다다르는 곳이 과연 어디일까 싶더라. 갑자기 모든 게 역겨웠어, 나를 포함해서 모든 게 다.]

칼리드는 그 깨달음을 놓치기 싫었다고 한다. 이 깨달음이 숙취와 함께 사라질 것이란 생각이 들었기 때문에, 이를 기억하기 위해 칼리드는 가위를 들고 화장실로 갔다. 그러고 머리를 삐죽삐죽 다 자르고 나왔다고 했다.

[그래야 거울을 볼 때마다 생각이 날 것 같았어. 난 나르시시스트니까.]

그 후 술에 취한 친구들을 쫓아냈다고.

[그다음에 친구들에게 나한테 쓰는 것 이상으론 한 푼도 쓰지 않겠다고 선언했거든.]

그러자 주변에 발에 채일 정도로 많았던 사람들이 순식간에 싹 사라졌다고, 칼리드가 말했다.

[후련했어. 하지만 동시에 무서웠어. 내가 생각했던 우정이란 거, 이렇게 얄팍했나 하고. 돈으로 샀으니까 당연하겠지만.]

일부러 먼 고등학교로 왔더니 자길 아는 사람이 없었고, 이젠 반대로 누군가 예전의 자기를 알까 두려워지기 시작했다는 것이다.

[처음엔 귀엽기만 했는데, 귀여운데 웃기기까지 하잖아. 눈치도 없고. 내가 그런 애가 취향일 줄 나도 몰랐어!]

엠마를 좋아하게 되고 나니까 더더욱.

[이게 나야. 그때도 물론 '나'였지만, 지금 네가 아는 나, 엠마가 아는 나, 이게 나라고.]

칼리드가 말했다.

[그런데 말이야. 엠마가, 내가 엠마한테 보여 주고 싶었던 것 외에, 그러니까…… 모든 걸 알게 되면, 날…… 경멸할까 두려워.]

칼리드가 떨리는 목소리로 말했다.

[좋은 모습만 보여 주고 싶어.]

이해한다. 내가 어떻게 그걸 이해 못 할까.

[난 정말 달라졌어, 달라졌는데…… 이거 카르마 같아. 진짜 카르마가 존재한다고 생각해?]

"네가 얼마나 무서울지 나도 알아."

나도 그 무서움을 알지만, 그래도 도망치면 안 된다고 말해 주고 싶었다.

"그렇지만 솔직하지 않으면 안 돼. 솔직함이 없는 관계는 파도가 몰려오는 모래사장 위에 쌓은 성 같은 거니까."

[…….]

"네가 엠마를 사랑하는 만큼, 잃고 싶지 않아서 겁내는 거 알아. 하지만 엠마가 널 믿길 원하면, 엠마를 믿어 줘야지."

칼리드는 아무 말이 없었다. 하지만 나는 칼리드가 내 말을 귀 기울여 듣고 있다는 걸 알았다.

"용기를 내. 겁먹고 도망치기에 엠마는 정말, 정말 좋은 애잖아. 엠마 같은 애를 만난 건 행운이야. 카르마가 아니라."

나는 그다음 말을 할까 말까 망설였다.

"엠마는 네 생각보다 널 훨씬 많이 좋아해. 아까…… 들어 보니까 오히려 네가 자기를 가볍게 생각하는 게 아닐까 하고 걱정하던걸."

[진짜……?]

칼리드가 물었다. 그 목소리가 너무도 연약하게 들렸다. 아까 날 협박하던 목소리와 다르게 말이다.

"걔는 원래 센 척하잖아. 사실 여리면서. 그러니까 상처 주지 마. 나한테 몇 없는 친구인데."

우리의 전화 통화는 끝 간 데 없이 길어지고 있었다.

"일단 난 너한테 들은 말 모른 척할게. 이건 네가 엠마한테 직접 해야 하는 고백 같으니까. 난 그냥 네 말 한번 들어 보라고 하는 것 정도밖에 못 해, 이해하지?"

[그 정도면 돼.]

칼리드가 안심한 목소리로 말했다.

"난 지금 나한테 보여 주는 네가 너 맞다고 생각해. 그 일이 없었더라면 지금의 너도 없었을 테니까."

[그렇게 말해 줘서 고마워.]

칼리드는 망설였다.

[또 무엇보다…… 엠마가 날 진지하게 생각한다고…… 전해 줘서.]

"……."

[그런 말 해 줘서, 고마워.]

칼리드는 정말 엠마를 좋아하는구나. 가슴 아플 정도로 칼리드의 사랑이 전해졌다.

[루시?]

"어?"

[아까 너무 다그쳐서 미안해. 그냥 이 상황이 무서워서 그랬어. 고마워. 네가 엠마한테 전화하고 메시지 주면 그다음은, 정말 용기를 내 볼게.]

그렇게 말하고 칼리드는 전화를 끊으려 했다. 하지만 내가 그렇게 두지 않았다.

"잠깐만. 너만 후련해지고 끊기야?"

[어?]

"이제 내 차례야. 너도 들어."

내가 말했다.

[뭐?]

"나도 지금 문제가 있어. 그러니까 너도 들으라고."

[무슨…… 문제?]

칼리드가 얼떨떨한 목소리로 물었다.

"연애 문제 말고 또 뭐가 있어? 나도 방금 전까지 네 연애 고민 들어 줬잖아. 그러니까 너도 들어 줘."

사실 엠마한테 했어야 할 연애 고민이 갑자기 칼리드한테 돌아갔다. 내가 물었다.

"넌 엠마랑 결혼하고 싶어?"

[엠마가 나랑 결혼하고 싶대? 너한테 그래?]

칼리드는 나의 고민을 조금 다른 방식으로 받아들였다.

[아, 어떡하지? 루시, 어떡해? 우린 너무 어리고, 나 아직 마음의 준비가 안 됐는데. 신혼여행은 타히티가 좋을까?]

아직 화해도 안 한 칼리드가 거하게 망상을 시작했다.

"진정해, 그런 거 아냐. 그러니까 내 말은……."

미안하지만 나는 칼리드의 환상을 깨 주었다.

"그런 게 아니라 로만이 나와 결혼하고 싶대."

[…….]

"그 애 말로는, 진심으로."

이번엔 칼리드가 아무 말이 없었다. 어서 그다음 이야기를 해 보라는 듯이.

"그게 있잖아. 우리 가문은 가풍이 좀…… 연애결혼을 하진 않아. 혈통을 중요하게 여기니까."

이걸 뭐라고 설명해야 할까?

"보통은 태어나기 전부터, 아니 좀 자라서 하자 없다 싶으면 서로서로를 점찍지. 이건 개인의 의사가 아니라……."

[무슨 말을 하는지 알겠어.]

"그런데 로만이 나한테 결혼하고 싶다고 말해. 그냥 이건, 연인끼리 하는 달콤한 말장난 같다고 생각하면서도……."

[그건 아마 말장난이 아닐걸.]

"……."

[말장난 아닌 거 너도 알고 있잖아.]

그래, 사실 나도 안다. 너무 쉽게 말해서 말장난 같지만, 실은 그게 아니라는 거.

'나도 그러고야 싶지.'

로만이 진심인데, 나도 진심으로 대할 수밖에 없다. 나는 로만한테 거짓말을 하고 싶진 않았다.

'이건 말 못 하겠다.'

나는 그만 입을 다물었다.

[그래서 답답하다고?]

칼리드가 대신 말했다.

[애인끼리 그런 말 안 하는 사람이 어디 있겠어? 하지만 로만이 진심인 거 아니까, 네 마음이 힘든 거고. 맞지?]

나는 그냥 입을 꾹 다물기로 했다.

[나도 엠마에게 가끔 그런 말 해. 장난처럼, '우리 아이는 몇 낳을까?' 하는 말 있잖아.]

칼리드는 쓴웃음을 지었다.

[그런데 솔직히, 그런 말 하면서 난 늘 진심으로 그 말이 이뤄지길 바라.]

"……."

[솔직하라며? 물론 상처야 받겠지만, 너 편하고 싶으면 너도 그런 말 부담스럽다 말해 보지. 결혼은 어차피 가문이 정해 주는 거라고.]

"내가 그러고 싶지 않은 건."

내가 말했다.

"나도 로만한테 진심이기 때문이야."

[……]

"하지만 진심인 것만으론 해결되지 않는 문제가 있잖아. 마음만큼은 나도 그러고 싶은데 현실이란 게 있으니까."

[이러지도 저러지도 못하겠단 거구나.]

칼리드는 내 상황을 한 문장으로 정리했다.

[괜히 죄책감 가지지 마. 네 잘못도 아니잖아. 혹시 너 그런 소문 안 들어 봤어? 바스커빌 가문의 저주 말이야.]

나는 그 말에 웃을 상황이 아닌데도 웃어 버렸다.

"마음에 점찍은 상대와 꼭 함께해야 한다는? 난 그거 밤에 돌아다니는 유령 개 같은 뜬소문이라고 생각해."

칼리드가 생각보다 진지해 보여서 나는 덧붙였다.

"로만도 직접 사실이 아니라고 말했고."

[개가 그래?]

"응, 그냥 가풍이 남들보다 좀 로맨틱한 거뿐이래."

[이상한 가풍이네.]

그러게 말이야.

"좀 독특하지. 혼맥 따윈 없어도 된다 하는 자신감 같은 데서 나온 건가 봐. 우리 가족은 아닌데."

마지막 말을 하고 나는 또 조금 우울해졌다.

"게다가 정치적으로도 우리 집은 거기 집이랑 안 맞아."

로미오와 줄리엣처럼 원수지간은 아니어도 말이다.

[루시, 우리는 모든 상황을 예상할 수 있고 통제할 수 있다는 듯이 굴지만 말

이야. 사실 내일 날씨조차 제대로 못 맞혀.]

칼리드가 이상한 소리를 했다.

[그러니까 이 세상에 불가능한 일은 절대로 없어. 나만 해도, 하루아침에 내가 바뀔 줄 내 주변에 있는 아무도 예상 못 했잖아?]

"……."

[일단 가만히 있어 봐. 가야 하는 방향으로 돛만 펼치고 있으면 어디선가 기적적으로 바람이 불어올지도 모르는 일이니까.]

"그렇게 말하니까 위로가 좀 된다."

[그래, 다행이네. 말만 번지르르 하게 해서 미안했는데.]

"아냐. 정말 위로가 됐어."

돛. 나는 생각했다. 로만과 결혼하고 싶다는 마음을 가지는 것만으로도 그런 일이 일어날 수 있다고 희망하는 마음가짐이 바로 돛일까?

'난 참 의심도 많고 로맨틱하지도 않다.'

어쨌든 이야기를 털어놓고 나니 마음이 한결 가벼워졌다.

[그런데 있잖아?]

칼리드가 운을 뗐다.

[너랑 오늘 이야기를 듣고 말하다 보니까 알게 되었는데, 우리 남의 연애 고민은 정말 명쾌하게 말한다.]

"그러게."

[자기 자신의 일도 이렇게 하면 좋을 텐데.]

칼리드와 나는 동시에 한숨을 내쉬었다.

[아무튼, 로만한테 잘해 줘. 개인적으론 걔가 싫지만, 걘 가끔…… 나 같을 때가 있어.]

우리는 잠시 동안 침묵했다.

[힘내라.]

칼리드가 말했다.

"응, 너도."

휴대전화는 엄청나게 뜨거워져 있었고, 통화 시간은 두 시간을 훌쩍 넘겼다.

전화를 끊고 나서 나는 바람 한 점 불어오지 않는 바다에 뜬 배를 생각했다. 위로는 파란 하늘, 그 아래론 더 파란 바다. 돛을 펼치는 것만으로도 어디론가 꼭 당도하리라는 믿음을 내가 과연 가질 수 있을까?

'내가?'

나는 한숨을 쉬고 휴대전화를 식힌 다음, 다시 엠마한테 전화를 걸었다.

[루시?]

조금 울었는지 척척하게 잠긴 목소리로 엠마가 전화를 받았다.

"지금 전화 괜찮아?"

[응, 괜찮지. 그리고 보니 네가 전화해 줬는데 내 얘기만 하고 끊었네. 미안해. 방학은 잘 보내고 있어?]

꿀꺽.

나는 마른침을 삼켰다.

"엠마."

이렇게 고백할 생각은 아니었는데.

"나 너한테 고백할 게 있어."

[너까지 왜 그러니? 갑자기 무섭게.]

엠마의 말에 갑자기 나는 떨리기 시작했다.

"루시 하트만."

[어?]

"내 성 하트만은 실은 할머니의 옛 성에서 따온 거야."

언젠간 말해 줘야지 생각했다. 다만 이런 계기일 줄은 몰랐다.

[할머니?]

"응, 바로 위의 할머니는 아니고 좀 많이 거슬러 올라가."

[응. 그런데?]

어리둥절한 목소리로 엠마가 말했다.

"내 진짜 성은…… 레오파르디야."

그다음에 나는 두 눈을 질끈 감았다. 한참 동안 아무 말도 들려오지 않았다. 심장이 덜컹 떨어지는 듯했다. 끊은 걸까?

[그런데?]

통화 상태를 확인하려는데 수화기 너머에서 목소리가 들려왔다.

[응? 루시, 그래서? 왜 할머니 성을 썼는데?]

그렇다.

"……어."

뒤이어 엄청난 깨달음이 다가왔다.

'그렇구나!'

내 성이 제아무리 희귀하고 내 가문이 정치적으로 큰 입지를 가지고 있다 한들, 평범한 고등학생한텐 아무것도 아니라는 걸 말이다.

'칼리드 때문에 생각을 못 했네.'

그래, 역시 칼리드가 이상한 거지.

'그래, 누가 그런 힌트로 내 정체를 알겠어? 대부분의 사람들은 그런 거 관심 없어.'

그 당연한 사실에, 구원받는 내가 있었다. 정말 이상하게도.

"응, 이 성을 쓴 이유가 뭐냐 하면, 나 전 학교에서 따돌림을 당했었거든."

[어? 네가? 진짜? 왜?]

"내가 이 성에 어울리지 않아서. 거기 학생들이 날 돌연변이라고 생각했어. 왜냐하면, 이 성을 쓰는 사람들은 뿔이 아니라……."

나는 긴, 긴 이야기를 시작했다.

"사자의 심장과 꼬리, 귀를 가지고 있기 때문이야."

내 말에 엠마가 잠시 놀라는 것이 느껴졌지만, 제대로 이야기를 다 들어 주겠다는 듯 아무 말도 들려오지 않았다.

"엠마, 그래서 공립학교에 오고 싶었어. 그러면 날 그냥 평범한 학생이나 친구로 생각해 줄 사람이 있을 것 같아서."

[그래서 네가 여기 혼자 온 거구나? 연고도 없는데 말이야. 사실 묻고 싶었어. 이 학교, 독립해서까지 찾아올 만한 곳은 아니니까…….]

엠마는 의외로 침착했다.

[아, 이제 이해가 좀 가는 거 같아. 내가 아는 너는 정말 좋은 애인데, 걔네들이 좋은 기회를 얻지 못한 거지.]

"응, 그렇게 생각해 줘서 고마워. 하지만 거기엔 내 문제도 있었어."

[와, 로만도 대단하다. 너 따라서 전학도 다 오고. 생각보다 지고지순하네. 나 사실 처음에 좀 그랬거든. 파티도 다른 여자애랑 가고.]

"응."

내가 좀 떨면서 물었다.

"그래서 내가 이래도…… 우린 친구 맞지?"

[너 무슨 소리를 그렇게 하니?]

엠마는 놀란 듯 말했다. 하지만 곧 말꼬리를 흐렸다.

[있잖아. 그런데 말이야.]

"응."

[설마…….]

엠마가 거기까지 말하고, 한숨을 내쉬었다.

[혹시 우리 학교에서 나만 빈털터리야?]

"어?"

[아니, 왜, 너도, 로만도, 칼리드도 그렇고…… 다들 내가 모르는 뭔가가 있는

거 아니야? 이게 무슨 일이야? 어?]

　엠마가 침착하다고 생각한 건, 착각이었다. 물어볼 걸 다 물어본 엠마는 곧 폭발했다.

　[무슨 마가 끼었길래, 왜 갑자기 이렇게 돈 많은 애들이 이 학교에 와서, 하고 많은 애들 중 내 옆에 붙게 됐냐고?]

　엠마가 믿을 수 없다는 듯이 물었다.

　[이거 무슨 로맨스 소설이야? 만화야? 평범한 내가 왜 갑자기 이 그룹에 섞이게 된 거야?]

　그러게, 엠마 입장에서 생각해 보니 참 황당한 일이다.

　'잘 사귀고 있던 친구가 난데없이 자길 유력 정치 가문의 딸이라고 밝히지 않나, 남자친구가 언론사 사장 아들이지 않나……..'

　엠마는 이 사실에 점점 충격을 받는 모양이었다. 수화기 너머에서 혼란스러운 목소리가 들려왔다.

　[아니, 이게 뭐지? 난 도대체 왜 이런 곳에 입학한 거지? 난 뭘 믿어야 해? 이 학교는 나한테 무슨 거대한 비밀을 숨기고 있는 거야?]

　엠마는 갑자기 자신의 인생이 너무도 흥미진진하게 변한 데 대해 당혹감을 토로했다.

　[내 인생이 갑자기 조작된 거 같은 기분이 들어. 난 뭐지? 여긴 어디지?]

　엠마가 한참 혼란스러워했다.

　'음. 원래대로라면 지금, '나한테도 이런저런 사정이 있으니 칼리드도 너한테 과거를 숨긴 이유가 있지 않을까?'라고 말할 타이밍인데?'

　나는 타이밍을 재며 마른침을 삼켰다.

　[몰래카메라 쇼지?]

　억울한 목소리로 엠마가 외쳤다.

　[지금이라도 말해 봐, 어? 갑자기 네가 하트만이 아니라니? 2년이 넘었는

데, 이게 말이 돼? 야? 칼리드는 재벌 3세 같은 거고? 어!]

아까 침착했던 건 상황을 못 받아들여서인가 보다.

'말 안 되지.'

점점 분노가 터져 나오는 엠마의 말에 나는 꼴깍꼴깍 침만 삼켰다.

[우리 거의 3년 동안 알았는데, 네 성이 뭐, 레오? 발음하기도 어려워!]

"레오파르디. 그게…… 미안, 곧 익숙해질 거야. 우리 어차피 일상생활에서
성 쓸 일도 없잖아."

[아니, 생각해 보니까 넌 그걸 재각재각 말하지 않고!]

"……죄송합니다. 말하려고 했는데. 타이밍이…….."

[너 진짜 사람 섭섭하게! 내가 뭐 이런 거 안다고 말할 사람도 아닌데!]

"응, 알지, 알아. 진짜 말하려고 했는데…….."

나는 웅얼댔다.

"우리가 놀 땐 그게 정말로 중요한 게 아니었잖아, 그래서 솔직히…… 까먹
었어."

[까먹을 게 따로 있지. 넌 일단 방학 끝나고 나서 보자, 네? 엄마?]

그때였다. 수화기 너머에서 여러 사람의 목소리가 섞여 들었다. 곧이어 엠마
의 당황한 목소리가 들렸다.

[칼리드? 칼리드 네가 여길 왜 와.]

[그 전화 루시가 건 거야?]

그리고 뚝, 하니 전화가 끊겨 버렸다.

"……"

뭐 어떻게든 되겠지. 난 할 만큼 했다고 생각하며 눈을 감았다.

그리고 잠시 후, 혹시 모를 로만의 흔적을 지우기 위해 침구며 이불을 발코
니 밖으로 탁탁 털기 시작했다.

머리 위에서 흘러내려 온몸에 묻어 있는 거품을 바라보는데, 갑자기 어젯밤 부터 방금 전 일까지 파노라마처럼 스쳐 지나갔다.

'이렇게 고백할 건 아니었는데……. 그래도 하고 나니까 진짜 후련하네.'

샤워를 하고 안 뿌리던 향수도 뿌렸다.

'내 친구들은 내가 그 누구더라도 날 사랑해 주는구나.'

알고는 있었는데 그래도 확인받으니까 기분이 참 좋아졌다.

로만의 냄새를 빼려 온 방을 헤집고 나니 점심시간이었다. 둘을 합하면 장장 다섯 시간이나 통화를 한 것이다. 마라톤 같은 통화였다.

"누나."

빵에 크림치즈와 블루베리 잼을 발라 늦은 점심을 먹고 있는데, 루이가 식당 으로 불쑥 들어왔다.

"응."

"마음은…… 좀 풀렸어?"

맞은편 식탁에 앉아 루이가 주뼛대더니 물었다.

"아…… 응."

아침에 날 부르러 온 루이한테 뭐라고 했던 기억이 이제야 난다. 루이는 갑 자기 눈살을 찌푸리며 킁킁거렸다. 나는 뜨끔했다.

"어디 나가?"

"어? 응?"

"안 뿌리던 향수도 뿌리고. 바스커빌 만나러 가는 거야?"

루이가 마지막 말은 소곤소곤 말했다. 그 태도에 나는 안심했다.

"아니, 오늘은 그냥 집에 있으려고. 쉬고 싶기도 하고."

"……."

"내가 로만 만나는 거 싫지?"

루이는 고개를 가로저으려다 말고 끄덕끄덕했다.

"아니…… 응."

그래. 그렇겠지. 나는 얕은 한숨을 쉬었다.

"울었어?"

루이가 뜬금없이 물었다.

"어?"

"목 잠긴 거 같아서."

그야 오늘 아침에 친구들이랑 그렇게 오랫동안 통화를 했으니까…….

'아냐, 그런 게 아니라.'

……라고 말하려다 나는 그만두었다. 지금은 그냥 오해하는 게 좋을 것 같아서였다.

"응, 조금."

내가 말했다.

"네가 로만 안 좋아하는 거 알아. 아는데, 그래도…… 가끔은 나갈 거야."

그 말에 루이는 더 할 말이 없는지 의자를 밀고 나가 버렸다. 나는 동생이 좀 어렵다. 우리는 서로를 아끼고 염려하지만, 그래도 우리 사이엔 벽이 있다.

"……."

나는 왜 우리 가족한테 섞이지 못할까? 우리 가족은 날 사랑하는데. 공립학교에서 성을 빌려 써서 그럴까? 오히려 요즘엔 '하트만'이라는 성을 가졌던 할머니가 더 친밀하게 생각되었다.

'뭐 하는 사람이었을까?'

나는 그분이 점점 궁금해졌다.

'그 할머니는 할아버지를 어떻게 만나게 됐을까? 분명 집안의 반대가 있었을 텐데, 어떻게 사랑하게 됐을까?'

특히 두 분의 첫 시작이 궁금했다. 두 분 중 한 분이라도 살아 계셔서 전화로라도 물어볼 수 있다면 좋을 텐데. 나는 밥을 다 먹고 침대로 올라가 생각했다.

'시절이 시절이니까, 내 생각처럼 낭만적이진 않겠지? 할아버지가 먼저 좋아했을까?'

빨리 방학이 끝났으면 좋겠다.

'좋아해서 할머니를?'

이런 생각을 하지 않게 말이다. 눈을 감자 상상은 날개를 펼치고 저 하늘 위로 올라갔다.

'안 되겠다.'

나는 감았던 눈을 떴다. 그리고 책상 서랍을 열어 색종이와 가위, 풀을 꺼내 들었다.

'아무 생각도 안 하고 싶다.'

종이를 만지면 좋았다. 집중하면 아무 생각도 하지 않을 수 있으니까. 머릿속에 있었던 형상이 손끝에서 구체화되는 것도 좋았다.

'어려운 생각은 하지 않고 살 수 있다면 좋을 텐데.'

이러다 보면 가끔은, 생각도 안 했던 물체가 만들어져 있어 놀라기도 했다.

저녁 식사는 가족과 함께했다. 부모님이 걱정스러운 얼굴로 내게 몸은 괜찮으냐고 물었다.

"감기인가 봐요."

나는 목에 잠긴 목소리로 대답했다.

힐끔.

그 순간 루이와 눈이 마주쳤다. 할 말이 있는 얼굴이었지만 나는 고개를 돌렸다.

[보고 싶어.]

저녁에 로만한테서 전화가 걸려 왔다.

"그럼 내일 볼까?"

우린 원래 친구였으니까, 조심만 하면 밖에 나가서 아이스크림을 먹는 정도는 괜찮을 것이다.

[갈까?]

그런데 로만이 말했다.

"어?"

[지금 당장 보고 싶어서 그래. 가도 돼?]

나는 누가 듣는 것도 아닌데 목소리를 낮춰 웅얼거렸다.

"너 그러다 들키면 죽어."

장난이 아니라 정말로. 곱게는 못 넘어간다. 최소 징역에, 크게 가면 가문 간 싸움으로 번질 수도 있었다.

[죽어도 괜찮아. 보러 가면 안 돼?]

로만이 물었다. 나는 얼른 문을 잠갔다.

"너 이러면 안 되는데."

말은 그렇게 하면서도 내 머리를 만지기 시작했다.

"너 정말 그러다 큰일 난다니까."

"나 나갔다 올게!"

응접실에 앉아 때늦은 티타임을 즐기고 있던 두 형제는, 멋들어지게 만진 머리를 하고 집을 빠져나가는 막냇동생을 실눈으로 바라보았다.

"그래라."

"밤길 조심하고, 너무 늦지 말고."

얼굴만 봐도 누굴 찾아가는지 알 수 있었다.

때가 자정. 알렉산더가 은은한 홍차 향을 음미하며 해롤드한테 말했다.

"쟨 점점 해맑아지지 않니? 옛날엔 애어른 같더니."

"애어른? 턱에 총 들이대면서 죽어 버리겠다고 난리 치던 게 엊그제 같은데? 나한테는 씻을 수 없는 트라우마만 남겨 주고 말이야."

해롤드가 헛웃음을 흘렸다.

"형, 쟨 좀 뭐랄까? 드라마틱하지 않아? 난 쟤가 어디서 난 건지 모르겠어. 우리 집안사람 중에 닮은 분도 없고."

"……."

알렉산더는 그 말에 해롤드를 한참이나 바라보았다. 똑같은 눈 색깔, 똑같은 머리 색, 사랑에 실패하면 세상이 무너진 듯 꺼이꺼이 우는 것까지……. 알렉산더는 이 집안에서 로만이 가장 많이 닮은 건 해롤드라고 생각했지만, 말을 아꼈다.

"그런가?"

괜히 분쟁을 일으킬 필요는 없는 것이다.

"왜, 해롤드. 난 요즘에야 쟤가 우리 집안 애 같은데."

둘은 잠시 생각에 잠겼다. 이내 알렉산더가 해롤드에게 물었다.

"넌 로만이 루시를 임신시킬 수 있으리라고 보니?"

해롤드는 고개를 절레절레 저었다.

"저번에 루시랑 같이 밤새운 거 같긴 하던데, 잘 모르겠어. 또 종이접기나 퍼즐이나 젠가나 루미 큐브 같은 걸 했겠지."

해롤드는 비밀 이야기라도 하듯 속삭였다.

"그 예전에 쟤 상사병으로 앓아누웠을 때도 그랬잖아. 둘이 뭐 하고 있나 살짝 들어가 보니까 루시한테 베개로 맞고 있기나 하고."

로만이 짝사랑을 하다 회까닥 돈 것이 아니겠냐는 음모론이었다.

"정말 둘이 사귀는 게 맞긴 한 걸까? 형, 지금까지 우리가 들은 건 로만 말밖에 없지 않아? 상상 연애 그런 거면 어떡해?"

해롤드는 관자놀이 근처에 대고 검지를 빙빙 돌렸다.

"형, 난 쟤가 정말 루시를 만나러 나가는 건지도 모르겠어. 지금이라도 정신병원에 데려가 봐야……."

"해롤드, 우리 그 정도는 로만을 믿어 주자, 사귀는 건 맞겠지. 아마, 루시도…… 로만을 좋아하긴 할 거야."

알렉산더는 그렇게 말하면서도 흐음, 하고 한숨을 내쉬었다.

"……."

그렇다. 로만이 둘에 비해 특히나 부모의 사랑을 못 받고 자라기도 했고, 그게 아니더라도 워낙 나이 차가 많이 나다 보니 말이지.

"연애는 하는 거 맞을 거야. 아마……."

둘에게 로만은 못 미더운 자식…… 같은 느낌이었다. 특히 연애를 시작하고 나서는 더더욱 말이다.

"아몬드 우유 같은 걸 먹으니."

"그러게."

"난 로만이 그거 먹기 전까지 아몬드 우유의 존재 자체를 몰랐어. 건강은 괜찮은 걸까?"

"뭐 영양소는 제대로 섭취하고 있다고 하니까……. 여기 온 김에 건강검진 좀 받게 해 볼까."

둘은 또다시 한참 침묵했다. 아몬드 우유라니. 저 때문에 이 두 형이 근심만 깊어지고 있다는 것을 로만만 몰랐다. 해롤드가 한숨과 함께 침묵을 깨뜨렸다.

"난 루시 귀엽다고 생각해. 게다가 양이면 뭐 어때? 우린 어차피 특성 같은 거 보지도 않잖아. 솔직히 말하면 천생연분 같아."

배우자로 그 누굴 데려와도 줄줄이 늑대 남자들만 낳으니 말이다.

"그쪽은 또다시 양을 낳는 불상사를 안 겪어도 되고, 우린 로만의 목숨을 구하고. 레오파르디가 우리의 장점을 빨리 알아주면 좋을 텐데."

알렉산더가 툭, 하고 던지듯 중얼거렸다.

"난 솔직히 레오파르디 가문은 싫어."

해롤드가 말했다.

"깐깐하고 거드름이나 피우고 속을 알 수 없고. 사자 주제에 비둘기파인 것도 마음에 안 든다니까. 난 집안 때문이 아니라 개인적으로도 평화 정책으론 아무것도 얻을 수 없다고 생각해."

"해롤드, 너 동생 생각을 아주 많이 하는구나?"

"덜떨어져도 동생인 걸 어떡해?"

해롤드가 입을 삐죽거렸다.

그렇다. 늑대는 무리에 덜떨어진 수늑대가 있어도 짝을 찾아 주는 데 최선을 다하는 종족이다. 그리고 바스커빌도 그런 성향을 그대로 물려받았다.

"……."

알렉산더는 눈을 가늘게 뜨고 말없이 해롤드를 바라보았다.

"정말 로만 때문에 요즘 잠도 안 온다고."

해롤드가 그런데 알렉산더는 오죽할까?

'둘 있는 동생들이 참……'

알렉산더는 안타까운 눈으로 로하네스에게 10년째 차이고 있는 해롤드를 바라보았다. 투덜거리던 해롤드가 알렉산더의 시선을 눈치챘다.

"아니, 형이 직접 못 봐서 그래. 난 걔가 직접 인생 종 치는 순간, 바로 옆에 있었다고."

로만이 루시한테 반한 순간에 대한 이야기였다.

"그래? 난 로만이 루시를 좋아해 줘서 오히려 고맙던데."

알렉산더가 말했다.

"왜냐하면 돈이나 권력, 그 무엇으로도 굴복 안 하는 상대가 바로 레오파르디잖아."

로만과 루시가 가문 간의 가교가 되어 준다면 얼마나 좋겠는가?

"굶어 죽는 한이 있어도 절대로 썩은 고기는 먹지 않는. 루시는 그 집안의 유일한 약점이지. 연약하고 부드러운 부분 말이야."

알렉산더가 검지로 테이블을 톡톡 두드렸다.

"로만이 루시를 통해 어떻게든 그 난공불락의 성벽을 깨뜨려 주면 좋을 텐데. 난 사실 로만이 그 집안에 데릴사위 역할을 해도 괜찮아."

"미쳤어?"

해롤드가 질색했다.

"아니, 왜 이미 아들이 있는 집안에 우리 로만을 보내?"

"말이 그렇단 거지. 설령 그렇게 된다고 해도 로만은 꽤 행복해할걸?"

"아무리 그래도 안 돼. 자존심 상해. 로만이 얼마나 구박을 받겠어?"

해롤드가 테이블에 엎드렸다.

"그러니까 루시를 데려오는 거로 하자, 난 루시는 좋으니까. 그래서 형 계획은 뭐야?"

알렉산더가 해롤드의 말에 부드럽게 웃었다.

"초원의 사자를 꼼짝 못 하게 만드는 방법이 뭐겠어?"

"……."

"물줄기를 말려 버리는 거지."

늑대가 미소 지었다.

"루시한테 접근할 만한 가문을 물밑에서 쳐 내자."

"……."

"사실 굳이 레오파르디한테 애걸복걸할 필요는 없지. 이건 시간문제니까, 로만이야 애가 좀 타겠지만 말이야."

알렉산더는 빙그레 미소 지었다.

"시간이 흐르면 흐를수록, 레오파르디가는 보이지 않는 누군가와 자신에게 불리한 싸움을 벌이고 있다는 걸 깨닫게 될 거야."

젊은 나이에 요직에 올라 언제나 제 나이보다 노회하게 움직이는 바스커빌 가의 현 수장이 하는 말이었다.

"나는 레오파르디가가 제 체면을 유지하려 쩔쩔매며, 실상은 우리한테 고개를 숙일 생각을 하면 벌써부터 즐겁다."

이윽고 알렉산더는 진심으로 기쁜 듯이 웃었다.

'어떻게 하면 좋아?'

사랑을 하면 사람이 미친다더니.

'누나가 변했어.'

그 시각 루이는 어두운 방에서 뚫어져라 천장을 노려보고 있었다.

'어디서부터 잘못된 걸까?'

루이의 사나운 눈빛에 천장이 뚫어질 듯했다. 루이는 기억을 더듬었다. 뭐가 어디서부터 시작되었는지 말이다. 루시가 어느 날 파티에서 돌아와 상기된 얼굴로, '루이, 나 친구가 생긴 것 같아…….'라고 한 순간부터일까?

'애초에 혼자 내버려 두는 게 아니었는데.'

그도 아니면, 그 바스커빌이 연락 두절이 되었을 때 엉엉 숨넘어가라 울면서도, 그 새끼 욕을 하면 하지 말라고 했던 순간일까?

'어떻게 하고많은 인간 중 바스커빌이지?'

루이는 바스커빌이 눈에 밟힐 정도로 누나한테 껄떡댄다는 건 오래전부터 알았지만, 누나가 넘어갈 것이라고는 생각하지 못했다. 왜냐하면…… 난공불락의 성 같던 누나가 아닌가?

"X발."

어떻게 사자가 개랑 사귈 수가 있어? 루이는 두 눈을 가리고 욕설을 내뱉었다.

"아무리 그래도 그렇지…… 어떻게 보는 눈이 발바닥에 달려서……."

루이의 눈으로 보기엔 정말 누나가 고른 상대가 너무 충격적이었다.

'이건 무슨 반항심 같은 걸까? 아니면…….'

누나의 상대가 될 만한 친족들이, 부모님 없는 곳에서 누나를 면박 주고 은근히 괴롭히는 건 아주 예전부터 알았다. 그런 놈들과 어울리기 싫어 저는 사교계 데뷔도 하지 않았고, 거기 가는 제 누나를 말려 보기도 했던 것이다.

왜 고기 써는 기계에 굳이 팔을 집어넣는가? 굳이 나가서 그런 시선 다 받을 필요는 없다고 했더니, 누나가 무엇이라고 말했더라?

"그렇게 피하기만 하면 나중엔 내가 있을 자리 자체가 사라질 것 같아."

누나는 몹시도 쓸쓸한 미소를 지었던 것 같다.

"누나가 나가니까 너는 싫은 일 굳이 할 필요 없어. 나중이 되면 내가 지금 하는 것보다 더 싫은 일을 잔뜩 하게 될 테니까."

루이는 그런 말을 하는 누나가 싫었다. 자포자기한 것처럼 보여서.

'누나의 겉모습이 어떻든 내 가족이야. 내가 지켜야 하는 무리의 일원이라고.'

누나는 우릴 믿지 않는다. 곁을 내주지 않는다고 생각했다.

"루이, 생각해 봐. 나 나중에 진짜 이상한 데로 시집갈 수도 있어. 나처럼 하자 많은…… 예를 들면 몸이 아주 안 좋거나 머리가 아주 안 좋은, 혹은 나이가 많은 사람 재취 자리, 그런 거 말이야."

누나가 털어놓았던 오랜 고민이 루이한테 새삼 충격으로 다가왔다.

'누나가 그런 생각을 하는 줄 전혀 몰랐어.'

그로서는 한 번도 생각해 본 적 없던 문제였다.

이런 식으로 모든 걸 누나에게 떠밀어 맡겨 온 자신의 문제일 수도 있다고, 루이는 이제야 지난날들을 후회했다. 바스커빌을 만났던 파티 때, 옆에 자신이 있었으면 애초에 둘의 관계가 진전될 일은 없었을 터였다.

루이는 얼마 전 레오파르디 가문의 중요한 대소사를 결정하는 자리에 나가 투표권을 행사할 수 있는 권리를 얻었다.

"내가 로만한테 너무 정들면, 진심이면 뭐? 부모님한테 일러서 나 어디 멀리 보내 버리게?"

누나가 한 말들이 계속해서 귀에 맴돌았다. 눈앞이 깜깜했다. 아니라고 말하고 싶었는데, 말이 잘 나오지 않았다. 왜냐하면…… 정말로 혹시나 그럴 수도 있을 것 같아서였다.

"그럼 내가 지금 나 좋다는 사람이랑, 내가 좋아하는 사람이랑 좋은 추억 하

나도 가지면 안 된다는 거야?"

'누나는 결혼하기 전에 연애나 한번 해 보고 싶었던 게 아닐까?'

제 누나의 눈이 발바닥에 달렸다고 믿기 힘든 루이가 생각했다.

'그러니까 자기 좋다는 바스커빌과?'

루이의 눈에 누나는 머리에 뿔만 달렸을 뿐, 무엇 하나 빠지는 곳이 없었다. 아름답고, 자기 생각보다 강단도 있고. 아무튼 바스커빌과는 아니었다. 그 유명한 잡종과는 말이다.

'안 돼, 진짜 그 새끼들은 여자를 물면 안 놔주기로 유명하다고!'

아무튼 루이는 누나가 걱정되었다. 아침도 먹지 않은 채 문도 잠가 놓고, 점심에 보니 목도 잔뜩 잠겨 있었다. 바스커빌이 괜한 말을 해서 누나를 울린 건 아닌지, 루이는 마음이 아파서 견딜 수가 없었다.

'누나는 그런 고민을 언제부터 해 온 걸까? 내가 무슨 도움이 될 수 없을까?'

루이는 누나의 고민 상대가 되어 주고 싶었다. 지금 와서라도 말이다.

'어떡하지? 누나는 그냥 인생을 막 살기로 한 게 아닐까?'

할 수만 있다면 바스커빌을 떼어 놓고 싶었다.

'부모님한텐 안 알리기로 약속했지만, 그래도 내가 차기 가주로서 누나가 절망의 구렁텅이로 빠지는 일만큼은 막아야 하는 게 아닐까?'

그래서 덜떨어진 늑대 새끼한테……. 루이는 참을 수가 없어져 자리에서 벌떡 일어났다. 곧장 복도 끝에 있는 누나의 방으로 가 문을 두드리려 했다. '누나, 자?' 하고 말이다. 방문 안에서 이상한 소리가 들렸다.

"흑, 으흑……."

'어?'

노크를 하려던 루이는 깜짝 놀랐다.

"흑, 으흑, 흑, 응……."

누나의 목소리였는데, 누나 같지 않았다. 숨을 참는 듯한, 쥐어 짜이는 듯한 목소리. 루이는 귀가 곤두설 정도로 흠칫해서 뒷걸음질 쳤다.

'울어?'

누나가 울고 있다고 생각했던 것이다.

'울어?'

사실 울고 있는 게 맞기는 했다. 다른 의미로…… 말이지.

하지만 그 의미를 루이는 상상조차 할 수 없었다. 루이는 그날 밤을 꼴딱 새웠다.

다음 날 아침도 누나는 식사 자리에 내려오지 않았다.

"누나가요……."

루이는 참담했다.

'바스커빌 이야기를 하는 건 아니니까.'

"이런 말 해도 괜찮을지 모르겠지만, 누나가 요즘…… 자포자기한 것 같아요."

마지막 말을 하는 것이 루이한테 너무도 힘겨웠다.

"……인생을요."

루시가 무엇이든 간에 우리한테 온 소중한 아이이니 자유롭게, 원하는 대로 키우자고 생각했던, 그녀의 부모님의 생각이…….

"그게 무슨 뜻이니?"

이 시점부터 바뀐 걸 루시도 로만도 몰랐다.

물론 바스커빌가도 말이다.

"그 누가 우리만큼 강렬히 루시를 원하겠어."

느긋하게 사과나무 아래서 가지치기를 하며 사과가 떨어지기를 기다리고 있던 바스커빌로서는, 그리 좋은 상황이 아니었다.

"아무리 그래도 이러다 진짜 들키겠어, 오늘 밤은 오면 안 돼."

"루시…… 빨리 방학이 끝나면 좋겠다."

"그래, 나도 네 마음과 같아."

루시와 로만, 이 젊은 연인들한테도 결코 좋지는 않았다.

"빨리 방학이 끝났으면 좋겠다."

〈3권에 계속〉

늑대지만 해치지 않아요 2

초판 1쇄 인쇄 2023년 3월 6일
초판 1쇄 발행 2023년 3월 15일

지은이 우유양
펴낸이 김선식

경영총괄 김은영
IP개발 윤보라 **상품개발** 정예현
엔터테인먼트사업본부장 서대진
웹소설1팀 최수아, 김현미, 심미리, 여인우, 장기호
웹소설2팀 윤보라, 이연수, 주소영, 주은영
웹툰팀 이주연, 김호애, 변지호, 윤수정, 임지은, 채수아
IP제품팀 윤세미, 정예현
디지털마케팅팀 김국현, 김희정, 이소영, 송임선, 신혜인
디자인팀 김선민, 김그린
해외사업파트 최하은
저작권팀 한승빈, 김재원, 이슬
재무관리팀 하미선, 김재경, 안혜선, 윤이경, 이보람 **제작관리팀** 이소현, 김소영, 김진경, 양지환, 이지우, 최완규
인사총무팀 강미숙, 김혜진, 지석배 **물류관리팀** 김형기, 김선진, 양문현, 전태연, 전태환, 최창우, 한유현
외부스태프 E-HO 이호(디자인)

펴낸곳 다산북스 **출판등록** 2005년 12월 23일 제313-2005-00277호
주소 경기도 파주시 회동길 490
전화 02-702-1724 **팩스** 02-703-2219 **이메일** dasanbooks@dasanbooks.com
홈페이지 www.dasan.group **블로그** blog.naver.com/dasan_books
종이 아이피피 **출력·인쇄·제본** 한영문화사 **코팅 및 후가공** 평창피앤지

ISBN 979-11-306-9784-0(03810)

다산북스(DASANBOOKS)는 독자 여러분의 책에 관한 아이디어와 원고 투고를 기쁜 마음으로 기다리고 있습니다.
책 출간을 원하는 아이디어가 있으신 분은 다산북스 홈페이지 '원고투고'란으로 간단한 개요와 취지, 연락처 등을 보내주세요. 머뭇거리지 말고 문을 두드리세요.